阿司匹林 著

青岛出版集团 | 青岛出版社

图书在版编目（CIP）数据

裙摆/阿司匹林著.—青岛:青岛出版社,2022.5
ISBN 978-7-5736-0007-3

Ⅰ.①裙… Ⅱ.①阿… Ⅲ.①长篇小说—中国—当代 Ⅳ.①I247.5

中国版本图书馆CIP数据核字（2022）第011850号

QUNBAI

书　　名　裙　摆
作　　者　阿司匹林
出版发行　青岛出版社
社　　址　青岛市崂山区海尔路182号
本社网址　http://www.qdpub.com
邮购电话　18613853563　0532-68068091
责任编辑　郭红霞
特约编辑　孙小淋　万红红
校　　对　宋　芸
装帧设计　梁　霞
照　　排　梁　霞
印　　刷　河北鹏远艺兴科技有限公司
出版日期　2022年5月第1版　2025年7月第2次印刷
开　　本　32开（880mm×1230mm）
印　　张　10
字　　数　232千
书　　号　ISBN 978-7-5736-0007-3
定　　价　45.00元

编校印装质量、盗版监督服务电话 4006532017 0532-68068050

Fantasy 22.1

裙摆

目录

目录

第一章 / 校服裙摆

2013 年的夏天，高考还分文、理科。

梁月弯因为物理成绩极差选择了文科，整个暑假都在上补习班，开学前一天晚上还在熬夜补作业。

房间里空调开了很长时间，又干又闷。她推开窗户，窗外热腾腾的晚风吹进来，携着一股肉香味，不知道是哪家大半夜炖排骨。

附近这一片属于老城区，房子都不算太新，楼层也都不高。路灯前不久才刚整修过，昨天又坏了一盏，昏黄的光线穿过层层叠叠的梧桐树叶落在阳台上，印出模糊的影子。

梁月弯打了个哈欠，咬着笔帽趴在桌上发呆，突然被吴岚的手机铃声惊得回神，险些碰翻桌上的花瓶，连忙扶着瓶身放远一些。

电话是梁绍甫打来的，他在外地工作，忙的时候半年能回来一次就已经很不容易了。

“还用你吩咐，房间我早就收拾好了，明天开学，你让那孩子报完到直接过来。哪间？还能是哪间？我爸这套老房子总共就只有三间卧室……”

梁月弯听着客厅传来的说话声，无声地叹了口气，揉着头发坐直身体继续写卷子。

梁绍甫的老板是本市有名的暴发户，据说连小学都没读完，最穷的时候甚至去卖血。他具体是靠什么发的家，各种传言都有，他从戴金链子的煤老板转行做房地产，几年前又去了沿海城市，摇身一变成了神秘富商。所以总有人开玩笑，说梁绍甫读了二十年书，又是留学又是深造，喝了洋墨水的“海龟”精英混到最后还不是要给暴发户打工？

明天要搬过来住的人是暴发户的儿子，小暴发户——薛聿。

一中和二中两所学校合并，师资共享，一起搬到新校区。新校区前前后后建了三年多，暴发户捐了不少钱，然而临到开学前两天才想起儿子的住宿问题。

儿子不要保姆，没人照顾他又不放心。

梁绍甫只是客气地多了句嘴，就往家里招来了一尊大佛。

起初学校通知今年开学所有老师和学生统一搬迁的时候，梁月弯是高兴的——她又可以从市区搬回这套老房子了，以前她只有寒暑假才能过来长住，这里有很多童年的回忆，老人去世之后，她很少回来。

房子虽然旧，但距离学校只有两站公交的路程，她不用住校，步行上学也就二十分钟左右。

然而她刚回来住了一个晚上，就被迫换了房间。

薛聿唯一的要求就是要能上网，只有她这间卧室有网线。

“月弯，”吴岚倒了杯果汁，准备去休息前提醒梁月弯，“小薛好久没来这儿了，我怕他不记得路。你明天和他一起回来。”

梁月弯装听不见。

她才不想和薛聿一起回家。

两人在六年级之前一直都是邻居，后来薛聿跟着他爸搬进了大别墅，梁绍甫也买了新房，但因为初中那三年他们都是同桌，即使不住在一起也没有太明显的距离感。

真正分开的时间其实这有这两年。

这是她外公和外婆生前的家，薛聿虽然没来过这里，但肯定有人接送他，不用她瞎操心。

吴岚进屋前又说了一遍：“电话号码存好了吧？”

“学校不让高三年级的学生用手机，”梁月弯闷闷地应声。

笔尖在草稿纸上戳了两个洞，她根本不会撒谎。

“那你放了学就去他班上找他。妈妈先睡了，你别熬太晚。”

“……”

凌晨四点，梁月弯还没睡着，翻来覆去，脑子里都是薛聿那张烦人的脸。幸好开学第一天各科老师都不会上正课。

高三了，也没人还会为了应付老师去抄作业，两所学校合并，周围都是陌生面孔，第一天大家相互都不熟悉。

文科班的女生多一些，新班主任还没有排座位，暂时都随便坐，梁月弯选了个靠窗的位子，外面是走廊，同桌闻淼和后排两个男生都是她以前高二的同班同学。

“走啊月弯，去吃饭。”闻淼已经迫不及待地要往食堂冲。

梁月弯慢吞吞地整理课本拖延时间：“我妈今天心情好，我得回家吃。”

吴岚不是全职太太，有自己的工作，开学季是她最忙的时候，常常要加班，平时周末才能空出时间下厨。闻淼喜欢她做的可乐鸡翅，但也只吃过一次。

“你家有什么好事？”闻淼看梁月弯脸上的表情也不像是有好事，“你爸回来了？”

“不是，他最近很忙的。”梁月弯并不想让朋友知道她和薛聿住一起，干巴巴地笑了一下，只是说，“家里有客人。”

闻淼也不多问：“好吧，那我和秦悦一起去。”

今天不上晚自习，住校的学生也能回家，教室一下子就空了，只剩几个值日生。

薛聿在理科一班，在八楼。

梁月弯不希望被任何一个熟人看见她去找薛聿，等这栋楼闹哄哄的声音彻底安静下来她才走出教室。

夕阳红得像火焰，半栋教学楼都被罩在亮光里，薛聿靠着栏杆看操场上的人打球，颀长的影子被折断在墙根。

梁月弯站在楼梯口，一眼就能看到他。

他的头发剪得短，五官轮廓没有丝毫遮挡，侧脸看过去鼻子很挺，没穿校服，一件纯白色T恤汗湿后被阳光照得有些透明，风一吹，隐约勾勒出在宽松T恤里面晃荡的腰线。

理科一班俗称“火箭班”。

球场上有人进了个好球，隔着几层楼都能听到欢呼声。薛聿身边一个同学勾住他的脖子说话，他侧着头，像是下一秒就要看过来。梁月弯身子往后退，静悄悄地站进楼梯转角的阴影里。

这是个长得好、脑子还聪明的暴发户。

“臭小子，既然是你自己要求借住到你梁叔家的，这一年就别太招人烦，懂点儿事，平时不管是在家还是在学校，都要多照顾人家月弯。还有，少给你吴阿姨惹麻烦。你老子就你一个种，挣钱不给你花给谁花？……”薛光雄酒后教训儿子一旦开了头就会啰唆个没完。

“知道了。”薛聿听得不耐烦，直接挂掉电话。

旁边的同学等了他十多分钟，等他去打球。

薛聿甩开勾在肩膀上的那条胳膊，百无聊赖地听着同学说话，仰头喝完水后将空水瓶抛进垃圾桶。

阳光有些刺眼，他偏过头去看教室墙壁上的钟表，目光不经意从走廊上扫过，注意到墙角露出的一截白鞋和被风吹起的校服裙摆。

“服了，那几个‘弱鸡’到底行不行？！阿聿，这球还打吗？”

她一只手压住裙摆，往里侧挪了半步，整个人隐没在墙角，薛聿只能看到她的影子。

薛聿移开视线，低头时眼里染了几分笑意。

“打啊，怎么不打？你先去球场占地方，我换双鞋就下去。”

“行，你快点儿！”

“……”

男生风风火火地从另外一侧的楼梯下去了，脚步声越来越远。远处天色慢慢暗下来，夕阳的光线落在梁月弯的脚边，把她脚踝的皮肤照得有些透明，大概是谁又投了一个漂亮的球，兴奋的叫喊声此起彼伏。

梁月弯的身子从墙角往外探，走廊空荡荡的，一个人都没有。

她莫名地松了一口气。

她小学是在这附近读的，对常坐的公交路线和时间都很了解，到家时吴岚还在厨房忙活，看她自己回来，就问薛聿是怎么回事。

“他跟他同学玩去了，不回来吃晚饭。”梁月弯把书包丢在沙发上，去冰箱找冰棍。

“不回来吃？菜都做好了。”

“咱们俩吃呗。”梁月弯凑到吴岚身边尝了一块番茄，被酸得脸皱成一团。

吴岚拿起筷子作势要敲她的手：“你洗手了吗？”

“洗了洗了。”梁月弯不甚在乎地嘀咕，“他那么大的人，还能饿着自己不成？”

虽然吴岚是看着薛聿长大的，他小时候也经常跟着梁月弯来家里吃饭，但是搬家后也有几年没见了。

“总不按时吃饭哪行？月弯你给小薛打个电话问问，他晚点儿也没关系，我们等他。”

梁月弯撇撇嘴，咬着冰棍回房间拿手机。

薛聿的手机正在通话中。

“打不通，别管他了。”

薛聿嘴刁，吴岚怕他吃不惯，花了一下午时间准备晚饭，每一道菜都花足了心思，最后大部分进了梁月弯的胃。

梁月弯写完半张卷子都还很撑，坐久了腿不舒服，戴着耳机去阳台练英语听力。

这里不比繁华市区，晚上过了十点，万家灯火安静地沉于夜色中。

刺眼的车灯光扫过来，比老化的路灯还要亮。梁月弯揉了揉眼睛，看着那辆车开近后停在楼下，旁边停着一排小电动车。

她隔着几层楼都能闻到暴发户的气息。

梁月弯转身回了房间。

薛聿下车后随意朝司机挥了挥手，书包单肩挂着，里面装着汗湿的T恤。他换回校服，站在门口，个子比吴岚高很多。

“吴姨，不好意思，暑假作业有几道大题我一直没理清解题思路，等老师讲完急急忙忙赶回来，时间还是晚了。”

吴岚心想：这孩子竟然还和小时候一样乖。

“没关系，快进来，外面热吧，学到这么晚饿不饿？我给你弄点儿吃的。”

“谢谢吴姨，随便煮碗面就行。”

梁月弯在卧室听着外面客厅的吴岚被薛聿一口一个“吴姨”哄得无比开心，内心毫无波澜，甚至还有些想笑。

他明明是去打球了，在吴岚面前却能脸不红心不跳地说自己是去学习；明明嘴很刁，不吃葱不吃姜，却能把这顿不合口的饭吃得像是在大快朵颐。

“吴姨，今天这鸡翅比餐厅大厨做的都好吃。

“番茄牛腩汤也特别好喝，我能再吃一碗饭。”

吴岚笑得更高兴了。

梁月弯心想：艺术来源于生活，薛聿验证了电影里“男人有钱就会变坏”的话是有道理的。

她调大耳机音量，把习题册翻到后面对答案。

一篇阅读理解有五道选择题，她错了四道。

下午就有人帮忙把薛聿的行李和日常生活用品送了过来，吴岚只是简单收拾了一下房间，没动他的东西。

他这间卧室的窗户外面是阳台，吴岚刚才浇花忘了关灯。

衣架上晾着几件衣服，衣服被风吹得轻轻晃动，薛聿抬头就看见挂在最外面的那件印着一颗小草莓。

“小草莓”的主人，现在就睡在他的隔壁。

她今天穿的也许就是这一件。

学校正常上课后，早自习前又加了二十分钟的早读，吴岚工作忙的时候顾不上梁月弯，梁月弯从小学开始就习惯了自己按时按点起床弄早饭。

冰箱里冷冻着提前买好的欧包，梁月弯只用微波炉热了一个，因为薛聿已经连续迟到一周了，直接旷掉第一节大课，名字挂在教学楼门前的黑板上都不用擦。

迟到名单旁边就是成绩光荣榜，对比之下，薛聿年级第二的成绩显得猖狂无比。

梁月弯不喜欢喝牛奶，但是家里的酸奶喝完还没来得及补。巴掌大的芋泥欧包她吃到一半儿噎住了，就先放到桌上，去阳台把晾干的衣服取下来。

她转身进卧室之后，薛聿房间的灯就亮了，只开了盏台灯。

薛聿搬过来没几天就把梁月弯的作息摸透了。她每天早起半小时就是不想和他一起出门，所以他故意迟到，她知道他不会起那么早后，第二天先多睡五分钟，第三天再多睡十分钟。

轻掩着的房门原本只有一条细缝，因为窗户开着，被风吹得又打开了一些，微黄的光线泄出来。

薛聿往客厅走，在某一个地方突然停下脚步，眼睛不由自主地往房间里看。

她背对着房门，大概是不知道房门没有关好，或者是以为他还在睡，这个时间根本不会遇到。

房间昏暗，窗外丝丝微弱的光亮仿佛在朝着她收拢，将她整个人都笼罩在那层朦胧的光晕里。

他好像闻到了一股淡淡的奶香味。

但那其实是桌上那块吃了一半儿的面包散发出来的味道。

梁月弯转身前一秒，薛聿迈开双脚，像是刚从卧室出来。

他打着哈欠，眼睛都还没睁开，头顶翘着几根呆毛。梁月弯愣住了，过了好一会儿才干巴巴地打了声招呼：“早上好。”

“早。”薛聿胡乱揉了揉短发进了卫生间。

梁月弯咬着半块面包换鞋下楼，去车站等公交车。

公交车还有三分钟才到，梁月弯有一下没一下地踢着脚下的碎

石子，犹豫着要不要去买杯豆浆。

“发什么呆？”耳边响起一道好听的声音。

梁月弯还没来得及说话就被推着往前走了几步上了车。司机起步猛，车厢里摇晃得厉害，她抓着扶手站稳后差点儿撞到薛聿，回头时目光恰好落在少年喉结的位置。

梁月弯不露痕迹地往后退了半步，脚稍稍踮起才勉强到他的肩膀。

他初一的时候明明比她还矮，吃什么了，长这么快？

“刷卡。”薛聿自然地从她手里拿过公交卡，“我没带零钱，帮我刷一次。”

只有两站，梁月弯平时都是站着，现在薛聿离她太近，随着车身晃动，两个人的手臂偶尔会碰到。

遇到路口红灯时，她顺势坐到车门旁的座位上，薛聿跟了过去。

他又没有穿校服。

薛聿一只手握着扶手，T 恤下摆因为手的动作被往上带。梁月弯脑海里莫名闪现少年在球场上撩起衣摆擦汗的画面，她有些不自然地偏过头看向窗外。

薛聿把公交卡还给梁月弯，她拿着的面包跟出门时比一口没少。

“吃不完？”

“嗯，太大了，我吃一半儿就够。你今天怎么这么早？”

她的动作很轻，连睡眠特别浅的吴岚都不会被吵醒。

薛聿没看她，漫不经心地回答：“去学校学习啊。”

毕竟已经高三了，家长和老师都抓得紧。这话别人可能会信，但梁月弯不会。她曾经也怀疑过薛聿没在外面玩的时候是不是都在偷偷看书，后来事实多次证明，她确实想太多了，他纯粹就是脑子聪明。

“总不吃早饭不难受吗？”梁月弯实在不知道聊什么。

薛聿笑了笑：“你这不是帮我带了？”

梁月弯没听清。

下车后，薛聿走在她右边，把她吃过的面包拿过去三两口吃完，又跑到小吃店买了两杯豆浆，插上吸管递给她一杯。

时间还早，从校门口到教学楼一路上没什么人，梁月弯还是下意识地和薛聿拉开距离。

豆浆是现磨的，纸杯还有点儿烫手。

她慢慢踩着台阶往上走，薛聿的步子也放慢了一些。

她习惯把头发扎成高马尾，露出漂亮的天鹅颈。薛聿想起好几年前她上完兴趣班后穿着舞蹈服回家，外面只套了一件薄外套，修身的舞蹈服勾勒出她纤细匀称的骨架。

校服裙摆拂过他的手背，痒痒的。

也许是他的目光过于频繁地落在她身上，她抬头看过来，双眸清亮，唇边粘了点儿豆浆。薛聿忽然有些燥热，天气明明已经转凉了。

“明天周末，有什么安排？”

“啊？也没什么，作业好多，如果能早点儿写完，可能和同学去公园。”

薛聿点了点头，没太在意，原本就只是随便问问：“下晚自习了就在这儿等我几分钟，一起回去。”

“不是有人接送你吗？”她并不是很乐意。

“王叔回来帮我爸办事，顺便送送我而已，昨天就走了。”

“哦。”梁月弯远远看见一大拨学生从宿舍区过来，跑在最前面

的女生和她同班，坐在她前排，开学第一天就在讨论薛聿。

梁月弯从路口拐过去："我走这边，拜拜！"

薛聿都来不及叫她。

闻淼永远都是踩着点儿进教室，人还没坐稳就从书包里拿出饭盒，又拆开一包海苔，揉碎了撒在三明治上，摆成一颗心形。

梁月弯背书间隙还要替她放风，时不时得往门口和窗户的方向看一眼。

"你亲手做的啊？"

"怎么可能？便利店买的。"闻淼把东西收进课桌。三明治是给隔壁班那个黄毛体育生的，她送了一阵子奶茶之后又开始送早餐，"中间切一刀，我一半儿，他一半儿，这样勉强算是间接那什么了。"

闻淼意味深长的笑让梁月弯怔了一瞬：薛聿吃了她吃过的面包，那是不是也算……？

不对，不能算。

小时候这样的事太多了，她啃过一圈的苹果吴岚都会给薛聿分一半儿，两个人喝同一瓶奶，用同一个碗吃饭更是常事。

不算！

薛聿发现，梁月弯不仅晚上没等他，而且早上也比之前起得更早了，明明住在一起，两个人却见不到。

历史老师请假，临时调课换成数学。梁月弯各科成绩都不差，但也不突出，薛聿经过教室的时候，她后桌的男生在给她讲题。

从往年每一届高考成绩来看，文科打不过理科，高分大多出在理科班。

高二期末的分班考试，付西也是全年级第一，高三理科年级主任是他叔叔，老师们也说他优中选优，更适合理科，最后他却出乎意料地选了文科。

这是梁月弯和他同班的第三年。

他有自己的一套解题思路，梁月弯一步跟不上，后面的就更难听懂了，很容易走神。

“梁月弯。”

“嗯？”她被吓了一跳，本能地应声。

站在窗户外面的薛聿身体挡住了阳光，五官浸在阴影里，看起来不怎么高兴。

他靠着墙，又恢复了平日里的懒散，眼里带着点儿笑，刚才他那莫名的情绪似乎只是梁月弯的错觉。

薛聿半个身子探进窗户，微热的呼吸落在梁月弯的耳边，她一下子就清醒了：“你有什么事吗？”

“有没有多余的笔，借我一支？”薛聿将手伸进去，隔开了教室里距离显得过于亲密的两个人，“我们班下午要考试。”

“有，等一下。”梁月弯给他找笔。

付西也不露痕迹地打量薛聿。他当然听过这个名字，也知道对方分班考试空了道大题没做还是年级第二。

为了借支笔，这个人跑了几层楼？

薛聿太惹眼，已经有很多同学频频往这边看。梁月弯把笔递给他后就要关窗户：“快上课了，你赶紧走吧。”

“还早着呢，哪道题不会，给我看看？”薛聿半点儿不着急，自然地拿起梁月弯桌上的面包，“又剩一半儿。”

他直接将面包往嘴里送，梁月弯想都没想就要抢。他往后踉跄

几步，扶着外面的阳台才站稳，眉头皱得紧，像是痛得厉害，勉强忍着才没出声。

梁月弯想起昨天晚上吴岚提过一句，说他打球扭伤了脚。

“脚崴了？”

薛聿顺势靠着栏杆，有气无力地回她：“没事。”

“薛聿你别乱动，去医务室。淼淼，一会儿上课你帮我跟老师请假。”

“好，你去吧。”闻淼趴在窗台上，探着头往走廊那边看，看到薛聿跟断了腿似的被梁月弯扶着，“哎哟，好柔弱哦。”

秦悦小声问：“他们认识啊？”

“我不知道，没听月弯说过。”

医务室里只有一个老医生在，薛聿打球扭伤那天来的时候也是他值班。

空气里有一股药油的味道，不难闻，但也不好闻。老医生手劲儿重，听他说话，薛聿的伤情应该是不怎么严重，但没过一会儿，薛聿脚踝那一片皮肤就被揉得又红又肿。

数学老师最讨厌学生迟到和无故缺课，梁月弯看着时间想回去上课，可几次准备开口都被薛聿夸张的叫声打断。

“上周就说让你平时小心点儿，伤了韧带，以后有你后悔的。”老医生又往手心倒了点儿药油，搓热后敷在他的脚踝处。

薛聿满头汗，梁月弯心生愧疚，低着头小声解释：“是我推了他一下，他才没站稳。”

“你们俩一个班的？”

“不是，他比较厉害，理科一班的。”

医生笑了笑：“真看不出来，还是个大学霸。”

“老师，”梁月弯站在床边给医生递药油，“他还能打球吗？”

“伤筋动骨一百天，好好养就不影响，在这儿休息半小时，消肿了就回去上课吧。”

医生去洗手，梁月弯接了杯水给薛聿：“你哪节课考试？”

他靠着床头，声音有点儿哑：“下午三、四节。”

“那我给你带午饭？”

“一起吃。”裤子被挽到膝盖上面，薛聿顺着她担忧的目光看了一眼自己油光发亮的脚踝，“你扶着我就能走。”

梁月弯一点儿也不想：“可我都跟同学约好了。”

“刚才给你讲题的那个？”

“不是，我同桌，你不认识。”

她的同桌是个女生，薛聿倒是不在乎饭桌上多一个人少一个人。梁月弯总在躲他，有各种借口，今天好不容易被他讹上，他当然不能就这样让她走。

“等你吃完再回来，我早饿死了，你跟你同桌去，打包带回来跟我一起吃。”

他看出她脸上的不乐意，也不明说，动了一下腿——刚才被医生揉过的地方好像更肿了。

梁月弯就没办法再拒绝：“你想吃什么？”

薛聿这才满意：“买你想吃的东西就行，我跟你一样。”

隔壁班那个黄毛体育生是薛聿的好哥们儿，叫闫齐，他们以前是同一所学校的，经常一起打球。

自从薛聿去教室找梁月弯借过一支笔之后，闻森整个人就兴奋

了，随时随地见缝插针地追问两个人是怎么认识的。

梁月弯解释说只是父母比较熟而已，但闻森显然不信，虽然暂时放弃了刨根问底的念头，但用友情加威逼利诱让梁月弯约薛聿，顺便带上闫齐周末一起去爬山。

“月弯，你得帮我！”

“老板，打包两份鱼香肉丝饭，其中一份加辣。”梁月弯试图转移闻森的注意力，“你吃哪个？”

“红烧鸡块。”闻森随便在菜单上选了一样，“试试嘛，万一薛聿答应了呢？再等下去，体育班就要开始加强训练了，我更没机会了。”

“可我跟他不熟。”

“不熟才更需要增进彼此之间的同学感情。月弯，你就当是为了你的好姐妹忍辱负重行不行？薛聿那么多朋友，朋友多了路好走，咱们以后肯定还有用他的时候。”

梁月弯没办法，只好先答应：“好了好了，我帮你问，但……如果没成，你别怪我。”

“不怪不怪，这次不成，迟早都要成的。”闻森这才注意到梁月弯打包了两份饭，“给谁带的？”

“我初中同学，他身体不舒服，不想自己出来吃饭。”

梁月弯一路小跑着回学校。教学楼前面有一个花园，天气转凉，休息时间来这里玩的人就少了，高中课业压力大，住宿的同学中午吃完饭一般会回宿舍午睡。

薛聿坐在石凳上，阳光透过层层叠叠的梧桐叶，斑驳的树影散落在他的周围。

他不知道在想什么，和平时不太一样。

“你在干吗？”

薛聿回过神，抬头看向她，笑了笑：“等你啊。”

他又把那条受了伤的腿抬起来放在旁边的石凳上，梁月弯心里那点儿因为他跟闻森撒了谎外加一路跑着回来的怨气顿时烟消云散。

“这一份没加辣。”

医生说近期要少吃有刺激性的食物，不吃最好，薛聿自己完全没放在心上，她倒是句句记得清。

“坐这儿，擦干净了。”

“我去餐厅吃，”梁月弯话刚出口，看到他的脸垮下来，又补了一句，“顺便帮你带瓶喝的。”

“餐厅人多，这个时间没有空位子。”薛聿打开包装盒，掰开一双筷子递给梁月弯，再打开自己那一份。

他埋头吃饭，也不说话。

梁月弯不知道他为什么突然就生气了，见气氛不好，就没提爬山的事。

下午前两节是英语课，梁月弯帮课代表发卷子，付西也的试卷在她这里，接近满分，这对他来说是很正常的事。

梁月弯发完试卷回到座位上，看了看自己的分数，心里有些失落。

英语是她所有科目中成绩最好的，可和付西也相比，还是差了很大一截。

他应该会被保送国内最好的学校，这样就不用再参加高考，算算日子，她还能和他同班的时间也没剩多少了。

梁月弯晚上到家才知道吴岚临时出差。薛聿比她早回来，但房

间没开灯，只是窗帘拉上了一半。

梁月弯写完作业，犹豫几次，最后还是放弃了。

吴岚不在，家里就只剩他们两个人，白天在学校互不打扰相安无事，晚上各自复习，一直到周末。周六傍晚，薛聿出去了一趟，回来得晚，梁月弯听着关门声，大约半小时后，她倒了两杯果汁走去阳台。

电脑开着，屋里只有屏幕那点儿亮光，他戴着耳机，很随意地靠着椅子。

梁月弯对着空气深呼吸，有点儿无奈：都过去好几天了，他怎么还在生气？

楼上小学生已经因为作业哭了四场，梁月弯还在跟自己做心理斗争，而房间里薛聿的目光不知道什么时候已经从电脑屏幕上移开了。

她洗过澡，头发还是湿的。

只隔着一扇窗户，她没有回屋，也不跟他说话，薛聿连坐姿都没有变，只是把电脑里视频的声音调小。

晚风清凉，她身上沐浴露的香味被风带进来，在并不宽敞的房间里发酵，丝丝缕缕地绕在鼻息间，催发着一场隐秘却又盛大的逃亡。

梁月弯却毫无预兆地突然转过身，薛聿尚未从这困境里逃出去，眼底浓稠的夜色就这样毫无预兆地暴露在她面前。

她喝了半杯果汁，唇边还有些湿润，唇色自然透着点儿粉，就这样直直地看了他一会儿才把另一杯放到窗台上，又用手指点了点耳朵，是让他把耳机摘掉的意思。

薛聿抬起一只手，把耳机拨到脖子上挂着。

“西瓜汁是现榨的，很甜，你尝尝。”

“嗯。”

他的表情淡淡的，梁月弯只能继续没话找话：“你在看什么？”

有窗帘挡着，她看不见。

“在学习啊。”薛聿的语气散漫随意，身体也放松下来。

电脑屏幕光线变暗，他眼里的笑却一点儿也藏不住。梁月弯偏头看着阳台上的花：“脚还疼吗？”

“听不清，你站近一点儿。”

她往前走了两步，胳膊搭在窗台上：“我问你的脚好没好？”

空气里那股好闻的香味更明显了些，萦萦绕绕地铺散开，又悄无声息地聚拢，薛聿从西瓜汁清新的味道里辨别出她身上的气息，是桂花香。

“哪能好得这么快？但没那么痛了，正常走路也没问题。”

周围过于安静，连彼此的呼吸都能感受到，薛聿迫切地想听她说点儿什么，什么都好。

“突然关心我，是不是有事？”

梁月弯被戳中心思，耳根热热的。

兜里的手机一下一下地振动——从她说要去找薛聿开始，闻淼的消息就没停过，她撒谎说自己是和薛聿住在一个小区，闻淼就自动默认了路程只需要两分钟。

“也没什么事，就是……明天天气特别好，听说龙霞山的枫叶红了，你如果有时间，我们可以一起去看看。”

她磨蹭那么久，是想约他？

薛聿不太自然地咳了两声，不等他点头，又听到她说：“你朋友闫齐有空吗？可以放风筝，带零食和水果去野餐也不错……”

闫齐？他和一个男生去爬山有什么意思？

薛聿突然反应过来，脸色由红转青，变脸速度比鼠标刷新还快。

所以，她真正想约的人其实是闫齐，只是不好意思明说才拿他当借口，铺垫好了，才把话题引导到闫齐身上。

她就是把他当个工具人用而已，别以为他听不出来。

“梁月弯，”薛聿摘了耳机扔在桌上，“看不出来你的心还挺大，一次约两个。”

“人多，热闹。”

“现在是去看枫叶的时候吗？卷子都做完了，还是每一科的错题你都会了？而且我的脚还是肿的，你约我爬山，我后半生废了只能坐轮椅，你养我？”

梁月弯被他三两句堵得说不出话，后知后觉地意识到自己确实没想周全，他的脚扭伤还没好。

“对不起，我不是那个意思。算了……你当我没问，早点儿睡吧。”

梁月弯回了房间。薛聿早在她说想约闫齐的时候就被气出了内伤，电影画面再绝也都只是火上浇油。

那杯西瓜汁还放在阳台上，薛聿心里烦躁，拿起来几口喝完后关掉了电脑。

客厅很安静，她的房间亮着灯，没什么声音。

她会不会是在找其他同学打听闫齐的联系方式？或者，她已经有了闫齐的微信，在斟酌怎么开口约？

薛聿又灌了两杯凉白开，依然压不住心头那团火，回头盯着那扇紧闭的房门。

吴岚要到周一才能回来，她如果在家，他还能使绊子让她阻止梁月弯出门，明天才周日，梁月弯有一整天时间。

不行。

两分钟后，薛聿找到家里的电源总闸，毫不犹豫地拉下了电闸。

梁月弯还没睡，突然停电，吓了一跳，客厅传来椅子碰撞的声响，她摸索着打开房门："薛聿？"

她又叫了一声，才听到他忍耐着在闷声吸气。

"这儿，我在呢，可能是跳闸了。"

"你没事吧？"

"被绊了一下，没事。"

"能修好吗？"

"应该可以，我试试，椅子倒了，你先站着别动。"

这是梁月弯自己的家，她比薛聿更熟悉。

已经将近十二点了，外面没几家亮着灯，楼道里空荡荡的，动作大一点儿都有回声，薛聿个子高够得着电闸，不需要踩椅子，梁月弯站在旁边举着手机帮他照明。

"保险丝烧坏了，天黑看不清，等明天天亮了再修。吴阿姨在外地，你给她打电话也没用，反而让她担心，先将就一晚上。"

他接过手机，照着路让她进屋："你不会怕黑吧？"

梁月弯小时候经常一个人在家，停电的话睡觉就好了："我不怕。"

薛聿："我怕。"

梁月弯抬头看他，他脸不红心不跳，坦然自若。

客厅儿把椅子刚才被他撞得东倒西歪，眼看着他的腿又往桌角那边伸，梁月弯拽了他一下："小心，你看路啊。"

薛聿顺势抓住她的手："你家我还不熟悉，别碰坏了吴阿姨最喜

欢的花瓶，还是你牵着我比较保险。”

梁月弯之前在阳台待了好一会儿，吹了风，一身凉意，薛聿身上却是热腾腾的，透过掌心传来的热度让梁月弯突然意识到她和薛聿之间过于亲密，下意识地想把手抽出去，却被他抓得更紧。

“家里好像还有根蜡烛，点上就不黑了，但是我忘记放哪儿了——薛聿……你把手松开。嘶！你的衣服钩着我的头发了。”

“哪儿？我看不见……哎，哎，哎你别推我。”他被甩开的那只手又搭着她的肩膀，腰往下弯，几乎半个身体靠在她身上才勉强站稳，“先扶我去床上坐着。”

头发被拉链钩住，扯得头皮疼，梁月弯被薛聿半拉半拥地推进了他的房间。

这原本是她的卧室，薛聿住进来之后，她就没有进来过。

里面黑乎乎一片，头发还绞在他的衣服的拉链里，她也没心思看别的。

薛聿借着手机那点儿光亮试着轻轻扯了下拉链：“劲儿是不是太重了？疼不疼？”

“还好。”

“你离我太远，再近点儿，身体别动，头往左边偏一点儿，不对，右边。”

他要求多，话也多，坐着、站着都不行，手也变笨了，就像被夹头发的人是他，梁月弯莫名地想笑。她忍了一会儿，耳边温热的呼吸吹进脖子里，有些痒，她实在忍不住，笑出了声。

“笑什么？”他忽然低下头，视线和她平齐。

梁月弯呼吸一窒，甚至可以看到手机在他的瞳孔里映出的亮光。她有些不自然地往后仰，却压住了他撑着床沿的手。她条件反射般避开，导致身体重心不稳往后倒。

头发还缠在他的衣服上，他被带着一起倒在了床上。

“好痛。”手机砸到了鼻子，鼻腔里的酸涩感让她很不舒服，夜色深处，眼角流出的那滴生理性的眼泪沁进了他的手掌。

“薛聿，你把外套脱了吧。”

薛聿稍稍撑起身体：“脱了我穿什么？”

“你里面没有穿吗？”

“没穿，男的都不穿。”

“我又不看。”梁月弯无语，嘀咕道，“这么黑我也看不清。”

“我倒是想给你看。”他笑了笑，“拉链被你的头发卡死了，没法儿脱。”

“那怎么办？我这样好难受，脖子都僵了，我们总得睡觉吧。”

薛聿也不怎么好受，小心调整姿势，尽量不拉扯到她的头发，侧身和她面对面侧躺着。

“胳膊没力气了，歇五分钟。”

倒扣在被子上的手机照出一束光打在屋顶，光线越接近边缘就越模糊。

房间里分明静得只剩下彼此的呼吸声，却又热闹得如同有凶猛的浪潮从四面八方涌来，起初人还能藏着，可多熬一秒就越发按捺不住，浪潮声势浩大，翻涌着，像是要掀天揭地。

薛聿后背微微汗湿，灼热的潮湿感让他有些喘不上气。

他没说话，梁月弯也安静地躺着。

他动了动身体，手臂碰到她的时候，她悄悄往旁边挪了一点儿。

断电之前她已经准备睡觉了，穿的是睡衣，手机的光没那么亮，房间里昏暗，虽然看不太清，但也不至于伸手不见五指。

刺耳的轰鸣声打破了寂静，这附近有火车轨道。薛聿心想，今

晚火车经过的时间真早，平时都是凌晨四五点。

然而，偏偏有一道声音破空而来戳穿他自欺欺人的拙劣谎言。

怦——怦——怦——

你听，这是你的心跳声。

薛聿一边暗暗嘲笑自己经不住半点儿考验，一边又控制不住地想知道此时此刻的梁月弯是不是也和他一样备受煎熬，于是偏头看向她，想看看她此时的模样。

她总该回应他几分少女青涩的羞赧，哪怕只有一点点。

第二章 / 五年高考三年模拟

“你休息好了吗？”梁月弯揉了揉脖子，“要不你还是直接拽断吧，反正我平时绑马尾也看不出来。薛聿？你别就这样睡着了，我不想落枕。”

几句话搅散了薛聿脑袋里的幻想，也好，否则再这样下去他一定会露出马脚。

“没睡着。”他稳住话音，像什么都没有发生过，“你坐起来，我再试试。”

他不像刚才那样话多，手指灵活地拨弄着，终于把她从这尴尬的局面里解救出来。

“你先用手机听会儿歌，我去给你找蜡烛。”梁月弯腿有点儿麻，站着缓了缓。

薛聿小时候是真的怕黑，吴岚还哄过他睡觉。

“手机没电了。”薛聿悄无声息地把刚摸到的手机往枕头下面藏。

“那你用我的，”她没有怀疑，“但是我的也没多少电，还是得先找到蜡烛。”

“好。”

梁月弯翻箱倒柜，好不容易在抽屉里翻出了一根旧蜡烛，又不知道打火机在哪里。两个人从厨房到阳台，从客厅到卧室，在不到一百平方米的房子里来来回回转了十来圈，折腾到很晚才睡。

天气预报不准，第二天两个人还没起床就下雨了。

雨水噼里啪啦地打在阳台上，把花盆里的泥溅得到处都是。薛聿看着外面阴沉沉的乌云，笑得得意。

这么大的雨，别说爬山，出门都是问题。

小腿昨晚撞到椅子，一夜过去后皮肤显出一大块乌青，薛聿换了条短裤，满意地打开房门。

梁月弯在厨房煮饺子，摆了两个碗。

调汤汁的时候梁月弯瞟了一眼站在阳台上看雨的薛聿，她穿两件衣服都觉得冷，他竟然穿短裤。

“天气预报真不靠谱，怎么说下雨就下雨？”他长长地叹了一口气，“那些周末早起爬山的人这会儿肯定后悔死了，待在家里多舒服。”

梁月弯没搭腔，把煮好的饺子盛出来，自己只吃几个，给薛聿的是一大碗。

速冻饺子味道也就那样，但薛聿吃得连一滴汤都没剩。他负责洗碗，外面暴雨倾盆，雷声轰鸣，梁月弯也不敢催他修电路。

屋里光线偏暗，梁月弯回房间写作业。没过多久，薛聿也敲门进去，还拿着一张卷子，挺像回事。

昨晚睡得太晚，梁月弯被一道数学大题折磨得没了精神，趴在书桌上有些昏昏欲睡。

半黄半绿的梧桐树叶被洗得发亮，风吹雨淋落了满地。

薛聿往她左耳里塞了只耳机，另外一只他戴着，里面是首英文情歌，连窗外嘈杂的雨声都多了几分不同的意味。

“你是不是感冒了？”

他偏过头咳嗽：“可能有点儿，秋冬衣服还在那边，没带过来。”

“等雨停了回去拿吧，下周还会降温。”梁月弯看他咳得脸都红了，“家里有感冒药，要喝吗？”

“算了，懒得动。”

他一直在咳嗽，扁桃体发炎容易引起高烧，梁月弯担心他感冒加重：“我帮你倒水。”

薛聿点了下头：“好。”

梁月弯出去了几分钟，再回来时两只手都满满的，杯子里的开水氤氲出热气，散在她的眉眼周围，原本就很精致的五官显得更加柔和。

薛聿看着她一步步走近，三五米的距离而已，就已经足够他想象出以后和她生活在只属于他们两个人的家里的画面。

“不苦，趁热喝才管用。”

梁月弯手里还有一包感冒冲剂，想着过一会儿再让他喝一杯。

薛聿瞟了一眼就笑了：“怎么是小孩喝的？”

梁月弯有一个小外甥女，吴岚暑假的时候帮忙带过半个月，这些药是她们从市区搬过来之前剩下的。

“你不是小孩啊？”

“哎！”薛聿眼里的笑更明显，“梁月弯，你今天很嚣张。”

梁月弯的生日在 3 月，他是同年 11 月出生的。

说起来，他的生日快到了。

“今年有什么想要的生日礼物吗？”

她去年送的是手机壳，前年是个篮球。生日其实每年都记得，但高中不在同一所学校之后，她都是让别人把礼物给他带去，可能早几天，也可能晚几天，但一定不会忘。

薛聿也和她一样趴在书桌上，下巴放在手臂上：“我要什么，你都能给？”

“嗯，只要我有的，都可以。”

他想了想：“送我个月亮吧。”

梁月弯哑然失笑。

薛光雄现在生意做得大，薛聿自然什么都不缺。

梁月弯还剩一张上周考试的数学试卷，那点儿成绩在薛聿面前根本拿不出手，她想着等他出去了再写，可他待了大半天都没有要回自己房间的意思，于是躺到紧挨书桌上的床上准备午睡。

两个人从小就认识，虽然中间空了三年，但薛聿已经在这里住了好多天，过了最初的陌生感，待在一起即使不说话各做各的事也不会觉得尴尬。

薛聿拉上窗帘，屋里的光线暗了很多。

他拿出夹在习题册里的那张数学卷子，从头到尾地看了一遍，在她做错的题目旁边用铅笔一步步写清楚解题思路，圈出容易错的地方之后，重新放回原来的位置。

耳机里的音乐让人犯困，梁月弯缩在被褥里，睡眼蒙眬，半梦半醒间，感觉到床好像在轻轻晃动，但她困极了，什么都不想理。

隐约似乎听到薛聿在问她想考哪所大学，梁月弯恍惚地想，她成绩普通，也没有什么特别突出的地方，大概率是要留在本市了，可她又不甘心。她想去看看梁绍甫口中那座寸土寸金的城市到底有多好，好到他舍不得回来，在那里又有了一个家。

薛聿小心地掀开被子，少女的睫毛颤巍巍地动了动，她像是要醒了，他停下动作，等她睡熟了才躺上床，慢慢挪动身体，调整姿势。

他又闻到了那股好闻的桂花香，很像小时候在幼儿园吃的一种糖。

那已经是很多年前的事了，那段时间妈妈病得很重，薛光雄到处求人借钱，最后连房子都卖了，因为没交学费，他不能去上学，大部分时间待在医院里。

那时候，一天可真长啊，他睡了醒，醒了睡，默背了乘法表很多遍，天都还没有亮。

隔壁病床的老奶奶走了，又住进来一个阿姨，比妈妈还年轻，没过多久也走了。阿姨来的时候还能说话，走的时候被一张白布盖着抬出去的，来接她的人都在哭，他又觉得时间很快，快到什么都抓不住。

他记住的，除了消毒水的味道之外，就只有每周五梁月弯从幼儿园带给他的那颗桂花糖。

梁月弯翻了个身，衣服领口歪了，肩膀露在外面。薛聿忍住咳嗽，重新躺好时，她却睁开了眼睛，瞳孔里雾蒙蒙地映出他的影子。

薛聿怔了几秒，抬起手，掌心覆在她的眼睛上。

“梁月弯。”

“嗯？”

耳机里的歌换了一首又一首，雨声也温柔了许多。

“你睡着了吗？”其实他想问的不是这一句。

她呼吸浅浅，没有任何回应，薛聿不知道她到底有没有听清。

但这个午觉她睡了很久很久，他也是，醒来时已经是傍晚，窗外雨水滴滴答答，房间里昏暗安静，被压在下面的耳机硌得他背疼。

外面传来开门声——吴岚忙完工作提前回家，发现家里没电，在客厅打电话准备找人来修。

梁月弯这才算完全清醒，和薛聿四目相对，眼里映着彼此睡眼惺忪的模样。

头发被他压住了，她先下手，对他又推又踢，压着嗓子让他快点儿从床上下去。

薛聿忍着笑，在吴岚敲门前一秒拽着她一起滚到了床下。

“月弯？”吴岚推开房门。

书桌上有几本书，厚厚一摞习题册摊开着，床上的被子也很乱，像是主人匆匆忙忙出门的样子，吴岚自言自语道：“都不在家啊，奇怪，这两个孩子去哪儿了？手机也打不通，是不是出去吃饭了？”

房门没有关上，半掩着，两个人能清晰地听到吴岚打电话问对方多久能到。

梁月弯摔下床的时候整个人压在薛聿身上，想说话却被他捂住嘴，想爬起来，他就用一只手牢牢地锁住她。

本来什么都没有发生，现在两个人做贼心虚地藏在床下反而让她有嘴说不清。

吴岚在外面走来走去，忽远忽近的脚步声让梁月弯莫名紧张，连呼吸都下意识地放轻、放慢。

然而薛聿没有半点儿自觉，梁月弯不敢动，用眼神警告他别太过分。

他丝毫不在意。潮湿的空气无声无息地发酵，又被一张网收拢，仿佛再多一分钟氧气就会被耗光。

砰的一声，大门被关上。

吴岚暂时出去了。

“薛聿！”梁月弯几乎就要一跃而起从这诡异的气氛中逃离，可身体刚撑起一点儿就被薛聿的手臂压着后腰重新倒下去，脸砸在他的胸口。

“你对我又掐又踢，里里外外摸了个遍，我都没生气。”他的声音里明显带着笑意。

梁月弯瞬间面红耳赤：他的脸皮怎么这么厚？

“我又不是故意的。别闹了薛聿，我妈一会儿就回来了。”

“也是。”薛聿当着梁月弯的面回房间找到自己的手机，开机后给吴岚回电话。

昨天晚上他明明说手机没电了。

“吴阿姨，您提前回来了？不好意思，我刚才可能是不小心碰到了关机键，没接到您的电话。

“月弯啊，对，她跟我在一起。这两天下雨降温，我没有带厚衣服，她陪我回家拿几件。

“我们刚坐上公交车，这段路堵车严重，估计回去得晚。

“好，我和月弯晚饭在外面吃。”

他解释得自然，电话那端的吴岚深信不疑。梁月弯还在愣神，他已经拿好了伞。

“披件外套，我在门口等你。”

“哦。”梁月弯跟着出门，下楼才反应过来。

她为什么要听他的？

吴岚提着打包好的饭菜朝这边过来，跟卖烤串的老板打了声招呼，薛聿听到声音，把梁月弯拉进了旁边的保安室。

保安室里没人，梁月弯看见吴岚，就忍住了到嘴边的话。

空间小，两个人面对面站着，梁月弯低着头，余光不自然地往旁边瞟。

薛聿感冒咳嗽，吴岚正好走到保安室外，梁月弯想都没想直接捂住了他的嘴。薛聿忍得脖子通红，头低下来，脸埋在她的肩窝里闷闷地轻咳了一声。

声音不大，被雨声遮盖，吴岚没注意，只是收伞的时候往这个方向看了一眼。

梁月弯后背贴着墙，下意识地屏住呼吸，少年的短发扫过脖颈，有些痒，连她自己都没有意识到，手是什么时候攥住他的衣摆的。

薛聿没动，额头轻压在她的肩上，等吴岚上楼了才站直身体。

“吃了药怎么还更严重了？”梁月弯看他耳朵都是红的，嘀咕道。

薛聿撑开雨伞：“因为你睡觉抢被子。”

他如果不提，梁月弯也不会说：“那你为什么睡我的床？”

地上厚厚一层落叶，踩着沙沙作响，薛聿看着前面的路随口应付：“我也困，懒得动，后来想回房间睡的，但你不让我走，我一动你就发脾气，还骂我。”

梁月弯：“……”

薛聿家在城区，要换乘两路公交车才能到。

雨天车上拥挤，梁月弯的脚被踩了好几次，薛聿远远地看着，趁到站时乘客上下车的空当挤到她身边。

他也不说什么，只是用身体隔开了梁月弯身边的人。

出门前他只拿了一把伞，梁月弯在路上没怎么注意，这会儿才发现他的肩膀湿了一大片。

“在这站下吧。”

她好几年没去他家，薛聿以为她记错了：“还有一站。”

“我们先去药店买药，买完走过去，反正也没多远。”她顿了两秒，“如果晚上发烧了，会影响你学习。”

薛聿听出“学习”这两个字是故意学他说话的语气，就忍不住笑了：“家里不是还有感冒冲剂吗？”

“小孩喝的，对你没用。”

他看向窗外，声音低，慢悠悠地说：“哦，我很大吗？”

公交车到站，梁月弯下车，薛聿几步追上去。

路边有家药店还没关门，只有一位店员，在接电话。梁月弯就先自己看，顺着药架找感冒药，薛聿跟在后面，过了一会儿店员接完电话才过去。

两个人没穿校服，互相也不说话，神情明显有些别扭，左看看，右看看，在一排药架前来回徘徊。店员见多了类似的情况，就直接绕到另一边拿了一盒药，想想又拿了一瓶维生素 C，毕竟两个人年纪小。

“配合着维 C 吃，多喝点儿热水。”

梁月弯看了看那盒药，又看了看薛聿。

薛聿沉默了几秒，面无表情地道：“我们买感冒药。”

“对不起，”店员连忙道歉，“不好意思，感冒药在这边，您看需要哪一种？”

这栋别墅是薛光雄买给父母的，但老人不习惯住城里，所以一直没搬，他常年在外，薛聿也很少回来，家里没人住，显得很空荡。

薛聿上楼拿衣服，梁月弯在楼下客厅等他。花盆里的橘子树死了，只剩枯枝，她以前还在树上摘过一个尝味道，特别酸。

雨小了些，她从阳台望出去，一条浑身湿淋淋的狗蹲在花坛边。

薛聿随便拿了两件外套往包里一塞，下楼后在客厅没看到梁月弯。

出门没走多远，他停住脚步，目光漠然地注视着前方。

梁月弯正站在另一个男生的伞下，旁边蹲着一条瑟瑟发抖的狗。

那个男生是曾经让一中所有老师骄傲的学生——付西也。

两所学校合并之后，他依然优秀得出类拔萃。这世上不缺聪明人，但站在金字塔尖的，少之又少。

从小到大，父母对他的要求是只能考第一名，身边的亲戚、同学、老师也都觉得他永远不会出错，或者说，不应该出错。他就应该是最好的那个，当然，他也确实做到了。

现在的他还不懂，青春年少时，输赢和遗憾相比，其实根本不值一提。

“没带伞吗？”付西也每周固定时间去健身房和图书馆，在家附近遇到梁月弯也有些意外，“我的给你用，你不用急着还，想起来的时候带去学校就行了。”

他身上有种冷冷的距离感，五官轮廓虽然不显凌厉，但因为他不常笑，很多人觉得他冷漠又没有人情味。

这是梁月弯和他同班的第三年，但其实他们也没有多熟。

“谢谢，我和朋友一起过来拿东西，他有伞。”梁月弯低头看着脚尖的泥渍。

她后悔出门时没有穿一双耐脏的鞋，或者刚才应该用纸擦一擦——付西也有洁癖，而且很严重。

在梁月弯因为自己那双被踩了泥印的鞋手足无措时，付西也也沉默了。目光从她的头顶越过，不远处的薛聿单肩挂着背包，两个人的视线撞上，薛聿眼中传递出的敌意并不陌生——那次他给梁月弯讲题，薛聿去找她借笔的时候，就是用这样的眼神看他。

“你的朋友，就是他？”

梁月弯愣了几秒，茫然回头。

细雨飘散，一层雾气中，薛聿站在路灯旁，投在地面上的影子模糊不清。

“梁月弯，”付西也收回视线，目光聚焦在她的脸上，语调并没有丝毫起伏，“这一年时间很快的，一眨眼就过去了。我知道班里不

止一个同学的心思不在学习上，绝大部分是因为高三生活乏味枯燥太难熬而寻找刺激，班主任没有明说，不是不知道，而是顾及她们的情绪。

“梁月弯，你和她们不一样。

“很快就要月考了，还是全省联考，你应该明白现阶段最重要的是什么，我希望你不要被别人影响。”

他的意思很直白，直白得让梁月弯有些难堪。

换一个人，随便是谁，用同样的语气说同样的话，她也不会真的往心里去，最多只是有点儿生气而已。

可……偏偏是付西也。

还是那两路公交车，反方向再坐一次，梁月弯一路上都心不在焉，薛聿也反常地过于沉默，她旁边明明有一个空座位，他也站着。

吴岚出差回来又累又困，等他们到家就去睡了，没多问，也没发现两个人之间气氛古怪。

梁月弯后知后觉地意识到薛聿是在生气，脑子里一会儿是付西也失望的眼神，一会儿是薛聿冷冰冰的背影，她最后也没分清失眠的源头到底是谁。

薛聿对所有的微信好友基本设置了免打扰状态，就连薛光雄也一样，就只有梁月弯是正常的，他甚至给她设置了置顶，一打开微信界面就能看到她的头像。

可他等到凌晨两点都没有一条消息，她更没有来敲他的房间的门。

于是薛聿开始反思他是不是表现得还不够明显，所以第二天出门前梁月弯叫他，他没有理，直接关了门，晚上回去也避开她在客厅、阳台活动的时间去洗漱。有两次在学校遇到，他也目不斜视地从她身边经过，就像是根本不认识。

“吵架了？”闻森的目标虽然是闫齐，但这并不妨碍她馋薛聿，“反正你们住一栋楼，你找个机会堵住他，有误会就解释，哪里做得不对就道歉，总这样僵着多伤感情啊。你看人家都瘦了。啧啧……真是好腿，好腰！”

薛聿头都不回，梁月弯也转身往反方向走。

闻森乐了：“还说不熟呢，不熟你们吵什么架？”

“没吵架，是他莫名其妙。”梁月弯脚步不停，越走越快，“本来就不熟。”

晚自习，闻森请假了，班主任在上课之前讲完几件事就回了办公室。

付西也当了三年班长，虽然平时沉默寡言，但只要他在，班里自习的秩序就不会差。

梁月弯拿出一周前的数学卷子。明天老师要讲，她得先把错题看一遍。

看第一眼她还以为这张卷子不是她的，但写着她的名字，翻到另一面也一样——每道错题旁边都用铅笔写了解题思路，只是没有答案。

这是薛聿的字。

他什么时候写的？

梁月弯看着试卷上整齐的字迹，回想起这几天和薛聿之间的别扭，胸口仿佛堵了一团泡了水的棉花——她因为付西也说的那些话感到羞愤，却把气撒在了薛聿身上。

这件事好像是她不对。

那就……等他生日那天，自己好好道个歉吧。梁月弯这样想着，没注意到秦悦偷偷换到了闻淼的座位上，回过神的时候吓了一跳。

“班长，我跟月弯说几句话，就两分钟。”秦悦对付西也说完后把头扭回来，趁没人注意，从校服袖子里抽出一个信封，“月弯，帮我个忙。”

“什么忙啊？”

“帮我把这封信交给薛聿，”秦悦小声叮嘱，“私下给啊，别让其他人知道了。”

梁月弯短暂地愣神，看着秦悦的眼神，忽然就明白了是什么意思，把那封信重新还给秦悦：“秦悦，对不起，我不能帮你。”

秦悦没想到梁月弯会拒绝，而且还拒绝得这么干脆——梁月弯性格好，是她在高三新班级交的第一个新朋友。

“我和薛聿不熟，你还是自己交给他比较好。”

“不熟吗？可是上次他还来找你借笔了。好吧，就算不熟，那也是认识的啊，”秦悦拜托她，“月弯，你就帮我这一次……”

“秦悦，大家都在自习，”后座上的付西也敲了下桌子，“你可以不学习，但请不要影响别人。”

秦悦看了梁月弯一眼，把信封塞进兜里，起身回到自己的座位上，故意把椅子弄出很刺耳的声音。

梁月弯脊背挺得笔直，从付西也的视角，他能看到她在用橡皮擦卷子上的字，擦到一半好像又后悔了。

梁月弯也知道秦悦肯定会生气，平时下晚自习两个人都一起下楼，今天秦悦没有等她，挽着别人先走了。这样的事她在初中三年就遇到过不止一次，那时候她和薛聿是同桌，上个体育课都会有其他班的女生找上她。

付西也不住校，也要去坐公交车回家。刚下课外面人多拥挤，他都会在教室等十分钟。

“把不会的题圈出来，明天早上我给你讲。”

“谢谢，不用了，”梁月弯收拾好书包，起身往外走，是自尊心在作祟，也有赌气的成分，“我没那么差，可以自己做。”

她从身边经过时，付西也想说什么，只犹豫了几秒钟，她就已经走远了。

吴岚想下个月休年假，所以最近就要把手头的工作结束。她没把薛聿当外人，平时怎么对梁月弯的，就怎么对他，只是偶尔没那么忙的时候会陪着写写作业，平时都很随意。

梁月弯和薛聿互相僵着，谁都不肯先示好，就算同住在一个家里，只要有一方想避开，两个人就真的有可能几天都碰不到面。

有一天晚上，梁月弯喝了太多水，去洗手间的时候薛聿刚好从房间里出来，四目相对，谁都没有主动开口。梁月弯听着他低低的咳嗽声，想起那张数学卷子，觉得自己不应该生他的气，可再想想因为他，秦悦到现在还没跟她说话，又觉得心烦。

学校大扫除，每个班都分了固定的区域，梁月弯组男生多，她先弄完后就准备去帮秦悦，对方没理她，别开脸跟另一个女生说说笑笑。

“还没和好啊？”闻淼凑过去，“晚上还能不能去逛夜市了？”

三个人上周就约好了，结果友谊出现裂痕，闻淼夹在中间倒也不尴尬。她认识梁月弯更久，当然和梁月弯关系更好。

“送封信而已，又不一定真的会有后续，反正你和薛聿是邻居，

遇到的时候顺手递给他就行了，收不收、看不看、怎么处理都是他的事，多简单？”

梁月弯不想多解释，依然是那句：“我和薛聿不熟，帮不了。”

这话刚好落在她身后几步远处的薛聿的耳朵里。

不熟？

这段时间，梁月弯一共就没跟他说过几句话，他还不如小区门口卖烤串的那个阿姨——梁月弯每天放学都会跟她打招呼，见着他却当没看见似的。

不行。

虽然他有足够的耐心，但按照她的性格，如果再这样下去，两个人又会回到刚开学时的状态。

“梁月弯，”薛聿站在树下叫她，周围很多同学，他问得自然而然，“帮我带外套了吗？”

衣服——是很私人的东西。

闻淼的目光在两个人之间转来转去，眼里的笑意相当耐人寻味。

10月底温差大，早、晚凉，中午太阳晒久了又有点儿热。吴岚早起看到薛聿出门的时候只穿了件T恤，中午上班就顺路把车开到学校，带了件外套让梁月弯拿给他。

不只是今天，从第一次在学校里遇到开始，梁月弯从头到脚都在和薛聿撇清关系，“没有”两个字已经到嘴边了，但最后还是没有说出口。小时候，薛光雄没空管他，他饱一顿饿一顿，导致身体一直不太好，总生病，换季很容易感冒发烧。

梁月弯能感觉到秦悦投过来的视线，薛聿却丝毫“没有眼力见”，又问了一遍。她只能硬着头皮回答：“带了，在教室，你现在要吗？”

薛聿咳了两声："嗯，有点儿冷。"

"那我拿给你。"

她从另一侧的楼梯上楼，薛聿不远不近地跟在后面。刚拖完一遍的地面还很湿，她一只手搭在楼梯扶手上，另一只手压着被风吹起的校服裙摆。薛聿抬头就能看到她高高绑起的马尾随着步伐轻轻摇曳。

窗户都开着，空气里有一股清冷干净的味道。

外套在书包里放了大半天，皱巴巴的，梁月弯递出去，薛聿接住，拎着抖了抖，随便往肩上一扔。

"我的作业呢？"

她昨晚熬夜复习，早上晚起了半个小时，比他晚出门。

梁月弯想着秦悦现在肯定更生气了，觉得自己是故意的，回想起初中三年有多少次因为薛聿和朋友闹僵，就更不想跟他多说话。

"没带。"

"我给你发了消息。"

她偏过头，余光往黑板上瞟："我早上急着赶公交车，没看手机。"

薛聿侧靠着走廊外面的栏杆站着，从他的视角，能看到梁月弯背在身后的手，手指捏着衣角，微微蜷起。

她根本不会撒谎。

"没带就算了。"他像是不怎么在意她的冷淡和有意的疏远，站直身体后把保温杯放在窗台上，"别喝凉水，喝这个。"

他走远好一会儿，梁月弯才反应过来。

两个人住在一起，共用一个卫生间，有些事再小心也避免不了。

还有一节课，同学们打扫完，陆陆续续地上楼，梁月弯不知怎么的有些心虚，在闻森回到座位上之前藏起了保温杯。

闻森以为她着凉发烧了：“月弯，你的脸好红。”

“啊？有吗？”梁月弯摸了摸自己的脸，都可以煮鸡蛋了，“我刚才喝了一大杯热水，喝太急了。”

“没发烧就好，肚子疼吧？”

“一点点。”

“还有水吗？我今天忘记带杯子了，刚才也没去买，能不能给我喝一口？”

梁月弯将手伸进书包里摸到保温杯，动作顿了几秒，换了个方向，拿起自己平时用的杯子递给闻森：“你喝吧。”

“怎么还是满的，重新去接了一杯吗？哎？你那个保温杯……”闻森摇着头斟酌措辞，“之前都没看你用过。”

“新买的。”

闻森说：“怎么挑了个黑色的？好丑，明天我陪你去买新的。”

梁月弯含糊地点了下头。

上课铃声响起，老师走进教室。

“把习题册拿出来，没做完的、没带的、丢了的、忘记做的，都自觉一点儿给我去外面站着。”

理科一班的化学老师是副校长，出了名的严厉，全年级的尖子生都在这个班，但其中也有爱玩的学生。

“行啊，你们几个都还不知道已经读高三了是吧？！别以为一次考试成绩还看得过去，被分到一班，就不知道自己姓什么了，我告诉你们，后面的同学随时会追上来，你们当中不努力的人也迟早会掉出一班。离高考还有多少天，你们都算过吗？几个月的时间一晃眼就过去了！这世上可没有后悔药给你们吃！”老师点了点课代表的桌子，“把名字记下来。”

课代表拿笔拿纸时，眼前的光线忽然一暗，是薛聿站起身挡住了太阳。他愣愣地看着薛聿走出教室站在走廊上，没有丝毫同情心，甚至有点儿想扒开薛聿的脑袋看看里面的构造：这个人是不是有毛病？他提醒自己让老师检查作业，结果他没带。他这是自己挖坑埋自己？

半根粉笔从窗户被扔出去，砸中薛聿的后脑勺。

“薛聿！你嫌外面地方不够大是吧，要不要我拿个喇叭过来给你用？

“再说话就去操场上站着！”

有几个班提前下课了，楼道间闹哄哄的。

梁月弯生理期不太舒服，等下课铃声响了才从桌子里拿出那个黑色保温杯，里面是姜茶，刚打开盖子，生姜的味道一下子就扑了过来。

“月弯，快来看！”闻淼在外面兴奋地朝她招手。

梁月弯不明所以，见外面趴在走廊栏杆上的同学们都在往楼下看，便走出去，顺着闻淼的视线望下去，看到了薛聿。

夕阳落在操场边，他半个身子都被阳光罩着，从身边经过的学生都走远了还频频回头看他——高三了还被罚站，还是理科一班的学生。

“听他们班的同学说，是因为没写作业，正好撞枪口上了。”闻淼就喜欢看热闹，“他考第一，不会是靠作弊吧？”

“不是，”梁月弯下意识地反驳，“他不可能作弊。”

闻淼看着她笑："哇，这么了解啊？"

梁月弯错开目光，低声解释："他就是脑子聪明，以前那些同学都知道的。"

吃人嘴软，拿人手短，更何况还是她害薛聿被罚站丢脸，心里那点儿愧疚感让她坐立难安，她几次往楼下看，才终于等到操场上的人少了些。

余光捕捉到从教学楼出口跑过来的那抹身影，薛聿把球投进篮框，掀起T恤擦了擦汗。

他打完一场球，刚好错开吃饭的高峰期。

梁月弯就在球场旁边站着，等薛聿和朋友说完话后朝他走过去。

两个人隔着几米的距离站了好一会儿，梁月弯心里有愧底气不足，先迈出那一步，把保温杯里的热水倒到盖子里，和习题册一起递给薛聿。

"薛聿，对不起……我不知道你们最后一节是化学课，习题册……我……我其实给你带了。"

薛聿的目光落在杯盖边缘那一滴水渍上，喉结吞咽的动作很明显。

她喝过的。

"没事，"他捡起地上的篮球，转身往外走，"反正咱俩也不熟。"

梁月弯小跑着追上去："你不跟他们一起去吃饭吗？"

他的脚步放慢了些："嗯。"

"我也还没吃，要不……？"

她这话明显是求和的意思。

薛聿这四十五分钟自然不能白站，可下一秒又听到她说："我帮你带饭，你回教室等我吧，我尽量快一点儿。"

她不是和他一起去，而是帮他带。薛聿望着操场边那棵梧桐树叹气。

自己白站了。

吴岚渐渐留意到两个孩子之间别扭的气氛：“小薛最近怎么了？是不是学习压力太大？”

梁月弯心不在焉地附和了一句：“可能吧。”

“不应该啊，他成绩那么稳定。”吴岚也知道自己最近太忙，大意了，“下周又要降温，你们俩也该添几件衣服了。月弯，你去叫小薛，我们出去逛逛。”

梁月弯不想出门，也不想热脸去贴冷屁股：“上个月买的外套我还没穿呢。”

“那件有点儿薄，今年冬天会特别冷，得提前准备羽绒服。正好，小薛也马上要过生日了。”吴岚催促着，“快去，妈发了奖金，咱们晚饭在外面吃，吃大餐。”

吴岚已经开始化妆了，梁月弯只好回屋换衣服。她今天没有把头发绑起来，柔软的长发披在肩后，她拿好钥匙就去敲薛聿的房间门。

他还在打哈欠头顶竖着几根呆毛。

“你在睡觉？”

“躺了一会儿，没睡着。”薛聿站在门口，“有事吗？”

吴岚从卧室出来：“小薛，晚上再睡。”

“好。”薛聿在吴岚面前一向听话，利索地去洗漱换衣服。

三个人开车去商场。吴岚拿驾照的时间早，只是她平时不常开而已，一通电话转移了她的注意力。

坐在后面的两个人都没说话，薛聿腿长，车拐弯的时候总会碰到梁月弯。起初她还会往旁边挪一点儿位置，后来就懒得动了。

肩上忽然一沉，梁月弯回过神，是薛聿睡着了，头靠了过来。

一个急刹车，两个人的身体被甩到另一边，薛聿的脑袋差点儿撞上车门。他是有点儿起床气的，梁月弯看他实在困得厉害，眼睛都睁不开，就又把他拽过来，让他靠着自己。

吴岚从后视镜看见，就把音乐关掉了。

外面的杂音被隔绝，车里安静，薛聿甚至能听到两个人衣服布料摩擦发出的细微声响。

商场人多，薛聿穿衣服也就那几个牌子，吴岚挑了又挑，选好几件满意的让薛聿先试穿。

他在车上睡了半个多小时，心情明显好了很多。梁月弯撇撇嘴跟在后面，时不时揉一下肩膀，无意间注意到橱窗里的一盏小夜灯，多看了几眼。

那盏夜灯，是月亮形状的。

“送我个月亮吧。”

吴岚在挑鞋，薛聿帮她提着包，回头就看到梁月弯蹲在地上，不知道是在往购物袋里塞什么东西，还是在里面找什么。

“找什么？”

梁月弯吓了一跳，把东西胡乱塞进购物袋后连忙站起身：“我……我渴了，想喝水，结果出门忘记带了。算了，吃饭的时候再喝。”

吴岚一会儿还要买护肤品，五楼才是餐饮区，薛聿问她：“奶茶可以吗？”

“可以，但是要少糖。”

“一起去买。”

“哦。”梁月弯和薛聿一起乘电梯上楼，奶茶店排队的人很多，大家都在等。

薛聿问她喝什么，余光注意到她在揉胳膊：“肩膀疼？”

“没有啊。”梁月弯笑了笑，“暖气好热，头发这样披着不舒服，我想扎起来，可忘记带头绳了。”

薛聿当然也不会有头绳这种东西。

过了一会儿，他抽出卫衣帽子里的抽绳，准备递给梁月弯的时候，却突然被她推了一把。

梁月弯远远地看见秦悦正往这个方向走。

“怎么了？”

“嘘——”梁月弯把旁边的人行立牌搬过来挡住他，“你先别出来！”

薛聿：“……”

女孩子的矛盾，说大不大，说小也不小。从梁月弯拒绝帮秦悦递信那天开始，两个人之间的关系始终有些微妙，梁月弯几次主动示好，秦悦的态度都不冷不热的，而且最近一次英语考试，梁月弯被表扬，秦悦却是被批评的那一个。

梁月弯主动打招呼：“秦悦，好巧，你也来喝这家奶茶啊？”

秦悦看着长长的队伍：“这么多人。”

“周末嘛，可能要多等一会儿。我妈带我来买羽绒服，你呢？”

“跟我爸妈看电影，他们还在吃饭。”

店员叫单：“92号顾客，您的奶茶好了。”

梁月弯看单号，是她和薛聿的奶茶做好了，两杯都是新品。

秦悦还在犹豫要不要去排队，梁月弯想了想，拿出一杯给她：

“桃子味的，应该还不错。”

秦悦就是想喝这一款，但又不好意思：“你不是给你妈妈买的吗？”

“她不爱喝这些，我买两杯，是想都尝尝。这一杯好多，我肯定喝不完，好喝的话我下次再来。”

“好吧，谢谢啦。”

梁月弯看着秦悦走远，心里想着：这样，她们应该算是和好了吧？

也不知道秦悦有没有把信给薛聿，他……收了吗？

薛聿！

梁月弯一惊，这才想起来薛聿还在人形立牌后面，连忙跑过去。

“那杯给我同学了，我们再买一杯。”

她的心情明显比下午好多了，但薛聿的脸色有些难看：一个普通同学而已，只是在商场遇到，她还要让他藏起来，他难道见不得人？

“现在人太多，重新点还要等很久，你先喝吧，我不是特别渴。”

梁月弯小跑几步，两个人并排往前走：“我给你留一半，有两根吸管。”

一盆冷水闷头泼下来，转眼间她又喂给他一颗糖，薛聿很想硬气地说“不用了”，但显然身体比嘴诚实，百香果有点儿酸，他却尝到了丝丝甜味，忽然就不生气了。

自己真没出息。

梁月弯用他的卫衣帽子的那根抽绳简单地把头发拢起来，抬头就看到他咬着她喝过的吸管喝剩下的果汁：“刚才给你的吸管呢？”

薛聿一脸无辜茫然的样子：“那是吸管？我不知道，当垃圾扔了。”

梁月弯：“……”

第三章

/

日记本和海绵宝宝

从11月开始，高三年级每个月的月末都有一次全市大考。

班主任习惯按成绩排座位，男女生分开，梁月弯的全校排名和付西也相差甚远，只是在班里的座位刚好在他后面，闻森则毫无意外地去了最后一排。

不知道是谁在窗户外面绑了个纸风车，风车被冷风吹得呼呼地转。

落日的余晖还未退，天色已经暗了下来，天边却亮得夺目，像是泼洒在灰色画纸上的红色颜料沾水后向四周晕染开。

突然停电，寂静沉闷的教学楼涌出一阵阵喧闹声，仿佛是将黑色幕布撕破了一个口子，很多同学围在窗户旁边往外看，吵啊，闹啊，笑啊。

只有梁月弯安安静静地趴在课桌上，付西也回头就对上她还没来得及移开的目光。

学校有发电机，断电时间不会太久，晚自习肯定还是要继续上。

"班长，我想出去一下，就一会儿。"

老师不在，付西也负责班里同学的纪律："天已经黑了，外面路灯都没电，快点儿回来。"

梁月弯点头说"好"，拿上书包里的东西，悄悄从后门出去。

付西也看到了，那是个纸盒子。她一向循规蹈矩，是要去哪里呢?

过了一会儿，班主任来了，让付西也去办公室把笔记本电脑拿到教室，在来电之前给大家放英语听力。办公室在八楼，走廊里有应急灯，不至于看不清路，付西也拐过走廊，看到什么后突然停下脚步。

一班教室后门站着两个人：梁月弯和薛聿。

亮着光的小夜灯被递到薛聿面前，他低着头，看到灯光照得她的手指白得近乎透明："给我的？"

"嗯。"梁月弯低低地应了一声。上次她害他被罚站，想起被他刻意强调的"不熟"两个字，心里总有那么点儿愧疚，反正是要给他的，早一天还是晚一天也没什么区别。

"虽然小，但是有点儿光，就不会那么黑。"

薛聿别开眼，把小夜灯塞进外套口袋："我一个男的，如果被人知道竟然怕黑，多丢脸？"

梁月弯想笑，勉强忍住了。

他们班比较安静，两个人说话声音大一点儿都可能被里面的人听见。

"我要回教室了。"

"这么快就走？"薛聿下意识地抓住她的手腕，"什么都看不清，回去了也没办法学习。"

他掌心潮湿的热意隔着校服传到皮肤上，梁月弯不太自然地挣脱，将那只手背到身后："那我也不能一直在这里待着啊……"

她话音未落，走廊那边就传来一阵咳嗽声，紧接着就是年级主任站在体育班教室门口训话的吼声，感觉整层楼都在震动。老师手里还拿着一盏应急灯，灯光随着他手臂挥动的动作四处乱扫，在黑夜里很刺眼。

"嘘。"少年温热的呼吸从她的耳边拂过。

手腕一紧，身体被带着往前，肢体先于思想，她在反应过来之前，就已经跟着薛聿从另一侧的楼梯下楼了。

微凉的风里混着一股花香，梁月弯不知道是什么花，只觉得很好闻。

她还在慢慢适应高三紧张压抑的学习氛围，梁绍甫会定期打电话回来问她的成绩——不是特别差，也不是很拔尖，他很少说严厉的话，但叹气声里的失望就已经压得她快要喘不过气了。

有时候就连闻淼都会开玩笑问她，女儿都像爸爸，她怎么没有遗传到梁绍甫的智商?

可她就是没有，不高不低，普普通通，丢在人群里一下子就会被淹没。

她被牵着从教学楼里跑出去，顺着岔路口一路拐进了小花园，做不完的试卷和厚厚的习题册通通被甩在身后，她有种从牢笼里飞出来的感觉。

有那么一瞬间，她叛逆地想，跟着风走，再久一点儿吧。

薛聿显然不是第一次来这里，唤了几声之后，草丛里传出窸窸窣窣的声响。梁月弯躲到他身后，不自觉地攥紧他外套的衣摆。

“别怕，是条狗，不咬人。”

梁月弯蹲下去，借着小夜灯的光看清那条狗——他一只手就能整只托住。

“好小。”

薛聿拿出一根火腿肠，从中间拧断，一人半根，梁月弯喂得慢。小狗吃完最后一块还一直舔她的手心。

学校里一直有流浪狗和流浪猫，保安总是会把它们赶出去。

梁月弯听着薛聿说他是怎么发现这条小狗的，目光无意识地落在他的眉目间。那些女生……包括秦悦，可能不仅仅是喜欢他这张脸。

他们这算是和解了……吧?

“薛聿，你还生气吗？”

薛聿一听就知道她在想什么，偏过头没说话。

“我都陪你来喂狗了……”她有些急，可越说越没有底气，明明更开心的人是她，哪怕只是短暂地从沉闷的学习中逃离，来电之后依然要回到那间教室里，但至少这几分钟里她是开心的。

“薛聿，你别生气了，我以后不跟别人说‘我们不熟’了，行吗？”

她和小狗蹲在一起，看着他的眼神可怜巴巴的。薛聿咳了两声，故作大度地说：“明天下晚自习等我一起回家。”

“不行，我跟森森约好了。”

“梁月弯，你的道歉一点儿诚意都没有。”薛聿板着脸，“过去半个月了，学校还有人在笑话我，是因为谁？”

“好吧，我等你。”

周五不上晚自习，梁月弯打扫完卫生，走出教室才发现又下雨了。

梁绍甫今天回来。他上次回来是三个月前，对他来说，这可能更像是在按时完成一项任务，时间到了，就得抽空完成。

梁月弯不用想都能猜出到家后梁绍甫会问些什么，无非就是那几句话。吴岚性子温柔，很少和人发生口角，梁月弯虽然不是拔尖的优等生，但成绩也在中上游，梁绍甫不用花太多精力操心家里的事。

梁月弯并不想太早回家，在教学楼旁边的光荣榜前多待了一会儿。

所有在榜上的同学都贴着入学时采集信息统一拍的照片，一样的校服，发型也差别不大，唯独薛聿那一栏是空白的。

理科第一：薛聿。

教学楼入口有监控，叛逆心隐隐作祟，梁月弯忽然想看看梁绍甫接到学校老师的电话，说他女儿违反校规校纪时会是什么反应。

这样想着，她就真的拿出一支笔，在光荣榜上薛聿那一栏空白的地方涂涂画画。

她学过两年素描，基本功还在。

可越画她心里越不是滋味，他不知道哪根筋有问题，莫名其妙地生气就算了，还生那么久的气，让她这段时间心里总有些怪怪的。

说好了晚上他们一起回家，他怎么还没下楼？

秦悦这两天心情特别好，也不知道他是不是收了秦悦的信。

薛聿静静地看着梁月弯用黑色写字笔将人像轮廓勾勒出来之后，给他加了副眼镜，又在嘴角点了颗痣，故意把他画丑。

路灯光线柔和，映得她眉眼间的小表情格外生动。

薛聿心里堵了好长时间的那团棉花突然就消散了。

梁月弯又添了两笔才满意——摄像头肯定拍到了整个过程。她转身时猝不及防撞到一个人，吓了一跳，看清对方后愣了许久。

“第一名哎，”她干巴巴地笑，指着光荣榜上醒目的名字，先开口打破僵局，“你好厉害。”

“没你厉害，几笔就把我画得这么传神，简直一模一样，帅炸了。”薛聿也笑，比她脸上的笑更假。

被抓到现形，梁月弯多少有点儿底气不足。

好在薛聿不像是要跟她计较的样子，自然地拿过她的书包往外走，梁月弯小跑几步跟上去。

“你什么都不带，没有作业吗？”

“有，两张卷子，在我兜里。”本来还有把伞，下楼之前，他又折回教室，把伞塞进了课桌里，淋着雨从另一边走过来的，因为知道梁月弯带了伞。

他只戴了顶帽子，梁月弯把伞举高帮他撑着，没一会儿胳膊就麻了。

薛聿握住伞柄的同时也握住了她的手。梁月弯怔了几秒，把手抽出来，耳朵泛着点儿红，也许是因为刚才“作案”被抓个正着有些尴尬窘迫，又或许是因为这夜色里安静却亲密的触碰。

校园里还有很多同学，她走得慢，薛聿也放缓了脚步。

“坐公交车还是走回去？”

“你的脚……”梁月弯想想还是算了，“坐公交车吧。”

她的表情和语气让薛聿都要怀疑上车了她会请乘客给他让爱心座位。

薛聿的脸色不太好看。总不能说，他其实都是装的，不是真的弱。

“你为了约闫齐，想利用我一起去爬山的时候怎么没有担心我的脚？”

梁月弯：“……”

这话听着不太对劲，可她一时间又反驳不了。

“你那天都能打球。”

“我那是忍痛坚持，班级活动必须积极参与，能争第一绝不当第二，你不懂我对篮球的热爱，我不怪你。”

梁月弯：“……”

他说得真是好有道理的样子。

两个人最后还是没有坐公交车。

平时走路二十分钟就能到家，今天梁月弯不想回家的情绪太明显了，越走越慢，都到小区门口了还在磨蹭，薛聿也不催她。

路边卖烤串的阿姨看着他们笑，跟人说话还时不时往这边看。

梁月弯听不清楚，只看到对方笑得神秘："阿姨在跟我们说话吗？"

"没有，是和她朋友闲聊吧。"

"那她怎么总看我们？"

"她说咱俩早恋呢。"薛聿走近了些，将梁月弯完全罩在伞下。吴岚还在休假，白天他们上学不在家，也会下楼跟邻居们聊天："明天会不会就传到吴姨的耳朵里了？"

"反正我妈又不可能相信。"梁月弯不怎么在意，"她卖的烤串特别好吃，尤其是烤鸡翅，卖得最快，每次我回来的时候都卖完了。"

薛聿看着她的背影，无声地叹了口气，收起伞上楼。

都说"近水楼台先得月"，然而事实证明太熟了也不好，小时候两个人在一个被窝睡过，家长都理所当然地默认两个人之间是纯粹的友谊，就连她自己对他也毫无防备。

晚饭是梁绍甫主厨。整日西装革履进出写字楼的金融精英开门时身上围着一条格子围裙，手里还拿着锅铲，即使看见女儿后脸上露出了温和的笑容，也依然显得和这个处处都很普通的家格格不入。

薛光雄本来要一起回来的，但临时有事，最后只是又往薛聿的银行卡里打了笔钱。

"月弯，想爸爸了吧。这段时间工作太忙了，爸爸没顾得上你，但心里是牵挂你的。高三学习任务紧，宝贝女儿都瘦了。晚饭还没好，再炖个汤，你们先休息一会儿。对了，爸爸给你买了几套新资料，还有衣服，你去试试看合不合适？"

梁月弯脸上挤出笑意，努力让自己看起来开心一点儿：“谢谢爸爸。”

“小薛，住得还习惯吗？”梁绍甫在准备最后一道菜，温和的声音从厨房传出来，“房子太小了，不方便吧？”

“挺好的。”

“薛总临时有个重要的客户要见，回不来，托我给你带了些东西。对了，我听你吴姨说，你经常给月弯补习数学，去年请的那个家教一节课收三百块钱，都没你教得好。月弯这次考试进步了很多，全都是你的功劳。”

“也不是，月弯自己努力，也很聪明，以前也考得好。”薛聿在客厅喝水，余光总往梁月弯的房间的方向瞟，“梁叔，这也年底了，你还要过去吗？”

梁绍甫无奈地笑了笑：“唉，我一年都见不了月弯几次，当然也想留在家陪陪她，但是工作太忙，越是到年底事情越多，咱们中国人过年要团圆，可外国人不过年啊。”

梁月弯关上了房门。

他总是有很多忙不完的事情和毫无破绽的借口，却又像是很爱她，现在这一切都是为了她好。

房间里放满了礼物。人收到礼物总是开心的，可鞋子码数不对，她勉强穿上，走两步都挤脚。她也不喜欢橘色的衣服，因为显黑。

吴岚在客厅看电视剧，是最近很火的一部宫廷剧，里面的女演员一个比一个美，却整天为了皇上斗来斗去。

梁绍甫儒雅温和的谈笑声和厨房的烟火气为这个家添了几分温馨气氛，梁月弯看着书桌上那张老旧的全家福，却体会不到应该有

的幸福感。

她应该很开心，应该在梁绍甫开门的时候就扑上去拥抱他，告诉他自己这段时间的想念，告诉他自己这次考试全校排名进步了 54 名，或者去厨房，趁他不注意偷偷尝一口已经做好的菜，被他故作严肃地训斥时缠着他要赖撒娇，说还想吃蒸蛋，而不是躲在房间里挑这些礼物的毛病。

他应该也是花了心思选的，冬天袜子厚，等天气暖和一点儿，她换成薄袜子，鞋的尺码就合适了。可能她小时候喜欢穿橘色的衣服。

“月弯，出来吃饭，小薛也去洗手。”

“来了。”梁月弯回过神。

梁绍甫先给她盛了碗汤：“爸爸很久没做饭了，尝尝味道还行不行？”

梁月弯连着喝了小半碗汤，朝梁绍甫笑：“好喝。”

吃饭的时候，梁绍甫的手机一直在振动，他没接，背过身看了一眼，就关机没再理会，解释说是骚扰电话。

吴岚甚至没有多问一句。

他们都睡了，梁月弯习惯性地去阳台，轻轻地敲了两下窗户。

薛聿听到声音，拉开窗帘，把窗户推开。

“雨停了，我们溜去小吃摊买烤串吧，真的特别好吃，不脏的。”她趴在窗台上眼巴巴地望着他，“两个人一起吃更香。”

在饭桌上，薛聿看出她脸上的笑很勉强，尤其是在梁绍甫挂断那几通电话之后。

他想让她开心一点儿。

“你先去换衣服，我马上好。”

“嗯嗯。”梁月弯轻手轻脚地跑回房间，裹上一件厚厚的外套。

她先下楼，薛聿几步跑下去跟上。

“我忘记带钱了！”梁月弯忽然想起来外套是新的，又摸了摸口袋，“也没带手机。”

她求助般看向薛聿，对方想了想，说：“赊账吧。”

“你也没带吗？”

薛聿从兜里拿出一张钞票，在她面前晃了晃：“我带了，你不是没带吗？”

梁月弯无语。小摊不贵，两个人最多花二十块钱就能吃饱，他那张百元钞票把自己吃躺下都花不完。

“那你先帮我付一下。”

他倒是没那么无情：“行啊。”

可下一秒从他嘴里说出的话就让梁月弯难以置信：“谈钱就不谈感情，我借钱都是要收利息的。”

“吃完回家我就给你，还不到二十四小时你就要收利息？”

“唉，”薛聿叹气，“我们家以前什么样你也知道，真的穷怕了，这一分一毛都是我爸的血汗钱，他花钱大手大脚，我是管不了，但我得为我以后着想啊，我还要娶老婆。”

梁月弯实在不想再跑上楼来回折腾——如果把吴岚吵醒，今天肯定是吃不上烤串了。

“行行行，收利息就收利息，你先帮我付。”

她气冲冲地往前走，拐过路口却突然停下脚步，薛聿差点儿撞到她。

梁绍甫的声音很有辨识度，他站的地方不显眼，但晚上太安静

了，他打电话的声音其实能让人听清楚——在好言好语地跟电话那边的人解释手机关机的原因。

梁月弯虽然早就知道父亲的心已经不在这里了，可现在亲耳听到依然没办法接受。那么，以后如果亲眼看见，自己该会有多难过？

“有些父母和子女之间的缘分就是没有那么深。”

薛聿的话把梁月弯拉回现实，他捂住她的耳朵，从后面带着她往前走，等走远了才放开。

“感情没有了，两个人勉强捆绑在一起，最后只会相看两生厌，家人变仇人，越闹越难看，还不如分开，至少还能给彼此留下一点儿好的回忆，以后回想起来不会只有恨和厌恶。

“他们亏欠你的，会有其他人换一种方式补偿给你，比如说烤串。我们全部吃一遍，也许就会发现最好吃的不是鸡翅。脆骨应该很不错，我先投它一票。”

风很凉，小吃摊充满了人间烟火气。

他站在路灯下，梁月弯看到了光，也看到了他眼里的不是怜悯。

梁月弯想，薛聿和薛光雄始终还是不一样的。

“男人有钱就变坏”这句老话也不完全对，不能一棍子打死所有人。

她忽然就不想和自己较劲了。

老板送走一拨客人，又拿了个干净的盘子给梁月弯：“鸡翅卖完喽。”

“没关系，我们吃别的，阿姨，再加两串鱿鱼，火腿肠也来两串。”

“行，多加辣对吧？”老板擦了擦手，开始忙活，“晚饭没吃饱啊？”

梁月弯笑了笑：“嘴馋。”

“哈哈，阿姨保证不告诉你妈。你们坐着等一会儿，马上就好。”

烤脆骨特别香，梁月弯以前没吃过，薛聿等她满足地咬了一口才提醒：“不先问问利息是什么？”

梁月弯闻到了阴谋的味道，准备把嘴里的东西吐出去，却被他一把捂住嘴，被迫咽了下去。

对视几秒，她试探着问：“你不会狮子大开口……吧？”

这事儿他绝对做得出来。

她脸小，被薛聿捂住嘴就只露出一双眼睛，在夜色里显得莹亮夺目，掌心中嘴唇的温热感让薛聿几乎是立刻收回手，他拿了张纸巾帮她擦嘴，故作镇定地掩饰着什么。

“我想了想，既然我们都已经这么熟了，再谈钱多生疏，还是谈感情比较合适。”

梁月弯连忙摇头：“不合适不合适！”

“我还没说，你就这么激动，”薛聿帮她擦掉嘴角的油渍，似笑非笑地问，“想什么呢？”

梁月弯觉得瘆得慌，却又不想在薛聿面前露怯：“你管我想什么？！”

薛聿也没太过分，只是笑：“趁热吃，不能浪费。”

梁月弯别开眼，心想他最近真是越来越奇怪了。

梁绍甫只回来住了两天，周日晚上来不及吃饭就匆匆忙忙地去赶飞机了。

他在家的时候吴岚和平常没什么两样，一切照常，下午跟朋友约了出去逛街，晚上也会陪着梁月弯写作业。

梁月弯总是会想，连她都能发现问题，更何况是吴岚。

婚姻走到尽头，彼此之间只剩下厌倦和失望，坐在一起连句话都不想多说，双方都心知肚明，但为了孩子，表面上还维持着一个家的样子，不戳穿，将就着过。

梁月弯试着接受，就像薛聿说的那样，比起夫妻反目成仇，还能好好坐在一张桌子上吃顿饭就已经不容易了。

学校每个月一次的例行大会，高三年级也都必须准时参加。

今天是晴天，下午两点半，阳光正好。

付西也在最前面整理队伍，梁月弯站的位置阳光有些刺眼，她一只手挡着眼睛。薛聿朝她走近，两个人低声说了句什么，在班主任看过去之前，薛聿摘了帽子扣在梁月弯的头上，然后从人群中穿过，走到他的班级的队伍里。

校领导在台上滔滔不绝地讲话，话筒的回声荡在耳边，有些学生站着都还能犯困打瞌睡。付西也个子高，整好队后站在最后面，在树荫的遮挡下，看到梁月弯白皙的后颈，绑着马尾的发绳上有颗小草莓。

“老班早上是找你聊保送的事吗？”乔南茜问他，“咱们学校只有五个名额，叔叔和阿姨应该是希望你能顺利通过保送考试的吧，你自己怎么想？”

付西也沉默着，什么也没说。

乔南茜好像明白了，轻声嗤笑，偏过头看向左边相隔很远的那个少年。

薛聿并不是问题学生，但也绝对算不上合格的三好学生，老师提起他的时候也褒贬不一，可少年站在太阳下闪闪发光的模样，谁都会多看两眼。

保送考试还早，但学校一般是提前定好名额，薛聿的名字理所当然会出现在备选名单里。梁月弯在客厅晃了几个来回才走到他的房间门口敲门。

她想问问他保送的事，还想问……问他有没有收秦悦的信。

她又敲了两下，里面还是没声音，她等了一会儿才推开房门。

房间里没开灯，只有电脑屏幕亮着。

吴岚晚上不在家的时候，他下晚自习回来都会打几局游戏。

他是去洗澡了吗?

人不在屋里，梁月弯就先把果汁放到桌上，手无意间碰到了旁边的鼠标，暂停的视频开始播放。她低头看过去，几秒钟后，几乎是往外跑的，刚到门口又反应过来，捂着眼睛折回去点暂停，路上还撞到了椅子。

薛聿擦干手回到房间，坐到电脑前。

这个年纪的男生精力过分旺盛，瘾大，游戏还开着，他看了一会儿视频觉得没什么意思，在准备关掉视频的时候，动作突然停住。

视频好像被快进了一段。

他这才注意到鼠标旁边放着一杯果汁，洒了几滴。他再回想，刚才房门好像是开着的，他确定自己去洗手间的时候关了门。

吴岚还没回来，进他房间的人就只可能是梁月弯。

哦，她看过了啊……

薛聿走到梁月弯的房间外敲门："梁月弯，你找我？"

"没有！"她反应太大，蹩脚地掩饰着什么，却又暴露无遗，"不

是不是，我是找你……但已经没事了，我……我就是想去拿本书。”

“什么书？”他也不戳破，“我帮你找。”

梁月弯背靠着房门：“明天再说吧，我要睡了！”

“借我支笔再睡。”

“你又不写作业。”

“谁说的？”他笑得慵懒，“好学生都不早睡，要熬夜偷偷学习。”

梁月弯小声吐槽了一句“假惺惺”，打开门把笔扔出去。薛聿接住，脚抵着门框，目光把她从头到脚扫视了一遍，最后停在她红扑扑的耳垂上。

他脚抵着门，梁月弯力气不够，怎么都关不上门。

“梁月弯，”他忍不住笑，声音低低的，“你往哪儿看呢？”

“我……我……我……我……”她一下子回过神，往屋顶看，往门后看，看墙上的贴纸，看灯，就是不看他的眼睛，恼羞成怒后就是蛮不讲理，“你管我？！把脚拿开，压折了可就要放弃你热爱的篮球了，到时候别想讹我。”

可没想到薛聿会忽然低头靠近，她条件反射般往后仰，情急之下拽住了他的衣服，两个人一起倒在地上。

木地板，又有他的胳膊垫着头，她倒是没摔疼。

“这次可是你先动的手。”薛聿低喃。她可比数学卷子上最后一道大题难多了，保送哪有陪着她一起努力值得纪念？

脖颈皮肤传来潮湿的灼热感，梁月弯愣了几秒，反应过来，手脚并用地推他，听到他吃痛的闷哼声，才知道自己不小心踢到他了。

他脸上红一道白一道，声音都不一样了：“梁月弯，你谋杀啊。”

“对不起……对不起，我不是故意的。”她连忙爬起来，跪在他身边，“你没事吧？……很痛吗？我不是故意的，薛聿你到底有没有收我同学的信？！要不要去医院啊，我现在就打电话叫车，还是……你忍一忍？地上有点儿冷，你躺床上缓一会儿，还能起来吗？”

“没有。”薛聿打断她毫无逻辑的碎碎念。

梁月弯停顿了两秒，又继续：“你动一下试试，不会是摔骨折了吧？骨折就麻烦了……”

薛聿闭了闭眼，无奈又好笑：“我没有收别人的信。”

“哦。”她借着站起身的动作别开眼，用脚尖踢他，“快起来，别装了。”

薛聿：“……”

熟人不好糊弄。

薛聿捡起掉落在地板上的书，一本一本重新放回书架上，准备出去的时候，梁月弯又叫了他一声。

“你会保送吗？”

“不。”

“为什么啊？别人羡慕都羡慕不来的事。”

薛聿怕她多想，有心理负担：“我放弃保送名额，是想证明自己，不走捷径照样能考上，免得那些人总在背后说我爸给学校送钱了。”

梁月弯想说他本来就很厉害，那些人总议论他，说白了其实就是嫉妒。

薛聿故意做出一副准备取笑她的模样：“你不会以为我放弃这次机会是因为你吧？”

“怎么可能？！”梁月弯把门打开到最大，连路都让出来了，“好了没事了，你出去吧。

“哎哎哎，你把剪刀留下，我要用。”

薛聿的手稍稍抬高了，她够不到。

“你不是要睡觉了吗？大晚上的，用剪刀干什么？”

“我剪头发，刘海太长了，扎眼睛。”她的头发长得快，最近没时间去剪，听闻淼说自己剪过很多次了，她就想着也试一试。

家里就只有一面小镜子，还要人用手扶着才能立起来。

薛聿看她试探了几次都下不了手，就搬了把椅子过去：“我帮你。”

“你会吗？”梁月弯心里忐忑不安，“不要剪太短。”

薛聿比了下位置：“到眉毛？”

“嗯……眉毛下面一点点。”

“知道了。你别动，把眼睛闭上。”

薛聿先拿梳子细心地梳了两遍，一点儿一点儿地剪。她的眼睛很漂亮，睫毛很长，在眼睑上落下一排浅浅的阴影，鼻子也长得很好看，脸颊上还有两个酒窝，如果笑起来会更明显……

薛聿猛地回神，可反应过来的时候已经晚了，他僵着不敢多动一下。

“月弯。”

“嗯？”

“我觉得，你露额头更漂亮。不是，我不是说你剪刘海不好看，也漂亮，但把额头露出来更适合你。”

梁月弯看着薛聿，薛聿也看着她。

许久，她问：“你是不是剪坏了？”

房间里陷入了一阵尴尬的寂静。

“没你想象的那么严重，但可能还是有点儿影响你出门。”薛聿收起剪刀，把椅子放回原位，站直身体后，朝着墙壁竖起手指，“我发誓，刚才说的每一句都是真心话，你什么发型都好看。”

梁月弯内心挣扎了无数次才有勇气照镜子。

“月弯，我错了，我不该走神。”

“……”

“明天我请假陪你去理发店，肯定能抢救回来的。”

“……”

五分钟后，梁月弯叹气，心平气和地说：“薛聿，你回去睡觉吧。”

他还想解释，没开口就被她打断：“学习也行，干什么都行，总之，今天晚上别再让我看见你。”

薛聿是被赶出房间的。

他怎么都睡不着，最后还是拿着钥匙出了门。

时间很晚了，老城区几乎没有二十四小时营业的店，打车都不容易，他先骑了一段自行车，打到出租车后才快了些，勉强赶在一家针织店关门之前到了。

梁月弯因为头发被剪坏了，比平时起得早，开门后发现门把手上挂着一顶白色的毛线帽。

最近气温低，很多女生戴这样的帽子。

薛聿买的？

昨天都那么晚了，他去哪儿买的？

梁月弯洗漱完用发卡把被剪坏的刘海夹起来，戴上帽子后照镜子，大小合适，也不难看。

她好像没那么生气了。

薛聿房间里没有声音，也没亮灯，梁月弯不知道他是没起还是已经走了——这段时间他的心情阴晴不定的，早上他也不常和她一起出门。

上课不能戴帽子，梁月弯把毛线帽摘下来叠好放在书包里，同桌发现她把刘海夹起来了，多看了几眼。

“月弯，你以后把刘海留长吧。”

“我这样不难看吗？”

“很漂亮啊，你眼睛大，露出来更好看。”

“谢谢。”梁月弯郁闷的心情好了很多。

闻森又迟到了，第一节课都下了才来，班主任罚她倒垃圾，她下楼溜达了一圈，回教室的时候笑得眼泪都快出来了。

“薛聿的脑子多少有点儿问题，冬天他竟然剃光头。”

梁月弯很蒙：“你看错了吧？”

他的头发昨天晚上还好好的。

“不是他是谁？名字写在违规违纪榜上呢，我刚才下楼，年级主任还在批评他。不过……他也是真帅啊，连光头都能完美驾驭，以后就算老了秃顶肯定也不会太丑。

“他可真行，顶着一颗那么亮的脑袋，全校师生肯定都认识他了。”

不止闻森一个人说这件事。梁月弯虽然没有亲眼看见，但心里还是怪怪的。他剃光头是因为她生气了？可她也没想过要他剃头发啊。

梁月弯吃午饭的时候去买了一顶黑色的棒球帽，她回去得早，一班教室里还没人。

她把帽子放在薛聿的桌上，想了想，又把藏在里面的字条拿出来，捏成纸团，攥在手心里。

下午上课，薛聿就戴着那顶黑色的棒球帽。

那天之后，校规校纪里多了一条：没有特殊情况，不允许剃光头。

梁月弯为什么开始留长发，薛聿为什么突然剃了个光头，谁都没有再提。

这是只有他们彼此才知道的秘密。

吴岚休假结束，开始正常上班。

她对梁月弯的要求没那么高，顺其自然，每次月考的成绩单拿回家给她签字，她都会夸一句“我女儿好样的，下次争取考得更好”。

高三的课她教不了，平时梁月弯遇到不会做的题，都是去问薛聿。

薛聿躺在床上看书，吴岚刚洗了一盘水果，他伸手够着拿，翻身时耳机掉进了床头的缝隙里。

床是老式的，床底低，他个子高，爬进去很费劲。

他先摸到的不是耳机，像是一本书。

薛聿将那本像书一样的东西和耳机一起拿了出来，发现是个日记本，封面一层薄薄的灰尘，掉进去的时间应该还不是特别久。

他拍了拍灰，随意地翻开，第一页写着梁月弯的名字。

梁月弯的外公是去年过世的，她每年寒暑假都过来住，在他住进来之前，这是她的房间，大部分课外书还在书架上。

她的日记本，他不能看吧？

但这也不一定是日记本。

“薛聿，我可以进去吗？”

虽然门关着，薛聿也确定梁月弯不会突然开门进来，但还是因为那点儿心虚感到紧张：“等一会儿。”

薛聿手忙脚乱地整理着床单，没怎么想就先把本子藏到了电脑键盘底下。

家里就只有一台电脑，在薛聿的房间里，梁月弯想查点儿资料，他明明在里面，却等了好久才给她开门。

门是开了，但他挡在门口不让她进去。

他怎么又这样？

“我们不是和解了吗？”那天晚上两个人一起吃完烤串后肚子都疼了小半天，梁月弯认为两个人勉强也能算是患难姐弟了。

“谁跟你和解了？”薛聿挡住她悄悄往房间里看的目光，“前两天梁叔回来，我当然得好好表现，不能让他瞧出来我们俩不和，否则传到我爸耳朵里，我爸就会让我滚去学校住宿舍。”

他当然不会搬起石头砸自己的脚。

“再说，这么晚了，孤男寡女共处一室也不太合适。”

“我就是想用电脑而已。”

“我在用，你不着急的话就等我用完。”

梁月弯倒是不着急，不过慢慢发现薛聿好像和平时不太一样。

他出汗了，柔和的灯光下，他的脖子和耳朵都红红的，气息也不稳，眼睛微微潮湿，被阴影遮住，目光深沉又暗藏着躁动的攻击性，整个人慵懒地靠着门，从骨子里透出一股痞气，却又避开了她的眼神，有点儿像在掩饰什么。

梁月弯脑海里闪过几幕之前在他的电脑里看到的视频画面，忽然明白过来。

“你又在看那个！”

做坏事的人明明是他，面红耳赤恼羞成怒的却是她。

梁月弯狠狠地踩了薛聿一脚，转身就跑：“妈，妈！薛聿又在看黄……”

“黄色的海绵宝宝和粉色的派大星。”薛聿反应快，抢在她说出那个字眼之前大声喊了一句。

薛聿伸出长臂，一把勾住她的脖子，把她捞进怀里，从后面捂住她的嘴，贴在她耳边闷声嗤笑：“梁月弯你都几岁了，还玩告状这一套？”

吴岚闻声从洗手间里出来，脸上贴着面膜纸，看见薛聿和梁月弯打闹，只觉得好笑。

“哎哟，吓我一跳，大惊小怪，我还以为怎么了。那动画片看多少年了，还不腻？别闹了，都早点儿睡，明天还要上学。”

“好的吴姨，我写完作业就睡。”薛聿乖巧地点头。

吴岚敷着面膜回屋后，薛聿把梁月弯拖进了房间。

嘴被捂着，不能咬他，也说不出话，梁月弯就只能朝着他的腰下手。

薛聿可不是她，完全不怕痒，她那点儿力气，根本不疼。

他没戴帽子，头发长出来了一些，扎在皮肤上有些痒，又有些疼。

梁月弯想摸一下。

好奇怪的触感，她描述不出来。

“摸得舒服吗？”薛聿绊到什么，身子往后倒，顺势把梁月弯带着摔在了床上。

她要爬起来，他不让，折腾到最后两个人都没力气了。

梁月弯头发散开，凌乱地铺在被褥上，还挣扎着要往电脑的方向看。

薛聿放松身体，头压在她的颈窝里，忍笑忍得胸腔都在震动，刻意放低放缓的声音幽幽的："梁月弯，你知不知道什么叫害臊啊？"

梁月弯快要喘不过气了，口中发出呜呜的声音，让他把手松开。

"我松开，你不许叫，否则把我激得人性泯灭了，你就是叫破喉咙也没人来救你，"他故意停了几秒，缓缓提醒道，"毕竟我刚看完'那个'。"

他再不把手松开，梁月弯都要怀疑他是不是因为被她抓个正着而恼羞成怒要灭口。

"知道了就点头。"

她点头保证不会喊叫，薛聿才放手。

梁月弯大口喘气，给了他一脚的同时瞪着他，无声地控诉。

薛聿手指穿进她凌乱的头发里，低头靠近了些，能闻到淡淡的香味："你的表情好像很不服气。"

"别动我，离我远点儿！"她差点儿掉下床，连头发丝都在躲避他，"你刚才在房间里干什么？"

薛聿刻意把声音压低，显得意味深长："就……'那个'啊。"

他翻身侧躺着，手肘撑在枕头上，挑了下眉，含笑凝视着梁月弯："你这么好奇，也想看看？"

他竟然连半点儿羞耻心都没有，还这么嚣张！梁月弯一咬牙："好，看就看，你把电脑打开。"

薛聿趴在枕头上闷闷地笑。她虽然性格好，跟谁都能相处融洽，但有的时候真是又倔又莽。

她似乎一直都不懂他在想什么。

教她做数学题，她低着头认真思考辅助线应该画在哪里的时候，他看的是她纤细漂亮的手腕。

晚上下晚自习回家，太晚两个人会坐公交车，但大多数时候是步行回来，她和朋友一起，他不远不近地走在后面，她总会回头看他在不在。转身时裙摆被晚风吹起，灵动地摇曳，他抬头望着夜空说“今晚的月亮真美”。

她喜欢同时洗头发和洗澡，天气没这么冷的时候会在阳台待着，自然晾干头发，洗发水的香味散在空气里，萦萦绕绕，像是一场夏夜的梦。他在只隔着一扇窗户的房间里，习题册翻开很久都还是空白。

此时此刻，她躺在身边，眼里满是嫌弃，他想的却是那个旧日记本里是不是藏着她不为人知的少女心事。

“笑够了就去开电脑。”梁月弯推了推他，他却突然撑起身体凑近。

房间里太安静了，彼此的呼吸声都听得清楚，她整个人僵住了，像武侠剧里被点了穴那样。

“真的要一起看黄色的海绵宝宝吗？”薛聿捂住脸，做出一副羞赧的模样，“我脸皮薄，容易害羞。”

梁月弯猛地回神：“不……不看了！”

她几乎是一跃而起，从床上跳下去，打乱了刚才那短暂一瞬的诡异气氛，甚至忘了骂薛聿一句，拉开门就往外跑。

薛聿倒在床上笑，过了好长时间才坐起来，写完一套题，又把压在电脑键盘下面的日记本拿出来，犹豫着到底要不要翻开。

第四章

/

雪人和漫画书

梁月弯跑回房间，靠在门后。

她摸着自己的脸——热得不正常，却又不肯承认是因为薛聿，反复催眠自己是因为跑得太急了。

平时不怎么管用的暖气片今天晚上热得过分，她贴着门，听到外面没有声音，才去厨房从冰箱里拿了罐果汁喝。

薛聿的房间的门关着，还有灯。

作业剩下两道不会做的题，但梁月弯无论如何都不会再去问他了。

明天还要早起，可她越是想快点儿睡着就越清醒，很多时间久远的小事都莫名地翻涌出来。

比如，初中他们同校那三年，每次她帮朋友给他送信，他都很不高兴。有一次他还冷笑着讽刺她："你这么爱帮别人送信，以后干脆去当邮递员算了，业绩一定很好。"

再比如，她因为和学习小组里的同学约好周末去图书馆，没有答应陪他去滑雪，他也很不高兴。不过，虽然他不怎么搭理她，但上课比平时认真多了。那段时间各科小考，他次次都比那个男生高两分。

她总觉得他老是莫名其妙地生气，却不懂他为什么生气。

这个年纪，还能为什么呢？

梁月弯裹着被子翻来覆去的时候，薛聿也毫无睡意，第八次从床上坐起来，开灯拿起那个日记本。

他知道不应该。

就像他很清楚地知道他才消除他和梁月弯之间的生疏感，两个人重新回到以前的关系没多久，不应该这么急功近利地想着一日

千里。

只是，他就算今天晚上不看，明天也会忍不住翻开。

可看了他又有些失望，日记本里面几乎全都是素描画，偶尔几页文字也只是随便写写，看不出什么特别的。他继续往后翻，某张纸明显旧很多，薛聿直接翻到那一页。

几分钟后，薛聿爬到床底下，把日记本放回原来的位置，然后回到床上，继续翻来覆去，一会儿碰着头，一会儿撞着腿，眼里依然满是藏不住的笑。

那一页其实她也就写了两句话：

“茂密的梧桐树叶间漏出几缕阳光，知了的叫声比篮球场上的欢呼还要吵，头顶的风扇呼呼地吹，怎么都带不走夏日的燥热，我趴在课桌上，假装闭上眼，假装睡着了，假装什么都听不见，却还是能看到你们越走越近，越来越默契。

“我好像永远都追不上你。”

除此之外，就只剩乱七八糟画了满页的两个字母：XY。

有的笔迹深，有的笔迹浅，有的整齐，有的潦草，有的地方反复写了好几遍，有的一个字母就占了一整页，也有的字母小得要仔细看才能认出来。

薛聿仿佛能感受到每一笔的情绪：失落、自卑、讨厌、留恋、不舍。

他甚至在脑海里勾勒出她开着台灯，坐在窗前写下两段文字的画面。

XY，XY，薛聿。

他初中和梁月弯读同一所学校，同桌三年，就算某一次考完试被班主任调开了，过段时间他也能想办法再换回去。

“你们越走越近，越来越默契。”

薛聿没有异性朋友，都是一般的同学关系，时间又隔得太久，天快亮了他才回想起一点儿蛛丝马迹。

初三上学期，市里举办女子篮球比赛，女生玩篮球的少，他们班有个女生个子高，体育也不错，就被老师挑进队伍里训练，有可能代表学校去比赛，所以经常找他陪练。薛聿当时还是篮球队的，那会儿下了课几个班成群结队去球场，多一个少一个无所谓，何况她毕竟是代表学校去比赛，总不能太丢人。

薛聿只能想起来这一件事，勉强符合梁月弯日记本里失落的缘由。

那么，她所有的疏远就都有了合理的解释。

难怪高一、高二这两年她从不主动联系他，短信也很久才回一次，总是有很多借口，就连生日礼物都托别人带给他。

高三开学第一天，她明明去他教室所在的那层楼了，却只是站在楼梯角落，到最后也没有去找他。

离得那么近，她甚至没有叫他一声。

那天他心里很不舒服，没吃晚饭，在球场送走了一拨又一拨要回家的同学，最后只剩他一个人，空荡荡的操场上清晰地回荡着拍打篮球的回声。

薛聿现在才知道，原来梁月弯很早之前就把他写进了日记本。

那晚之后，梁月弯每天早上又开始早起二十分钟，有刚开学那段时间的经验，薛聿如果掐着点定闹钟，她第二天就会起得更早。

不一样的是心态，之前薛聿很明显能感觉到梁月弯是在躲他，甚至有些冷淡，但这次不同，她肯定是害羞了。

为了让她多睡一会儿，薛聿没有追得太紧。他晚点儿起，她自然而然就会慢慢恢复正常作息。

课间十分钟都有人去操场打球，薛聿和几个朋友在走廊上看着操场开玩笑，不知道是谁叫了一声“月弯”，薛聿听见了，下意识地回头往楼梯口的方向看去。

漂亮女生多半在文科班，但凡是爱玩的男同学，尤其是隔壁体育班那群整天都在学校里晃的人，对“梁月弯”这个名字都不陌生。

叫她的是个女生，她们以前是同学，薛聿有意无意地听着她们说话，某一次回头，她刚好也看过来。

这么多人都在看她，她的视线却只落在他身上。隔着喧闹的人群，两个人对视，下一秒，她看向了别处。

旁边的同学还在骂骂咧咧地鄙视球场上的人不行，薛聿心不在焉，转身靠着栏杆等梁月弯过来。

两个班是同一个语文老师，梁月弯某一次月考的作文还被老师拿到一班课堂上念过。

梁月弯被叫去拿卷子，办公室就在一班教室的斜对面，她怎么都是要从薛聿面前经过的。

果然，他不管在哪儿都不缺朋友。

梁月弯还没想好怎么说第一句话才不至于尴尬，就打算不跟他打招呼。

走廊上有人在打闹，梁月弯经过的时候已经很小心地避开，却还是被撞了一下，身体重心不稳，都来不及去怀疑对方到底是不是故意的，就已经猝不及防地扑进一个人怀里。

薛聿低头瞥了眼紧紧抱在腰间的手，表面上不动声色，今天特别冷，他的心却躁得像是要从胸腔里跳出来。

她好主动。

一句玩笑话就让她开窍了？

他再大胆点儿，她是不是会更主动？

“磕到膝盖了？”薛聿扶她站稳。

梁月弯觉得丢脸，一秒钟都不想在这里多待：“没事。”

“下晚自习等我。”薛聿压低声音，周围闹哄哄的，只有她能听见，“我没带零钱，也没带手机，你不等我我就只能走回去了。”

梁月弯含糊地点了点头，没说什么就去了老师办公室。

秦悦的妈妈是全职太太，所有精力都用来照顾她读书，午饭和晚饭都做好送到学校，一天都不耽误，所以她很多时候都不跟同学一起吃饭。闻淼家境也好，但父母散养她，只要活着、不违法就行了。晚饭她想吃砂锅，梁月弯对附近比较了解，带她去了一家有点儿偏僻的店。

最里面那桌坐着一对男女。梁月弯认识那个男生，是她的初中同学，中考后没有继续读书，出去打工了，他在她印象里一直都很腼腆，上课被老师叫起来回答问题都会脸红，怎么都不像能这么大胆的人。

梁月弯没多看，低头喝汤。

“男生呢，虽然千人千面，百人百性。”闻淼道，“就拿你身边的两个男生举例吧：薛聿，脑子聪明，脸好看，个子高，性格好，青春校园电影里的男主角，但实际上蔫儿坏，一肚子坏水；付西也呢，这种‘高岭之花’百分之九十是表面正经，私下就不知道了。

“总之，两种类型的男生各有各的特点，竹马和天降，就看你心里更偏向谁。”

“什么啊？你别瞎说……”梁月弯话还没说完，闻淼突然站起来朝门口挥手。

“付西也！大学霸，这边这边！我吃完了，位置让给你。”闻淼几口扒完饭，擦嘴的时候朝月弯眨了下眼。

闻淼动作快，梁月弯都来不及拉住她。

“挺会找啊，这么偏的店都知道。月弯以前经常来吃，你让她给你推荐，保准不会错。”

闻淼离开前还多给了两杯豆浆的钱，刚磨好的豆浆很烫，两个人怎么都要待上半个小时。

付西也点饭的时候还真的问了梁月弯：“哪种好吃？”

老板已经把热豆浆端上桌，梁月弯想走都走不了：“肥牛和腊肠的都可以，但腊肠有点儿辣。”

“那就要肥牛的。”

梁月弯拿纸巾把桌子上的油渍擦干净。豆浆冒着热气，她只尝了一小口，舌头都被烫麻了，她张着嘴哈气的模样刚好被付完钱的付西也看见。

老板大喊“打包的腊肠砂锅做好了”，缓解了梁月弯的尴尬，她把豆浆倒进保温杯里准备带走。

“我吃饭快，一起回教室。”付西也在她对面坐下来，“王恒又让你带饭？”

他这么说，梁月弯只好又坐回去：“不是，我帮别人带的。”

薛聿说没带钱，虽然她不知道是不是真的，但还是多买了一份。

付西也并不是会多管闲事的性格，就没有再细问。梁月弯等他喝完豆浆，两个人一前一后往外走。坐在角落的那对男女像是连体婴儿，付西也视若无睹，只在梁月弯回头的瞬间侧身挡住了她的视线。

“寒假还继续上补习班吗？”

“只放半个月假，我应该不去了。”梁月弯还不知道今年在哪里过年，“你成绩那么稳定，还要去吗？”

付西也说：“不一定。”

梁月弯心里默默感叹，可能这就是她和学霸的差距吧。

她今天换了一顶帽子，还是毛线的，但颜色要比之前那顶纯白色的更深一些，毛线也粗，付西也想起他一个堂妹前两天也戴过类似的帽子，但没她戴着好看。

从小饭馆到学校这段路，再长也会走完。

付西也回到教室，听到后座的同学说，校门口电子屏上滚动了半年的往届名校录取榜撤掉了，换成了一幅画，今天下午刚换上的。

他从正门回来，却没有发现。

下午吃饭时间，一班教室里人不多，后门开着，梁月弯请靠窗的同学帮忙叫一下薛聿。

薛聿朝她招手：“进来，我们班主任不管这些。”

梁月弯把打包饭盒从羽绒服里拿出来——她怕凉了，一路上都用衣服暖着。

“还有杯豆浆。”

“粉色的啊。”薛聿认出那是她的保温杯。

“你先喝豆浆，喝完把杯子还给我。”梁月弯把东西全都塞给他，虽然他说他们班主任不管这些，但她还是觉得不太好，“有人找你，我先走了。”

有两个女生找薛聿借卷子对答案，薛聿立马跳开几米，转头就

追出去。

“就是普通同学，开学到现在一共都没说过几句话，我从不乱搞男女关系，你别生气。”

梁月弯茫然又尴尬：他在说什么？莫名其妙。

薛聿还在解释，梁月弯的舌头被之前那一口热豆浆烫到了，隐隐地疼，不想多说话。薛聿却以为她又误会了，在心里默默地疏远他。

“真不高兴？”薛聿哭笑不得。

她的醋劲儿好大，他好喜欢。

“好了好了，消消气，周末陪你去爬山。”

为什么他突然想去爬山了？因为后来他仔细地回想过，那天她犹豫几次才鼓起勇气开口，被拒绝后脸色也不太好。

当时她想约的肯定是他，其实闫齐才是哪里需要哪里搬的工具人，是他误会了。

“就算刮风下雨下雪下冰雹都去，不爬到腿断在山上绝不下山。”

梁月弯催他：“你快去吃饭吧。”

“时间还早，你进来待二十分钟。”薛聿拉着她进教室。

梁月弯坐在薛聿的座位上，他的字迹很好认，桌上摊开的本子上总结了很多数学题型，思路和解题过程都写得清晰明了。

他从不写笔记，就连考试的时候解题步骤也是能省则省，除了他自己，没几个人看得懂结果是怎么得出来的。

“还没弄完，晚几天再给你。”薛聿擦了擦嘴，最后才喝豆浆。

“给我的啊。”

他笑了笑：“不给你给谁？”

梁月弯告诉他：“我上次考了 115 分。”

“最后那道大题没做出来吧。”

“嗯，只做对了第一问，求出了 a 值，5 分。”

文、理科数学题目难度不一样，薛聿找同学要过一份文科的卷子。

“厉害，挺多人连 a 都求错。”

“你讽刺我。”

“夸你。”薛聿摸了一下她帽子上的毛线球，“而且你英语好，语文也不差，总分一下子就能追上去。数学大题就那些知识点，比如函数、曲线方程、椭圆、抛物线、立体几何等，你把我给你圈出来的题都理解透，高考就够用了。”

梁月弯的心情有些复杂，他最近总不吃晚饭，睡得也晚，原来是在帮她总结复习资料。

“够吃吗？”

“正好，再多就撑了。豆浆很甜，你要不要尝尝？”

“我尝过了。”

薛聿看着杯口喃喃自语：“你尝过？”

他把腿伸过去钩住梁月弯坐着的椅子，突然用力，就把椅子连带着她整个人都朝他拉近。

薛聿的眉眼近在咫尺，难以抗拒的悸动让月弯下意识地屏住呼吸，拿起本子挡在脸上：“薛聿，你别害我。”

薛聿要拿开碍事的本子，她紧紧攥着不让，一拉一拽，她只露出一双眼睛。

“你早上抱我了。”

“我那不是故意的！”她小声辩解，“而且也不是抱，就扶了一下。”

他强调自己的重要性："如果没有我，你早摔下去了，水泥地那么硬，又是冬天，摔一下怎么都得在家躺半个月，多耽误学习，现在每一天都很关键。"

梁月弯陈述事实："没有你，我根本不会被绊倒。"

薛聿："……"

几个人前呼后拥地从前门进来，闹哄哄的说话声打破了教室里短暂的安静。

饭香味还没有散去，进来的同学都问薛聿吃的是什么。

梁月弯被堵在角落，情急之下竟然想从桌子下面钻出去。

薛聿的手肘轻微动了动，一支笔滚落到地上，他俯身，头低下去，别人都只会以为他是在捡笔。

只有梁月弯能看到他眼里狡黠耀眼的笑意。

"藏起来干什么，做贼了？"

梁月弯坐在地上，背靠着墙壁，窗户开着，冷风灌进来，她却突然觉得有点儿闷，压着声音低声催促："你让开一点儿。"

她攥着衣角，看起来有些紧张。薛聿就没太过分，低头碰了一下她的额头，顺势挪开了后桌的椅子。

等他直起身体坐好时，那支笔已经不知道滚到了哪里。

梁月弯悄悄从后面那张桌子下面的空间钻出去，跑下楼。寒风呼啸，她站在走廊上往操场看，后知后觉地感觉到，她和薛聿之间好像有什么和以前不太一样了。

一到周五，闻淼就蠢蠢欲动，企图让自己从枯燥的作业里解脱。

"周末去滑冰吧，老板是我爸的好哥们儿，能打'骨折'！"她把行程安排得满满当当，"我们周六下午去，不耽误学习，晚上再吃个火锅，喝杯奶茶，完美！”

梁月弯想委婉地拒绝：“我不会滑冰。”

“不会有什么关系，我教你嘛，很多小学生学十分钟就能自己滑了。”

“你问问闫齐，看他去不去。”

“他要是去，我还会允许你这个电灯泡在我们中间发光发亮？”闻森望着天空叹气，“男人才应该多吃吃爱情的苦，我们这样美丽的仙女负责吃肉就好了，像牛肉卷、虾滑、鱼丸、毛肚啊，还有蟹柳，午餐肉也可以。”

梁月弯一时间竟然分辨不出她到底是真伤心还是假伤心。

“森森，我这周有事，下周再陪你去好不好？”

“啊？”闻森像个被戳漏气的气球，“连一个下午都空不出来吗？”

梁月弯先答应了薛聿，龙霞山不远，但也不近，就算一大早出发，下山也很晚了。

“对不起，这周真的不行。”

“好吧，那就下次。”闻森只能放弃，但还是觉得周末不出去玩很可惜，“你不会是跟别人约了吧？”

“……没有。”梁月弯有点心虚，她先跟薛聿约好了，就不能再因为别人失约。以前有过这样的事，薛聿知道后生了很久的气。但如果告诉闻森，闻森肯定会多想。

闻森半信半疑，课代表在讲台上喊着收作业，转移了她注意力，梁月弯才松了口气，不然她要露馅了。

吴岚为年底的业绩伤透了脑筋，一个周有四天晚上都在加班，

就连周末都不能好好休息。

梁月弯醒来时，窗外白茫茫一片。

“哇，下雪了。”

今年的初雪。

“你们两个不睡懒觉，起这么早？”吴岚看薛聿都已经换好了冲锋衣，“小薛要出去吗？”

“吴姨，我想去爬山，看雪景。”

“是不是最近学习压力太大？”吴岚想了想，又说，“月弯也要适当放松放松，作业留着明天做，一起去玩吧，带点儿暖贴，帽子和围巾都戴上，天气冷，别感冒了。

“两个人要互相照顾，注意安全，在外面不准闹别扭。月弯，尤其是你。”

梁月弯不服气：“每次都是他先闹的。”

吴岚心情好，笑着打趣：“你大几个月嘛，小薛是弟弟。”

“听见了吗？”梁月弯仰起下巴，“叫姐姐。”

薛聿也不生气，一把勾住她的脖子往沙发里摁。

梁月弯刚扎好的头发被揉成鸟窝，她踹了他一脚。

薛聿顺势捂着肚子坐到地上，梁月弯知道他是装的，又补了一脚，刚好被吴岚看见。

“又开始了，”吴岚无奈地抚着额头，又觉得好笑，“一大早就拆家。赶紧走，我好清净点儿。”

梁月弯仿佛听到了薛聿得意的笑声。

她回屋换衣服，下楼等车。

龙霞山在本地挺有名，据说求姻缘特别准，很多外地人都会过来玩，不过下雪天游客比平时少很多。薛聿提前买好了票，准备得很充分——缆车能到四分之三的位置，剩下的路走着往上爬更有意思，风景也漂亮。

山里雪大，地面已经积了厚厚一层，虽然路不太好走，但雪景别有一番意境。

梁月弯喜欢拍照，走走停停，下山的时候天已经黑了。

雪越下越大，导致路被封，车不能走。两个人又等了一个多小时，情况还是一样，工作人员说可能要到明天路才会通。

薛聿问完后原路返回，梁月弯在看相机里的照片，他凑过去瞟了一眼："偷拍我啊。"

"你少自恋，是你一直挡我的镜头。"梁月弯把相机收起来，转移话题，"能走了吗？"

"一个好消息，一个坏消息，你想先听哪个？"

"好消息吧。"

"这家酒店只剩最后一间房，被我订到了。"

"你订房间干吗？"她听着不太对劲。

"原因就是接下来要告诉你的坏消息，"薛聿遗憾地叹了声气，"大雪封路，车走不了，我们要在这里住一晚。"

"……"

"我已经给吴姨打电话说过了，反正明天不用上课，晚点儿回去也没什么。"

"……"

"换酒店太远，来回折腾到最后还不一定能有房间住，我们在这儿将就一晚上算了。"

"……"

“床让给你，我睡沙发。”

“……”

“梁月弯你不会狠心到想让我睡厕所吧？”

“……”

梁月弯看到前面路口不断有游客折返，薛聿不像是在撒谎，出不去，暂时也只能这样。

这不是人为，就全都可以归结成天意。

薛聿去拿房卡，房间在六楼。

暖气开得足，又铺了地毯，梁月弯觉得热，站在沙发旁边脱外套。薛聿把水壶洗干净，烧了壶热水喝。

两个人坐在一起看电视的时候，梁月弯才发现沙发很小，薛聿如果睡上面，半个身子都会在沙发外面。

八点钟黄金档，各大卫视都在播电视剧，大部分都是偶像剧，薛聿调到儿童频道，正在播放动画片《海绵宝宝》。

“雪好大，”梁月弯透过窗户往外看，“晚上也很漂亮。”

她忍不住又从包里拿出相机，拍了几张夜景。

薛聿凑近和她一起看：“饿不饿，点夜宵？”

“我刚才吃饱了，你饿的话就再点一份。”

“我不饿，就是怕你饿着。”薛聿看了看时间，“那你先去洗澡？”

“嗯。”

他太过从容，以至梁月弯都怀疑他不是第一次和女生住酒店。如果是这样，她表现得局促反而会很丢脸，要尽量自然一些，当成和在家里一样就行了。

她没有洗头发，时间并不长。

“你去洗吧。”

“好。”薛聿起身走进浴室，里面湿漉漉的。

动画片播完，电视在插播广告。

梁月弯侧躺在床上，听到薛聿洗完澡出来，他好像走到床边了，又好像没有，关掉电视的动静比脚步声明显。

窗外大雪纷飞，雪色铺散在房间，薛聿能看到床上被褥鼓起的弧度。

“月弯。”

她还没睡着：“嗯？”

“我这么睡，明天会不会生病啊？”薛聿低低地咳嗽，“被子好薄，腿都伸不直，暖气也不行，一会儿吹冷风，一会儿吹热风。”

“那你来睡床，我睡沙发。”

“别别别，逗你的。”薛聿连忙说，“我身体好，睡哪儿都行。”

梁月弯重新躺下去：“你困吗？”

“还好，”他双手交叠放在后脑勺下，看着屋顶的灯，“平时睡得晚，作息都形成习惯了。”

“你可以看电视。”

“没什么有意思的节目。没事，你先睡，我不无聊。”

梁月弯玩了一天，累了，房间里暖和，她翻身拢了拢被子，没一会儿就睡着了。

半夜起来上厕所，她没开灯，差点儿踩到薛聿，吓了一跳。

他怎么睡到地上了？

他本来就容易感冒。

梁月弯把自己的羽绒服铺开，轻轻给他盖上，蹲在旁边看了一会儿，最后还是把他叫醒。

“你到床上睡吧，床够大。”

薛聿睡眼惺忪地看着她，许久才开口：“这样不好……吧？”

梁月弯别开眼：“那就算了。”

她掀开被子躺上床，没再理他。

过了一会儿，薛聿抱着被子睡到里侧，两个人中间隔了很宽的距离。

“我挤到你了吗？”

“没有。”

“那你贴着床沿睡干吗？”翻个身就会掉下去，“我盖不到被子，你往我这边来点儿。”

梁月弯往里侧挪：“够了吧。”

“勉强能盖住。”

她又往里侧挪了点儿：“现在呢？”

薛聿说：“够了。”

暖和了，但他也睡不着了。

吴岚担心他们，一大早就打来电话。

梁月弯醒的时候薛聿不在房间里。酒店有早饭，但要去一楼吃，梁月弯拿好东西下楼找薛聿。

已经有人在外面等车了，他们看着一个方向谈笑，有的还拿手机拍照。梁月弯好奇，走近了才发现是薛聿，他旁边有个半人高的雪人。

他那顶黑色鸭舌帽戴在雪人的头上。

薛聿朝着她跑过来，先擦了擦手上的雪和泥渍，才把相机递给路人，请对方帮忙：“麻烦你也帮我们拍张照片，谢谢。”

梁月弯被他牵着走到雪人旁边：“你堆的啊？”

薛聿笑了笑："厉害吧。"

她甩开他搭在自己肩膀上的那条胳膊，往旁边挪了一步："真丑。"

薛聿跟过去，勾住她的脖子，故作恶狠狠地威胁："什么？再说一遍。"

"丑死了。"

薛聿笑着捏她的脸，咔嚓一声，梁月弯连表情都没有调整好，路人就已经按下了快门。

后来下山的路上，梁月弯趁薛聿不注意把相机抢回去，翻到那一张照片。

白雪纷纷扬扬，她低头看雪人，薛聿的目光和雪花一起落在她身上。

"是否确认删除这张照片？"

…………

"取消。"

春节将至，学校陆陆续续开始放假，高三年级照旧留到最后。

放假前最后一节晚自习，付西也是班长，老师把卷子交给他，他负责发给大家。有人先注意到一沓卷子下面多了本漫画，教室里很快变得闹哄哄的，原来每个人都有。

付西也只是简单地说了一句："新年礼物。"

班里一共四十五个人，漫画书是某个杂志社最近刚出的合集，很厚，满满两大箱才勉强装下，大家甚至不知道他是什么时候搬进教室的。

下课铃声响起，同学们走之前都过来向他道谢，过道显得有些拥挤，梁月弯东西多，就等人走得差不多了才慢慢收拾。

一本限量发行的珍藏版漫画被递到面前，梁月弯愣了几秒，从书堆里抬起头。

“一次买得多，老板送的，说是有签名，我不看这些，留着浪费，也占地方。”

“送的？”梁月弯惊讶地看着他——她熬夜都抢不到。她有点儿想问他去的是哪家书店，这么拉仇恨。

“嗯。”付西也并没有多解释，“给你吧。”

“谢谢，但是……这本我已经有了。”梁月弯没有收，“内容很温暖，你无聊的时候其实可以翻着看看。”

付西也静默地凝视着那本漫画，封面色彩明艳，和高考模拟习题册放在一起显得格格不入。

最后他什么都没有说。

闻淼等家里人来接，也不急着走，坐到付西也的位子上，趴在桌上看梁月弯整理课本：“真是见鬼。

“付西也平时和大家的关系都普普通通，眼睛长在天上，恨不得搬到月球上独居，竟然能做出送礼物这种事。

“事出反常必有妖。他是不是知道你喜欢，想送给你，但又觉得直接送不好意思，才给全班都买了？”闻淼一惊一乍的，突然觉得自己发现了付西也的秘密，兴奋之余又有些遗憾。

青春期最微妙的就是时机，太早或太晚都不合适。

“你怎么不收呢？”

她最近总说这些，梁月弯已近免疫了：“薛聿答应帮我买到，我有一本就够了。”

“也就是说薛聿还没有买到，那万一全网断货他买不到呢？”

“一本漫画而已，不是必须有的东西。”

“哎？”闻淼的关注点敏锐地转移到了薛聿身上，“我发现你最近这段时间好像没以前那么讨厌薛聿了，你们的关系缓和了？刚开学那会儿，你都不愿意提他，听别的女生夸他帅，还跟我吐槽说他小时候是个哭包、黏人的跟屁虫。”

梁月弯也不否认：“他本来就是。”

“梁月弯你脸红了！”闻淼越发好奇，“为什么？为什么？为什么？”

她为什么讨厌薛聿？

“讨厌”这个词并不准确，虽然梁月弯一开始得知薛聿要住在她家时确实很不愿意。

近朱者赤近墨者黑。她潜意识里觉得梁绍甫会被外面的世界诱惑，一大半是因为薛光雄。以前的邻居是个寡妇，总说“男人有钱就会变坏”，薛光雄是这样，梁绍甫也是这样。

薛聿从小耳濡目染，迟早也会变坏。

后来她明白了，有些人变坏不是因为诱惑太大，是本性如此。

薛聿和别人始终是不一样的。

她甚至相信，他不仅十八岁时有着蓬勃的朝气，而且会永远澄澈干净。

付西也的父母都是医生，同时也是高校教授，平时在家的时间很少。

付西也的书房里摆满了各种竞赛的奖杯，那本色彩明艳的漫画和专业书放在一起，很突兀。

付父翻了两页，眉头越皱越紧，最后把漫画书锁进了抽屉里。

“把心思用在该用的地方，这些没用的书，高考前就不要看了。”

那个上了锁的抽屉里有玩具，有游戏机，东西并不多，但哪怕已经很多年了，也都还像是新的。

一把锁，锁住了少年的童年。

付西也沉默着，回想起那天晚自习上课之前，他用了两个来回才把那些漫画全部搬上楼，出了一身汗，寒风不断地灌进衣服，焐了三节课，衣服都没干。把漫画当作礼物发给同学们的时候他一直都在掩饰自己不太自然的神色，这种超乎常规的行为必定会引起同学们的猜测和调侃，但他做得很好，最后把藏在桌子里的那本递给梁月弯时，也很淡定，甚至连那句“不客气”都准备好了。

然而这个世界上不是所有完美的准备都会派上用场。

她说了“谢谢”，但没有收。

他不知道被拒绝的一刻他心里的裂缝有没有被她看出来，他只知道在走回家的路上，他没有看街边的路灯，也听不到商场里的音乐声。

他费了很多精力才买到的漫画书在梁月弯那里是“不被需要的东西”，在父母眼里是“没用的书”，就连被锁进抽屉里，也显得格格不入。

“爸，对您来说，什么才是有用的书？只有您书房里的那些医书吗？”付西也很清楚父母对他的期望，“我以后不会当医生的。”

付父面露诧异，这是儿子第一次用这样的态度跟他说话，“西也，你这是怎么了？”

付西也平静地陈述，“没怎么，我只是想告诉您，我不是机器人，也会有情绪，会难过，也有自己的梦想。”

这一晚，付父的心情很复杂，儿子从小就优秀，远超身边的同龄人，他和妻子既感到骄傲又觉得理所当然，付西也成长的环境和受到的教育就注定了不会平庸。

高考、读研、读博，然后进入医院成为一名医生，这是付父早就给付西也规划好的人生轨道。

付西也一直都做得很好。

父母满意，家人称赞，老师偏爱，同学仰慕。

付父习惯了儿子的独立，他甚至没有意识到，儿子是从哪一天开始有了偏离轨道的想法，也许很早，也许是最近，但第一次表达自己的想法就这样强硬，就说明这个念头不是一时兴起。

梁绍甫年前一个星期才到家，这次薛光雄也一起回来了。

大车小车好几辆，从鱼虾牛羊肉到手表戒指，几个人搬了十多分钟，东西把阳台都堆满了，他像是要在这里过冬。

司机也没走，留下来吃饭，家里一下子热闹起来。

楼下有小孩放鞭炮，隔一会儿炸一声。

有人抽烟，客厅里烟雾缭绕，还有很重的酒味。梁月弯给他们泡好茶就去了阳台。薛聿出去了一趟，回来就进了房间。

他坐在电脑桌前，窗户开着，梁月弯被他弄出来的声音吓得回头，看到他勾了勾手指。

“进来。”

大人们都在客厅里，梁月弯侧过身，抽着烟的薛光雄看过来，还朝她笑。

“我要睡了。”她摇头。

薛聿就知道她不会那么乖，从背后拿出漫画书，手指一顶就在

手指上转了起来："精装，亲笔特签，来不来？"

他刚才就是去拿快递了。

梁月弯眼睛里亮起光，她跑过去趴在窗台上，伸手就要拿，薛聿往后一抛，她抢了个空，身体往前扑，薛聿突然站起身。

夜色浓稠，月亮挂在黑色的幕布上，风也清冷，万家灯火遥远朦胧，时不时有几声鞭炮响，客厅传来的说话声就在耳边，两个人偶尔还能听到他们的名字。

薛聿刚从外面回来，身体有些凉，月弯在阳台吹了会儿冷风，跟他一样。

原本撑在窗台上的手裹住她的手，将她紧握的手指一根根撑开，摸到了她掌心湿热的汗渍。

"是你从窗户爬进来，还是我去敲你的门？"

他明天就要走，和薛光雄一起回乡下农村陪老人过年。

梁月弯是肯定不会跳窗的："好晚了，他们问你，你怎么说？"

"学习啊。"他又摆出一副欠抽的嘴脸，笑着说话时透着慵懒的痞气，"我能次次考第一，都是因为爱学习。睡觉多没意思，学习才是正经事。"

梁月弯被他逗笑了："那我去装睡了。"

打麻将到 11 点，该休息了，薛光雄让司机先下楼开车，他喝完茶去叫薛聿。

梁家就只有三个房间，面积小，不太方便，但薛光雄也没回自己的别墅——他住不了几天，懒得收拾，而且男人多，都不怎么讲究，索性都睡在酒店，方便。

"儿子，走了。"

房间里没开灯，他又叫了一遍。

“可能是睡了，明天早上再过来接他吧。”

“臭小子，就会添麻烦。”

薛光雄就没再叫他。梁绍甫只简单地收拾了烟灰缸，让客厅的味道不至于太难闻。等客厅的灯都灭了，彻底安静下来，薛聿才走出房间。

月弯睡着之前把房门反锁了，但薛聿有钥匙。

薛聿不是第一次进她的卧室，对每一个位置有什么都很熟悉，从进门到摸上床的整个过程中只是轻微地碰到了衣架，除此之外没有弄出一点儿声音。

被褥里有种很淡的橙花香味，她睡得熟，没有半点儿要醒的迹象，只是翻了个身，无意识地往热源靠。家里的暖气并不是特别足，她身上穿着毛茸茸的睡衣，绒毛扫在皮肤上，有些痒。

“梁月弯，你对我可真放心啊。”

她的脸有点儿婴儿肥，薛聿拨开几缕碎发，一口咬了上去。

梁月弯被吓醒，摸了摸脸颊上的牙印，湿漉漉的：“我还以为是鬼压床。”

“薛叔叔他们都走了吗？”客厅那边没有搓麻将的声音，梁月弯坐起来，脑袋还是蒙的，“那你怎么办？”

头发因为静电爹毛了，她自己不知道。薛聿忍住笑，一副勉为其难的样子：“我啊？我只能留在你们家过年了。”

“真的？”

“假的。”他笑，“我就回去待十天而已，你这么舍不得？”

梁月弯有些泄气，没好气地踹了他一脚。

薛聿从身后拿出那本漫画，她脸上立刻露出肉眼可见的开心，

也不困了，拆开封皮后趴在枕头上一页一页翻着看。

已经过了零点，他今天一大早就要走。

这半年，两个人几乎每天都在一起。

梁月弯惊觉时间过得真快：“你们老家过年好玩吗？”

薛聿想了想：“年三十吃团圆饭，初一吃饺子，去亲戚家拜年，就这些，没什么特别的。但村里小朋友多，很热闹。”

“能不能放鞭炮？”

“能，注意点儿就没事。”

梁月弯以前也喜欢回爷爷奶奶家过年，城市里年味淡，家里亲情单薄，在阖家团圆的日子就越发显得冷清，可是现在老人都去世了，回去心里也空落落的。

第五章 / 桃桃莓莓

昨天牌局散得晚，吴岚睡眠轻，也是等人都走了才勉强入睡。

薛光雄早上没再上楼打扰他们，把车停在小区外等薛聿——其实刚到就给他打电话了，但他关机，电话才又打到梁绍甫那里。

薛聿来不及吃早饭，只匆匆忙忙洗了个澡。

梁月弯被叫起来洗漱时，浴室里的镜子上还有一层雾气。

她刷牙的时候无意间看到了盆子里那条洗干净后拧成一团的四角裤，应该是薛聿洗完忘记带出去了。

梁月弯装作没看见。薛聿收拾好行李才想起来有件事没做完，好在吴岚还在睡，梁绍甫也一直在厨房，他才不至于太尴尬。

但厕所的门从里面反锁了。

“月弯？”他压低声音喊道。

梁月弯嘴里含着牙膏泡沫，含糊地应了一声：“等一下。”

她开门，直接把盆递出去。

薛聿却没有接。

“快点儿拿去啊……”她的手都酸了。

手机振动，是薛光雄等得不耐烦，打电话来催，薛聿接通后三两句就应付完。

“洗过了，洗得很干净，我赶时间，你帮我晾。”他拎起背包随意地往肩上一挂，就要走人。

“薛聿！”梁月弯怕吵着吴岚，不敢弄出太大动静，只拽住他的背包肩带，“你自己晾。”

薛聿往厨房的方向看了一眼，确定梁绍甫不会突然过来之后，弯腰拿起地上的洗衣盆让月弯捧着：“我爸催八遍了，我再不下楼就真要留在你们家过年了。”

梁月弯看着他，一字一顿地做出口型：不要脸。

薛光雄一个早上就将几辆车的后备厢重新装满了：烟花爆竹、蔬菜水果、衣服鞋袜……只要是超市里能买到的都往车里装，像是又要换一个地方过冬。他排着队从小区大门口往外开，路过的人多多少少都要看几眼。

梁月弯偷偷摸摸地去阳台把那一团布料抖开、挂好，回头就看到梁绍甫，瞬间僵在原地，像小时候犯了错被抓到了个正着，紧张得手都不知道往哪里放。

过了一会儿，她才发现梁绍甫似乎并没有注意到她在阳台，只是淡漠地俯视着楼下渐渐远离的几辆车。

她仿佛在他眼里看到了鄙夷和厌恶。

“爸。”

“哦，月弯洗漱好了啊。”梁绍甫回过神，“今天气温低，外面风大，你回屋待着。爸爸煮了粥，去问你妈吃不吃。”

他穿着家居服，不像刚到家时西装革履还带着职场中的锐利锋芒，人温和了许多，梁月弯想，刚才那一瞬间也许是她的错觉。

“好。”她搓了搓手，往屋里走去。

吴岚没睡好，不起来吃，梁绍甫面露不悦，但没在月弯面前说什么。

大年三十晚上，饭桌上少了薛聿，冷冷清清的。

一家人吃完年夜饭，梁绍甫带月弯回去祭祖。

爷爷奶奶都被葬在荒废的地里，很多年以前的房子结满了蜘蛛网，梁月弯跟梁绍甫一起收拾。她没在这里长住过，老人去世后，也就每年春节能跟着梁绍甫回来看看。

邻居出来打招呼，热情地喊他们一起吃饭，村里人朴实，饭桌

上的酒都倒好了，梁绍甫说家里还有事推托了。

人还没走远，坐在院子里抽烟的两个老汉就在议论。

“老梁的儿子出息了，一年没少挣，光是那辆车都好几百万。”

“还不是全靠暴发户帮衬。人哪，读再多书有什么用，没钱都是白混。现在不像以前，名牌大学生遍地都是，早就不值钱了。命好的人就算小学没毕业也照样当大老板，有些人没这个命，就算出国喝了一肚子洋墨水，最后还不是给人打工？”

“话也不能这么说。”

“实话难听，那也是实话。”

“……”

每次回来都能听到类似的话，梁月弯往远处走了几步，等梁绍甫把车掉头。

闻淼隔十分钟就问她到哪儿了，还要多久——她出门前跟吴岚说过，闻淼今天过生日。

车里气氛沉闷，手机消息的提示音就显得很刺耳，梁月弯犹豫着开口：“爸，我同学过生日，我买了礼物，想给她送过去。”

“这么晚了，明天再送不可以吗？”

“可是我答应她了，她是我很好的朋友，我跟妈妈说过不玩太久，会早点儿回家的。”

梁绍甫也不希望女儿跟自己越来越生疏，就没再阻拦，把月弯送到地方后叮嘱了几句，看着她进去了才走。

闻淼叫的大部分是以前高二的同学，体育生闫齐也在，还有几个是他的朋友。

闻淼格外兴奋，穿了双带跟的鞋，挽着梁月弯摇摇晃晃地往外走，可惜下台阶的时候脚还是崴到了。

“小心点儿。”

“没事没事，丢什么都不能丢脸。哎？大学霸！”她不动了，死盯着一个方向。

梁月弯顺着她的视线看过去，付西也从电梯里走出来，身后是乔南茜，然后是他们的父母，正聊着什么。

“乔南茜！这两家人连年夜饭都一起吃。”闻淼一直都很讨厌乔南茜，“晦气，烦死人了，她妈肯定又要跟我妈说我在外面鬼混。”

闻淼打手势让闫齐他们先撤，勉为其难地过去打了声招呼，就拉着梁月弯去路边等出租车。

付西也朝他们走过去，还隔着几米远，闻淼就此地无银三百两地大喊一声：“我没崴脚！我也没有鬼混！”

梁月弯都来不及捂住她的嘴。

付西也面无表情，目光扫过眼睛瞪圆站都站不稳的闻淼，看向梁月弯，闻淼的生日礼物几乎都是她帮忙拿着，风吹得她的头发有些乱。

他从她手里接过那些大大小小的礼品袋，知道她会拒绝，所以先开口：“很晚了，两个女孩不安全。”

梁月弯一个人确实搞不定闻淼：“谢谢。”

付父远远地看着，眉头越皱越紧，闻家这个女儿什么样他一清二楚，物以类聚，人以群分。

“另外一个姑娘也是西也的同学？”

乔南茜说：“是的，我们高一就在一个班。”

付父面露不悦，但也没再问什么。

付西也去拦车，梁月弯扶着差点儿摔倒的闻淼在路边等。

上车后先送闻森回家，闻森怕吵醒父母会挨骂，偷偷溜进屋，梁月弯等她回了消息才安心下楼。

付西也还在一楼。

梁月弯愣了几秒：“我可以自己回家，你住这附近吗？”

上次她陪薛聿回来拿衣服，还遇到了他。

“我不回去，要去亲戚家拿点儿东西，这里不好打出租车，先跟你坐一辆。”刚才送他们来的那辆出租车还没走，付西也走过去打开车门，回头看梁月弯，“走吧。”

吴岚还在家里等着，梁月弯也想早点儿回去。

“放假前发的那几套模拟试卷，做得怎么样了？”

“好难，很多题都不会。”

付西也说：“有些题难度是比高考大。”

“你们家每年的年夜饭都在外面吃吗？”

付西也想了想，发现在家吃饭的次数屈指可数：“有两年不是。”

他父母都不做饭，甚至在家吃饭的时间都少。

“也挺好的，在外面吃方便。”

到梁月弯家二十分钟的路程，出租车刚到小区，手机就响了，梁月弯看了一眼，是薛聿打来的视频电话。

老城区，路灯不太亮，连路都看不清，大概接通了屏幕里也是一片漆黑，她就没有急着接，匆匆跟付西也道了声谢，付完钱下了车。

付西也看着她跑进小区，凉风呼啸，他没能说出口的那句“新年快乐”也被风吹散。

梁月弯上楼的时候接通了视频电话，她这边黑漆漆的，薛聿看不清什么，只听见她的喘气声。

“刚到家啊。”

“嗯，闻淼今天过生日。”

“这么晚，你一个人？”

“不是，有个同学正好顺路，一起打车回来的。”她到门口了，“你等一下，我回屋了再跟你说。”

电话没挂，吴岚等她回来了才准备去休息。薛聿模模糊糊地听着她们母女俩说话，心里却在想大过年的是谁这么“顺路”？闻淼朋友太多，他没有丝毫头绪。

屏幕还是黑的，薛聿看了眼时间，十一点四十分。

农村的年味比城市重，在外奔波了一年的人就盼着这一天团聚，尽管已经没有多少户了，但只要有人住，家门口就都亮着灯。

薛光雄还在屋里喝酒划拳，几个小孩子在外面玩烟花，闹得不得了。

梁月弯反锁房门，把手机拿出来：“好了。”

“你戴上耳机，待会儿可能有点儿吵。”薛聿算着时间，差不多了。

梁月弯没明白他想干什么，他那边一片漆黑，风声很大。

大约过了两分钟，屏幕里升起一朵绚丽的烟花，她才反应过来薛聿的手机摄像头对着的是夜空，烟花嘭的一声炸开，飞散的火光瞬间把夜空照亮，紧接着旁边又飞起一朵。

除了烟花炸开的声音，她什么都听不清了。

足足持续了十分钟，最后一朵烟花炸开，在空中飞散，火星消失，夜色覆盖，世界也静了下来。

近两年，城市里严禁燃放烟花爆竹，楼下小朋友只能玩那种声音不太响的小鞭炮。

梁月弯戴着耳机，声音仿佛还在脑海里回荡，刚才那十分钟，好像只属于她一个人。

视频一阵摇晃后，薛聿带着笑意的脸出现在画面里。他在老家穿得也跟平时不太一样，但老气的棉衣也掩盖不住他身上蓬勃的少年气，还是很好看。

“梁月弯，梁月弯！”他朝着空荡的山大喊，回声从远方荡回来，他重复喊着月弯的名字，肆无忌惮。

“新年快乐。”

梁月弯看到时间正好跨越零点。

“新年快乐，薛聿。”

和薛聿不同，她这一句的声音很低很低，但也足够薛聿的耳朵捕捉到。

“新年快乐”属于全世界所有人，“新年快乐，薛聿”就只属于他。

薛聿慢慢往回走，灯光亮了些，梁月弯能看到房屋后面的花：“那是桃花还是梅花？”

“桃花。”

“开这么早。”

“今年冬天不冷，前段时间天天都是晴天，暖和，野桃树差不多就是这个时候开花，长的桃子特别小，又酸又苦，不能吃，山里多的是。”薛聿跳下去摘了一朵，“喜欢吗？我给你挖一棵带回去种盆里。”

梁月弯想了想，摇头：“挖回来可能活不久，还是让它长在山里吧。”

“那以后带你来看。”

“好啊。”

她睡着了，薛聿挂断视频起身回屋。

电视播着春晚，火炉里埋了土豆和红薯，他拿火钳扒出来，用手拍了拍上面的灰。

老太太怕他烫着：“凉一会儿！”

“不烫。”薛聿剥完皮，拿纸包着递到老太太手里，继续剥另一个，“奶奶，给月弯缝个香包呗。”

老太太虽然只见过梁月弯的照片，但也不陌生。薛聿刚上小学那两年，薛光雄没空照顾他，暑假的时候就把他送回来，家里没有同龄人陪他玩，老太太洗衣做饭他跟着，去地里干活他也跟着，拿把小铲子蹲在地头挖坑，给两个烧饼，自己能玩一天。

“奶奶，我有个好朋友，叫梁月弯，她有很多我没见过的糖，自己不吃，总给我吃。”

后来他牙疼，薛光雄带他去卫生所，医生说是糖吃太多了。

“她妈妈也特别好，给我做饭，还给我洗裤子。”

“哪有人用桃花缝香包？都是用桂花，桃花几天就烂了。”

“月弯喜欢，就用桃花，放火炉边烘干了再往里装，不会烂的。”

“行，都随你。奶奶教会你，你自己缝。”

堂哥堂姐都在隔壁打麻将，薛聿却在火炉边学穿针引线，手指几次被扎流血。

年后开学，班里的气氛明显紧张了许多。

原来的班主任病了，换了个年轻一点儿的，他不排座位，而是把所有的位子画在黑板上，按上一次考试的名次叫人，被叫到的人

自己把名字写在选定的位置，选好后就不变了，一直到高考。

付西也是班长，去开会，迟到了几分钟，回来的时候，选座位已经开始了，梁月弯刚选完。

她总是喜欢靠窗的位置。

班主任让梁月弯把粉笔递给他，他接了过去。

选择还有很多，他把名字写在梁月弯的旁边，只用了几秒钟，像是没有多想，随便选的。

“都选好了吧？别着急，班会结束后再搬东西，先安静，还有一件事要说。虽然是刚开学，但二月已经过去十二天了，也就是说，距离高考就只剩一百来天。下周五，整个高三年级开百日誓师大会，文科班要选两名学生代表，男生、女生各一名，就在咱们班选。”

“付西也，年级第一，上一次的考试成绩也是全市第一名，男生代表就定你了。女生呢，我这里还没定，但你们刘老师给了我一个建议……”

“梁月弯！”有人抢着喊了一声。

新班主任抬头看过去，笑道：“看来大家有目共睹，没错，刘老师推荐的同学就是梁月弯——全校排名进步最大，进步了 256 名，而且上次英语单科第一，数学成绩也不错，是很好的榜样。”

所有人的视线都集中在梁月弯身上，她有些不自在。

“如果大家都没有什么意见，那学生代表就是付西也和梁月弯了。那就这样，你们俩抽空写一下稿子，写完一起拿给我看。”

班会结束后开始换座位，还有课代表在收作业，教室里闹哄哄的。

梁月弯的位子没变，只是同桌换成了付西也。

“别紧张，重点不是我们。”他说，“誓师大会的目的就是给同学们打气，激起大家的冲劲，就算出错了也没关系。”

他从初中就开始参加各种竞赛，学校每次开年级大会，几乎都是他代表全体学生讲话，他早就习惯了。

就像梁月弯花两百分的努力也追不上他正常发挥的成绩，他也体会不到梁月弯一直平凡普通却突然被推到人前的紧张。

新班主任并不是很好说话的类型。

薛聿等梁月弯一起去吃饭，等了半个小时都没见人，便上楼去她的教室。

他没进去，在窗户外面看了一眼，发现她好像是换同桌了，桌子比之前那个女生的整齐。

刚发下来的作业还摞在一起，薛聿走近才注意到压在下面的是付西也的习题册。

黑板还没擦，两个人的名字挨得很近：

梁月弯，付西也。

她的新同桌是付西也？

“薛聿，”梁月弯跑着过来，“我刚才去班主任办公室了。你等很久了吧？对不起。”

“我们老师拖堂，也刚下课。”薛聿不经意地问了一句，“换同桌了？”

“嗯。”

她闷闷的，一看就是有心事。薛聿余光往黑板的方向瞟，没再多问。

“想吃什么？”

“没胃口，不想吃，”她还在想誓师大会学生代表的事，“但是可

以陪你吃。”

“现在食堂人多，我们过半个小时再去。”

“那你先回教室？”

“一会儿还要再下楼，多麻烦。”薛聿说，“去看看小狗吧。”

薛聿去商店买了两根火腿肠，走到花园叫了两声，小狗就从假山后面跑出来，咬着他的裤腿转圈。

“它长得真快，”梁月弯记得第一次看见它时，它就只有薛聿的手掌那么大，“好像瘦了。”

“放假没人喂，饿瘦的。”

他不知道从哪里变出一个香包，站起来时提着细绳在她面前晃，香包并不算精致，像是手工做的。

“里面是桃花花瓣，晒干了，只要不弄湿就不容易烂。”

她很惊讶：“你还会做针线活？！”

“这有什么难的？我不仅能缝缝补补，还能洗衣做饭。”

“哇，好厉害哦。”梁月弯配合地鼓掌。

她想拿着看看，薛聿却比她快一步把香包藏到身后，她追着去抢。

他作势就要放开声音大喊，梁月弯知道他干得出来，情急之下一把捂住他的嘴。

“救命啊，有人抢劫……”他偏不安分，故意逗她。

梁月弯左看右看，害怕真的把学校保安引过来——小狗还在草堆里吃火腿肠。

“薛聿你别闹了。”

薛聿投降，把香包放到她手心。

他兜里总有几颗糖——出门前想起来的时候就随手抓一把，味道、软硬都随便，他摸到一颗剥开，喂给月弯。

椰子的奶香味很浓郁。

“梁月弯，”他压低声音，故作神秘地问，“你有没有听见什么声音？”

“不要吓到了你自己。”怕黑的人是他，梁月弯胆子一直很大。香包上绣了她的名字，还能闻到淡淡的花香。

薛聿提醒道：“我是说，狗在咬你的鞋。”

那条狗真的在啃她的鞋，梁月弯坐在石凳上，把脚抬起来：“它没吃饱吧。”

“一次不能喂太多，等会儿去食堂，再给它弄别的东西吃。”薛聿坐到她旁边，“开心点儿了吗？”

梁月弯愣了一下，低头看手里的香包：“我没有不开心，就是有点儿烦，下午开班会的时候，我们班主任让我当誓师大会的学生代表。”

薛聿也听说了这件事。他的名字隔三岔五就出现在违规违纪名单上，学校不会选他，现在得知文科班选了梁月弯，他有点儿后悔：这半年应该表现好点儿。

“你不想？”

“我不合适，比我优秀的人有很多，而且，我的成绩并不算突出。”

“谁说的？”薛聿能猜到她在想什么，“学生代表不仅仅是代表成绩这一项，我们高中生要全面发展，老师选你，那么你身上就一定有值得大家学习的优点，再说你的成绩也不差，作文写得好，英语也好。”

梁月弯听他这么说，心里的负担就轻了很多，也没那么排斥了。

“我站在台上，会紧张。”

“第一次都紧张，那些校领导第一次公开讲话的时候肯定也紧张，我记得初中有一次某个老师还念错稿子了。”

“那我到时候要是结巴，你不能笑话我。”

“多大点儿事，还能笑话你，我有那么没劲吗？”

“你有。”梁月弯想起来就很别扭，“五年级我当升旗手，紧张得走路顺拐了，你笑了我两天，还学我，说我像螃蟹。”

薛聿哑然，多少有点儿尴尬。

“我道歉，我道歉，那时候不应该笑话你，也不应该说你像螃蟹。我晚上回去就写悔过书，贴在床头，每日三省吾身，并且一年之内不吃螃蟹了，不，两年。”

“真的啊？”梁月弯忍住没笑，“你不看《海绵宝宝》了？章鱼哥，蟹老板？”

她故意的，薛聿摘掉帽子挠头，头发长出来了，但又不是特别长：“谁会天天看？”

她继续二次攻击：“好饿，想吃蟹肉煲。”

薛聿：“……”

梁月弯在晚自习铃声响之前最后两分钟回到教室，付西也看到她的脸颊有些泛红，做题也比平时慢很多。

“感冒了？”

“没有啊。”她直起腰，坐得笔直，手心里攥着一团什么东西，“我跑上楼的，怕迟到。”

付西也想起高一第一天开学，语文老师拖堂，她因为生理期突然造访弄脏了衣服在他旁边坐立不安的模样。

刚上课，离下课还早，付西也起身走出去，过了几分钟，又回到教室门口：“梁月弯，班主任叫你。”

他是班长，而且下午刚确定两个人作为誓师大会的学生代表，大家都在自习，没有谁会过度关注他们，就连梁月弯自己也没有觉得哪里不对：“好。”

她拐过走廊准备上楼，付西也在后面叫住她，说班主任没有让她去办公室：“你去厕所吧，我就在这里，等你一起回教室。”

好一会儿梁月弯才反应过来是他误会了，却不知道怎么解释。

付西也以为她手里攥的是卫生棉，其实那只是个香包，很丑的香包。

“我不是生理期。”她慢慢张开手指。

付西也看到了那一团东西，脸上少见地有些不自然。

“你喜欢这种小玩意儿，怎么不买个好看的？”

香包缝得并不精致，还有小线头露在外面，梁月弯仿佛能想象出薛聿躲起来偷偷摸摸穿针引线的样子，就越看越顺眼：“也还好吧，没那么丑。”

刚才是付西也把梁月弯叫出来的，如果她太快回教室，怎么都说不过去。

其他班也在上自习，走廊里很安静。

两个人靠墙站着，天边的晚霞慢慢被夜色掩盖，远处操场上的球框和树影只剩模糊的轮廓。

“陈老师说，下午你找他谈过，想换人。”

“是想过，但老师没同意，”梁月弯笑了笑，“我就只能硬着头皮上，希望不会给班级丢脸。”

付西也感觉到她情绪上的改变：下午班会时老师选定她之后，

她很抗拒，整个人都是蔫的，紧张和顾虑都写在脸上；只过去了一个半小时，她对这件事的态度就不一样，像是想开了。

“你如果需要帮助，可以来问我。”

“谢谢，我……”梁月弯话刚出口，突然看到乔南茜。

乔南茜迟到了，正不紧不慢地从楼道口朝这边走过来。

付西也放弃保送，机会就落在了乔南茜身上。

成绩应该已经出来了，只是没有公示，她其实可以不用再来学校，但每天还是正常来上课。

誓师大会的学生代表，应该是她。

“怎么在外面？”乔南茜的目光在两个人身上打转，“不知道的还以为你们是在罚站。”

“有事要商量。”付西也没有多解释，淡淡地道，“你先去教室吧。”

乔南茜不以为意，笑看着梁月弯，许久才开口：“梁月弯，恭喜你。”

梁月弯一时间不知道应该怎么回应，这声“恭喜”像是真的在恭喜她当选学生代表，又像不是——乔南茜虽然是看着她，可更像是在对付西也说话。

“谢谢，我会尽力做好的。”梁月弯捏着手里的香包，从乔南茜身后绕过，“我先回去上自习了。”

闻森一直都不喜欢乔南茜，连带着也会间歇性讨厌付西也。虽然他们的父母都是朋友，但闻森从小和乔南茜就不太和。

“刚才你们三个怎么一起进来？”

梁月弯只是说：“在教室外面遇到的。”

“别理她，她就那副讨人厌的样儿。”闻森最近一直是被迫学习，被迫努力，“高三的时间怎么这么慢啊？拜托拜托，快点儿结束吧，我要奔向自由。”

“快了。”

“我真是度日如年，太难熬了。月弯，你想考哪所学校？”

“B 市的外国语学院。”她的成绩不太稳定，模拟考最高分才勉强够去年的分数线。

闻淼能上个普普通通的二本都是祖上积德：“那薛聿呢？”

梁月弯摇头：“我没问过他。”

“我偷偷告诉你啊，”闻淼掩着嘴凑近，小声说，“乔南茜保的是 B 大，薛聿如果也考，他们就同校了。付西也就更不用想了，肯定也是 B 大，他爸妈都是 B 大医学院毕业的。”

B 大是全国数一数二的学校，就算是分数线最低的专业，梁月弯拿最好的成绩比，也相差甚远。

“好学校每年在我们省招生人数不多，大家肯定都想去。”

“你努力冲一下，说不定也能上。”

“那我得坐着火箭冲吧。”梁月弯笑了笑，“是我自己想考外国语学院，跟别人没关系。”

下晚自习后梁月弯先走，薛聿比她晚二十分钟到家。

薛光雄今天才走，薛聿这些天也一直住在外面，吴岚知道他今天晚上过来，等他回来之后才准备去休息。

月弯在房间里练英语听力，吴岚抱着干净的床单敲门进去，空气里有股花香味，淡淡的，她随口问了句，说这香味很特别。

房门没有完全关上，灯光从门缝漏出来。

薛聿听见梁月弯跟吴岚说那个香包里面是桃花。

吴岚没多想："小薛吃晚饭了吗？"

"吃过了，还买了夜宵。"

"又吃这些垃圾食品，都说过多少次了，烤串啊奶茶啊都不干净，肠胃不好的容易拉肚子，少吃。"

他在吴岚面前向来听话："好，我听吴姨的。"

"半个月没见，好像又长高了。"吴岚满意地笑了笑，"冰箱里有牛奶，睡前自己热一杯喝。"他们还在外面说话，梁月弯的手机响了一声，是薛聿的短信，让她去他的房间。

她没他那么嚣张，等吴岚睡了才过去。刚进屋就闻到了烧烤味，一看就知道是她经常偷偷去买的那家，老板是个很爱八卦的阿姨。

薛聿关上房门就去勾梁月弯的脖子，被推得坐在地上也不生气，抓住她的脚踝，看着她笑："梁月弯，你想什么呢？"

她反问："你想什么呢？"

"没想什么。"薛聿站起身，"你晚上没吃饭，先吃烤串，再把桌上那两道题写了，我洗完衣服来检查。都做对了就回去洗漱睡觉，做错了……你就完蛋了！"

两道题是他讲过的，变换了题型，但考点没变。

梁月弯给他留了几串，霸占他的书桌和毯子，喝完水开始解题。

阳台上传来水流声，梁月弯透过窗户看到薛聿的背影。天气已经不冷了，他就只穿了件T恤，微微低着头，在往手里倒洗衣液。

原来，每次他坐在这里，其实都看得很清楚。

"薛聿，夏天要来了。"

"嗯。"

"你想读哪所大学啊？"

"都行，选择很多，你去哪儿我就去哪儿。"

“那万一我考得不好……”

薛聿回头，月光从他身后照进窗户：“未来还没有来，我们要做的不是担心焦虑，而是拼尽全力。”

他说：“梁月弯，你大胆地往前走，我跟得上，也一定不会跟丢。”

誓师大会开始前二十分钟，高三各个班陆陆续续下楼，在操场上按照规定的位置站队。

今年是两所学校合并后第一次高考，有很多家长也来参加誓师大会，还有往届优秀毕业生受邀回校，校领导依次上台讲话，梁月弯和付西也都在台下做准备。

两三点的时间，阳光正烈，后面的学生趁班主任不注意往梧桐树下面躲。

薛聿来得晚，随便站在班级队伍的末尾。

一班在操场最左边，他的左边没有人，很容易就看到了梁月弯，还有旁边给她递牛奶的付西也。

“别紧张，稿子你已经背得很熟练了。”

“谢谢，我自己带了杯子。”

“牛奶有镇定安神的作用，能适当减少你的紧张感。”

“呃……可我不爱喝牛奶。”

付西也因为梁月弯的这句话有些走神。

高二有一段时间，家里阿姨有事请了两个月的假，他不在家吃早饭，那个时候还在位于市区的老校区，学校附近的早餐店很多，他只固定在一家吃，因为快，省时间，但其实味道很一般。

她也经常去那家店，每次都和他一样先点一杯热牛奶，有时候

她早几分钟到，还会提前帮他点好。

“你以前……早饭都是配牛奶。”

“现在不喜欢了，每次喝都肚子疼。”梁月弯把稿子拿出来，想再熟悉一遍。

付西也没再说话，像是在回忆些什么。

年级主任几句话讲完就下台了，负责人打手势让两个人准备。梁月弯深呼吸，睁开眼后看到了薛聿。她看过去，他嘴角上扬，露出笑意。

梁月弯辨认出他的口型，是在说“加油”。

昨天晚上他说，他会站在她一眼就能看到的地方。

看着他，她就不会紧张了。

台上的两个人穿着一样的校服，身高般配，气质也莫名地很搭，一个清风霁月，一个温柔娴静。

薛聿身边有人小声议论：“付西也、梁月弯，名字好配哦。”

“他们班还有一个女生叫乔南茜，和‘付西也’这个名字更配吧。而且我听说两个人是同年同月同日生的，父母也是好朋友，还在同一家医院工作。”

“我不觉得，一个南，一个西，听着更像兄妹。”

“哈哈哈，也是哦。明明大家的校服都一样，怎么他们俩就能穿得那么好看？”

薛聿低头看了眼自己身上的黑色外套和黑色裤子，忽然觉得很碍眼。

台上的梁月弯已经讲完了，轮到付西也了，薛聿心不在焉地回想自己刚开学那会儿把校服塞在哪儿了。

学校没有要求大家必须穿校服，薛聿喜欢打球，校服面料不吸汗，他就不常穿，校服被揉成一团塞在衣柜里。

他重新把校服翻找出来，洗干净晾在阳台上。

快递打来电话，是他买的种子到了。

吴岚也在阳台上种了几盆花花草草，都是些很好养的。向日葵不适合种在花盆里，薛聿自己家后院能种。

梁月弯的生日已经过了，3 月初天气还冷，种不了向日葵，薛聿试过，但最后都烂在了花盆里。

现在这个季节刚好，七八月份就能开花。

薛聿在后院阳光充足的地方挖了一片空地出来，撒种子，浇水，还做了块木牌，上面写着：梁月弯的向日葵。

他每周都借着拿衣服的理由回去看一次，浇浇水，除除草，走之前再拍张照片。

第六章 / 种花送给喜欢的人

誓师大会结束之后，高三这栋教学楼里的气氛明显不太一样了。

黑板上的距离高考天数从三位数到两位数。过完冬，枯黄的梧桐树不知不觉泛起了绿意，一晃又是满树的树叶，微风吹过，带起一阵哗啦啦的响声，阳光洒落，地面树影斑驳，从树下经过的人还是他们。

梁月弯发现，薛聿不知道从什么时候开始，每天都穿校服上学。

天气热起来了，他的头发长长了，很少戴帽子了。

高考将近，校领导把跑操改为一周一次。梁月弯生理期不太舒服，为了不影响别人，就跟在队伍最后面，闻淼越跑越慢，最后跟她并排。

“贴在新闻站的照片不知道被谁撕掉了，就是你和付西也的那张，真缺德啊。”

“可能是被风吹掉的，反正也应该换新的了。”

“也是。”闻淼叉着腰喘气，“哎呀，现在的小学妹嘴真甜，今天叫‘学长’，明天叫‘哥哥’。哪儿来那么多异姓哥哥，她父母知道吗？”

操场面积大，分了好几个区域，梁月弯偶尔能看到薛聿的背影：“她们还叫薛聿‘哥哥’？”

“人家年纪小嘛，什么都不懂，”闻淼捏着嗓子矫揉造作地说，“叫‘哥哥’没有别的意思，礼貌而已啦。”

“你好夸张。”

“我是学不来。不过，薛聿吃不吃那一套可就说不准了。”

梁月弯的步伐慢下来：“他说他从不乱搞男女关系。”

皇帝不急太监急，梁月弯不急闻淼急：“不是有句俗语吗？男人的嘴，骗人的鬼，死的都能说成活的。女人呢，道理都懂，但偏偏

就爱听那些花言巧语，听着听着就信了……什么鬼！乔南茜到底是怎么做到能这么烦人的？这么宽的跑道都不够她摔！”

早上跑操最怕有人摔倒，容易发生踩踏事件。

乔南茜摔得狠，膝盖都流血了。应该在理科班区域的薛聿不知道什么时候混到了文科班，乔南茜在他前面摔倒，他差点儿踩上去，幸好他反应快，隔开了后面不知情的同学，扶着乔南茜站起来，走到人少的地方。

乔南茜人缘好，班里的同学发现她受伤了，都过去关心。有人去前面叫付西也，催着赶紧送医务室，薛聿也被围在人群里。

梁月弯停下来，远远地看着。

“肚子疼吧，”闻淼立马扶住她，“不跑了，我陪你回教室。”

今天一整天都有考试，跑操还没结束，老师就已经在教室等着了，同学们陆陆续续回到教室，课代表提前发试卷，付西也还没有回来。

薛聿看到梁月弯低着头写名字，教室里静悄悄的，老师在里面，他不好做什么，只能在经过窗户的时候把保温杯放在窗台上。

梁月弯写完英语作文，离考试结束还有半个小时。

窗台上的黑色保温杯她伸手就能拿到，可一直到晚上，她才拧开杯盖，红糖姜茶的味道很浓郁，还是温的。

最后一节晚自习铃声响之前十分钟，薛聿从后门走出教室，习惯性地站在一棵梧桐树旁边的路灯下面等着。

远远就看见梁月弯和他们班英语老师一起下楼，他就没过去，先去了公交车站。

住校的学生更多，选择走读的一般是家在附近。

薛聿拿着篮球随意地转着，他的手很漂亮。梁月弯看着他，又想起了早上乔南茜扶着他的手臂的画面。

老人说，走路的时候踩影子，第二天被踩的人会浑身疼。

梁月弯轻手轻脚地走到他身后，在他影子后背的位置踩了一下，看他没有发现，就抬脚又踩了一下。

踩完了她也没有叫薛聿，混在一群穿校服的学生里面上了公交车。

等车门关上，车开走了，薛聿才注意到她，但已经来不及了。

薛聿追了几步，十字路口人行道正好红灯，他被拦在路口，公交车往前开，梁月弯在车里朝着他做鬼脸吐舌头。

离高考越来越近，吴岚请假在家，每天晚上陪着梁月弯复习，有的时候还会睡在她屋里。

薛聿再也不能像以前那样自由。

“吴姨，月弯还在写作业？”

“没有，她说早上跑操跑累了，今天睡得早。”吴岚叮嘱他少熬夜，“你也早点儿休息。”

薛聿只能作罢：“好。”

第二天清晨，梁月弯照旧用微波炉热面包，薛聿睡眼惺忪地从房间出来，边打哈欠边去阳台，从衣架上取下晾干的校服，兜头套在身上。

梁月弯看了他很久：“你背痛吗？”

薛聿揉着肩膀：“浑身痛。”

“哦。”梁月弯的心情好了许多，往微波炉里多放了一个面包——每次都是她吃半个，薛聿吃一个半。

她那一声“哦”听着有几分幸灾乐祸的意味。

薛聿回头往她房门的方向看，走近，低声问她：“吴姨起了吗？”

“你猜啊。”她说话的语调还是刚才那样。

“腰痛、背痛、腿痛，胳膊也难受，也不知道是哪个神婆给我下了咒。”薛聿学她，只是他刚起，声音有些沙哑，她说出来是漫不经心的娇气，到他这里味道就变了，“你帮我揉揉吧。”

梁月弯给了他一肘。

“咝，要痛死了。”他装得敷衍，手撑在台子上，另一只手绕过去捏她的脸，“梁月弯，你心眼儿挺坏啊，昨天晚上是故意的吧？”

梁月弯仰起无辜的眼眸：“不是的，薛聿哥哥。”

薛聿愣住，有瞬间的失神。

梁月弯心想，还是姐妹靠谱，他果然吃这一套。

“这么喜欢被叫‘哥哥’吗？”

薛聿刚要反击，突然听到开门的声音。

“月弯，”吴岚从房间里出来，“快迟到了，先去叫小薛起床。”

薛聿立刻反射性地站直身体，往旁边挪了两步：“吴姨。”

“小薛也起了啊。”吴岚没睡好，神色恹恹，“天气预报说晚上可能下雨，记得带伞。”

薛聿点头：“嗯，知道了。”

梁月弯走出厨房之前，回头朝他笑，还吐了吐舌头。

她先出门，薛聿把书包挂在肩上就追出去，但还是没赶上，眼睁睁看着公交车开远。

乔南茜昨天跑操摔伤了，付西也请假送她去医院，今天才回学校正常上课，但乔南茜可能还要耽误一段时间。

班主任开班会说起这件事的时候，还特意提起了理科班的薛聿，说幸亏他及时把乔南茜扶起来，才避免了踩踏事件的发生。

梁月弯听着听着就走神了，目光投向窗台上的黑色保温杯——她昨晚忘记带回家洗。

付西也余光看着她把杯子拿到桌子底下，偷偷拧开盖子，很浓的生姜味飘了出来。

窗外的梧桐树被风吹得沙沙作响，阳光从枝叶间穿过，斑驳的树影落在她摊开的书本上，也落在她的眉眼间。

这是他们同桌的第二十三天。

没人知道，选座位那天，他迟到那几分钟里的每一秒都在计算和她之间的距离，就像……没人知道那本未能送出去的漫画书最后被锁进了抽屉。

“放弃保送，以后会后悔吗？”她忽然偏过头，轻声问了他这样一句话。

今天早上，学校公示了保送结果。

付西也有一瞬间的恍惚，笔尖在白纸上画出一道黑线，可等他偏过头才发现梁月弯并没有看他，她趴在课桌上，刚才那句话像是喃喃自语。

她又自我安慰：“他那么聪明，不保送肯定也能考得很好吧。”

于是付西也明白了，她心里想的应该是，薛聿即使不保送，照样能考得好。

“嗯。”付西也应了一声，心静下来后，纸上的那条黑线刺眼又多余。

夕阳落山，到了晚饭时间，薛聿站在操场上朝楼上的梁月弯招

手。他知道在这里说话梁月弯听不清，就比画着什么，大概是让她下去的意思。

梁月弯觉得他有点儿傻，没有理会，背过身靠着栏杆。

付西也看到她满眼藏不住的笑意，从身边经过时，马尾发梢扫过他的肩膀，他心里突然有一股冲动，想要告诉她，他放弃保送的原因不是那些人口中所谓的“真正有实力，不需要保送”，而是想和她一起朝着同一个目标努力。

可就在他脑袋里天人交战时，她已经走远了。

她身体贴着走廊里侧的墙壁走了几步，等到了楼下薛聿看不见的地方之后，才朝楼梯口跑过去，轻盈的步伐像是踩在他的心上。

“刚才有人可是说不来的。”闻淼吸着奶茶，胳膊撞了旁边的梁月弯一下，“这么快就消气啦？”

闻淼又要说什么，梁月弯往她嘴里塞了块饼干：“谁生他的气了？”

闻淼咬着饼干问：“不生气怎么一天都不理人？”

梁月弯狡辩：“我没有。”

“真帅啊。”

篮球场上，薛聿和闫齐在一起打球。薛聿显然是故意激闫齐发脾气，眼看着两个人就要打起来，前一秒还在夸薛聿真帅的闻淼第一个往上冲，指着薛聿的鼻子说他犯规。

梁月弯这会儿也忘了自己还在跟薛聿较劲，赶紧过去把他们分开：“别吵别吵，老师还在那边。”

闻淼看她跟小鸡护崽似的挡在薛聿面前就更来气：“梁月弯，我是不是你最好的朋友？你竟然向着一个外人！”

“他不是外人。”梁月弯拽了拽薛聿的衣服：“你给人家道歉。”

薛聿不以为意："是他先扔球砸人的，我凭什么道歉？"

"神经病，懒得跟你计较。"闫齐捡起地上的外套，甩手走人。

闻淼追上去，球场上的人都散了，梁月弯被薛聿带着去吃饭。

错开了高峰期，食堂里的人不是特别多。

"薛聿，你干吗总针对闫齐？淼淼会不高兴的。"

薛聿本来以为梁月弯是去看闫齐打球的，因为他叫她来她不理，等闫齐非常没有下限地脱了T恤光着膀子跑向球场，她才坐到球场边。而且刚开学那会儿，她还想约闫齐去爬山。

"关她什么事？"

梁月弯乜了他一眼："你说呢？"

薛聿从她后半句话听出了点儿意思，自然而然地试探："之前是你那个闺密想认识闫齐啊？"

梁月弯用奇怪的眼神看着他："你和闫齐不是朋友吗？"

"我哪有时间关心一个头脑简单四肢发达的男同学。"薛聿含糊地搪塞过去。他的心情突然变好了，连周围的同学都看得出来。

"哦，也是，"梁月弯赞同地点了点头，"你比较关心品学兼优多才多艺的女同学。"

"冤枉，我可没有！"薛聿反应过来，"你这两天不高兴，是因为乔南茜？"

梁月弯偏过头："少管我。"

他眼角的笑意越发明显："我理解成吃醋没问题吧？"

梁月弯下意识地就要否认，他又说："无论是乔南茜、乔北茜还是乔西茜，都比不上我的梁月弯，扶她是礼貌，不是情分，把她扶起来，就不会绊倒后面的你了。"

旁边那桌是他们班的同学，薛聿若无其事地跟同学说着话，在

桌底下却轻轻地握了一下梁月弯的手。

他刚打完球，身体热腾腾的，两个人的手心紧贴着，梁月弯甚至能感觉到从皮肤里透出来的潮湿汗意。

“你每周天的下午都干什么去了？”

“秘密。”

薛聿又问她：“刚才你和你同桌站在走廊上说什么呢？”

梁月弯轻轻哼了一声，学着他的语调说：“秘密。”

薛聿也不生气，只是笑，想起那本压在床底的日记本：“你怎么有那么多秘密？”

“你少管。”

“你不是都说了吗？我又不是外人。”

“那我收回。”

“晚了，说出口的话泼出去的水，说都说了，哪还有收回的道理？”

梁月弯夹了块排骨塞进他嘴里：“吵死了，吃饭别说话。”

有些日子很漫长，但又好像一眨眼就过去了。

黑板角落的高考倒计时天数只剩个位数时，各科老师不再布置作业，上课有时会把之前的试卷拿出来，挑典型例题讲，大多数时间是让同学们自习。

笔记写了一本又一本，课桌上堆满了习题册，书皮被翻得都快要脱落了。

梁月弯还坐在靠窗的那个位子，从窗户望出去，满眼都是翠绿葱郁的梧桐树。

这个夏天才刚刚开始。

考前两天，全校放假。

“你们高中的最后一节课就要下课了。教室要布置成考场，大家把东西都清空，别落下什么。”

“老师辛苦了！”

“你们也辛苦了，希望所有人的努力都不会白费，考一个满意的成绩。好了，考完再见。”

梁月弯不住校，今天就要把所有的东西都带回家，下课后开始整理。

付西也坐在旁边，弯腰帮她捡书：“你在第几考场？”

“三十四考场，在八楼。”

薛聿的教室。

“你呢？”

“第二考场，应该是在一号楼。”

“现在大家都在找考场，可以等晚点儿人少了再去看位置。”书包装不下，梁月弯准备用手抱一摞，“我先走了。”

她走出教室，曾经堆满课本的课桌空荡荡的，风吹进来，耳边没有了书本被吹乱后哗啦啦的响声，走廊上也只剩四五个学生。

付西也看着她越走越远：“梁月弯。”

她停下脚步，回头看过来，身后是被彩霞染红的天空，夕阳的余晖落在她身上，像是一场寂静而遥远的梦境。

隔着几米的距离，他站在原地，始终没有走近一步。

“考试加油，别紧张。”

她听见了，眉眼间绽开柔和的笑意，朝他挥手：“谢谢，你也是。”

学校门口不允许停车，吴岚只能在附近等。薛聿先把自己的东

西送到她车上，再跑回学校——梁月弯说好在操场等他。

他自然地接过她的书包，再拿起放在花坛上的那一摞书。

梁绍甫因为航班延误没能回来，吴岚请假在家给他们做饭，开车接送他们。

考前最后一天，两个人午饭后去公园散步。

薛聿才告诉梁月弯，他离开教室之前，把他的课桌换到了第一排。

梁月弯的考号就排在教室进门的第一个位置。

身边都是不认识的同学，监考老师也是陌生面孔，梁月弯坐在薛聿的课桌后面考完了一场又一场，就像是薛聿在陪着她。

终于，铃声响起。

结束了。

不知道哪个班最先开始欢呼，撕碎的纸片满天飞舞，在校领导赶上楼阻止之前，又有人机灵地带头唱起了校歌。

操场上很多人，三五成群地聚在一起。

梁月弯和闻淼说话，薛聿穿过人群跑向她，校服里灌满了夏日的风，他猛地从后面搂住她的腰，将她抱起来转圈。

周围很多人在看他们，笑声被狂欢淹没。

班主任拿了相机给全班拍照，薛聿等拍完合照后，挤过去站在梁月弯身边，手搭上她的肩。

两个人穿着一样的校服，身后是茂密的梧桐树，夕阳红得像火。

风吹乱了头发，梁月弯甚至都没来得及整理好，咔嚓一声，画面定格，将他眉眼间的少年气永远烙在了她的十八岁。

吴岚默许了梁月弯今天晚上可以不回家。今晚外面那些聚会场所应该都是爆满，闻森早就想好了，他们先去吃烧烤，吃饱了再去下一场。

海边的烧烤、大排档给高三学生打五折，还送啤酒，周围无论是认识的还是不认识的人，都真心送上祝福。

烧烤架上还有一半肉串没吃完，闻森和闫齐一会儿吵架，一会儿又闹在一起。

薛聿弄了辆自行车，在岸边朝梁月弯招手："上来。"

梁月弯跑过去坐到自行车后座上，薛聿拉起她的手放在腰上："抱紧了。"

他越骑越远，海风吹干了汗湿的校服。

梁月弯回头，已经看不到闻森和闫齐了："我们去哪儿？"

"私奔啊，"薛聿笑着喊，"怕不怕？"

自行车晃了一下，梁月弯下意识地收拢双臂，手隔着衣服拧他的腰："怕死了。"

越过了一道坎，她什么都敢做，也什么都不怕。

薛聿把车骑回了家。他的手机总在响，大概是他那些朋友约他出去。

他只是给薛光雄回完一通电话就关机了，然后开门，给梁月弯拿拖鞋。

薛光雄过几天会回来，家里提前让人打扫过，很干净，那盆干枯的橘子树也被处理了，换了一盆栀子花，满客厅都是花香味。

两个人从外面喧嚣的世界脱离，关上门，四周突然就静了下来。梁月弯对这里不陌生，自己倒水喝。

她还穿着校服，窗户开着，风吹进来，带起裙摆轻轻晃动，小

腿上被蚊虫叮咬后的皮肤红红的，格外明显。

从窗户望出去，日落很漂亮。

后院多了一大片绿植，梁月弯捧着水杯走近看，才认出那些都是向日葵。

“薛聿，”他还在楼上，梁月弯大声叫他，“外面怎么有那么多向日葵？谁种的？”

他没听清：“什么？”

“我问你，外面的向日葵是谁种的？”

薛聿随意套上一件白色 T 恤下楼：“你猜。”

“你种的？”梁月弯想去看看，“你怎么想起种花了？”

他跟着往外走，回答说：“种花送给喜欢的人。”

梁月弯停下脚步，回头看他，晚霞映着她微红的脸颊，从青春散场那股热烈的情绪抽离出来之后的空虚感因为他的一句话野火燎原般燃烧了起来。

高考前那段时间，每周日难得有半天可以休息，他总是莫名其妙消失，不睡懒觉也不去球场打球，原来是回来倒腾这片小花园了。

送花不是什么新奇的手段，甚至很俗气，她也收到过，但送花的人都是去花店买现成的，只有薛聿亲手给她种下了一片向日葵。

因为这片向日葵，梁月弯晚上不想回家了。

考前好几天她都睡得不太好，其实她很累，很想躺在被窝里睡个够，但她舍不得就这样睡着，洗漱完连头发都没吹干就跑到阳台，趴在栏杆上看院子里的那些向日葵。

薛聿明知道她在等什么，偏偏就是不说。

这里没有梁月弯的衣服，她洗完澡后就穿着薛聿的一件 T 恤，薛聿在楼下忙活了多久，她就看了多久，看着他拔草施肥，看着他从泥土里挖出一条长长的蚯蚓。

天色越来越暗，她心里那股燥动的欢喜也随着夜色慢慢沉淀下来，困意渐深，她打了个哈欠，差点儿在阳台睡着。

迷迷糊糊地被薛聿背进屋，身体刚沾到床，她就卷着空调被往里侧翻了个身，旁边留出很大的位置。

薛聿简单洗了洗，也躺下了，双手枕在脑后，闭眼又睁眼，看着天花板，又看看她。

“梁月弯。”

她应了一声，“嗯？”

“你帮帮我，快点儿睡着吧，”薛聿低低的声音有些模糊，他甚至可以听到自己的心跳声，“我好想偷亲你。”

窗外寂静，梁月弯轻闭着的眼睛微微颤了一下。

两人睡到了下午才醒，点了份外卖，吃饱了才去外面。

薛聿从厨房接了一根水管到院子里浇花，梁月弯站在旁边踮着脚数一共有多少棵，现在还没到开花的时间，这些向日葵都只长出了花苞。

院子不是特别大，其实也就十来棵，她却数了一遍又一遍。

昨天她第一次看到这片小花园，心情很好，可能会有点冲动，睡了一晚应该冷静下来了，所以薛聿不想再等了，“梁月弯，我的花不能随便收。”

“是你自己说要送给我的，”梁月弯指着挂在旁边的木牌，一个字一个字地念，“梁月弯的向日葵。”

“我也不随便送。”薛聿举高水管，把周围的草地也浇了一遍，“这片地我花了四个小时弄，种子都是精挑细选的，我每周日下午过来浇水、除草、施肥，看它们晒太阳，每一株才能长得这么好。外

面买不到，哪里都买不到，全世界就只有这一个小花园是我给你种的，你好好想想，认真地想，要拿什么跟我换？”

空气里飘着细细的水雾，梁月弯冷不丁地抢过薛聿手里的水管，对着他一顿乱喷，喷完就跑。

薛聿抹了把脸上的水，笑着追上去。

两个人浑身湿透，头发都在滴水，看着对方狼狈的样子，两个人莫名其妙地同时笑了起来，笑个不停。

“想好了吗？”

“嗯。”昨晚她没有睡着，她听到了。

“怕不怕？”

“怕死了。”

几乎就在梁月弯话音落下的瞬间，薛聿突然低下头吻她。

书里写到情人初吻时，总是用尽了浪漫的词汇。

她的脑海里却是一片空白，整个人笨拙得连一个美好的词汇都想不出。

能听见水滴的声音，像夏日里一场突如其来的暴雨，她闻到了雨水和草地的味道，落日像熟透后被切开的西瓜，连晚风都有了形状。

幸好，一条毛巾适时地盖在了她头上。

薛聿从后面推着她进屋，让她先洗澡。

家里没有女孩子能穿的衣服，薛聿找了件干净的T恤递进浴室，然后才回到后院收水管。

梁月弯站在镜子前，慢慢掀起头上的毛巾。

晚霞被夜色笼罩，揉成汁，全染在了她脸上。

她洗完澡，从二楼阳台往下望，看到了薛聿和邻居小男孩。小男孩举着水枪满院子跑，薛聿还穿着那一身湿透的衣服，在小男孩冲过去进攻时拿水管吓唬他。

薛聿抬头往楼上看，小男孩也看见了梁月弯，举起水枪要往她身上打。

“哎！不可以！”她刚换了衣服，薛聿伸手过去挡住水枪。

小男孩挺着肚子说：“我也有女朋友！”

薛聿在这个小区住了几年了，对前后几家邻居都认识，知道有个小女孩和这个小男孩差不多大，两个人读同一所幼儿园，经常在小花园里抢滑梯，抢来抢去最后谁都没玩成。

“小星星？”

“对呀。”

“哦——”薛聿的声音拉得很长，表情也很配合，“我的女朋友叫小月亮，和小星星是姐妹。”

小男孩惊讶极了，眼睛瞪得圆圆的：“啊？那她几岁？”

“她七岁。”

“我四岁。”

“谁大？”

“我大！”

“对，你大，”薛聿笑了起来，“所以你不能欺负我的小月亮。”

“好吧，今天就放你们一马，我要回家看动画片了，拜拜！”

小男孩抱着水枪往家里跑。薛聿收好水管后进屋，梁月弯在二楼，他就用一楼的浴室洗了个澡。

他家的书房有投影仪，梁月弯打开电脑找电影，薛聿擦干头发后坐到她身边。

“你用冷水洗的？”

“没事，天热。”薛聿将手覆在她的手背上，滑动鼠标，“看《海绵宝宝》吗？”

梁月弯：“……”

“还有他的好朋友派大星、章鱼哥、蟹老板。”

她起身就要走：“你自己看吧。”

“那次你可不是这么说的。”薛聿另一只手握住她的手腕，又把她拽回去，“我有全集，你真的不看？”

梁月弯扑过去捂他的嘴：“你再这样我就回家了。”

薛聿顺势抱紧她：“不让你回。”

薛聿随机播放了一部老电影，书桌上亮着那盏小月亮夜灯。梁月弯以前看过这部电影，再看还是觉得很好笑。

她皮肤白，被蚊虫叮咬后的红印很明显，尤其是脚踝和小腿，她时不时会用手挠一下，衣摆就随着她不经意的动作往上卷。

薛聿移开视线，起身去翻抽屉，他记得家里有药。

梁月弯的注意力都在电影上，“这是什么？好浓的生姜味。”

“防蚊止痒的药膏。”薛聿从罐子里挖出一些抹在她的小腿和脚踝，还有脚背，“那只脚也伸过来。”

梁月弯闻了闻：“我现在就是一大块行走的生姜，衣服上全都是这个味儿，头发上都是，睡不着了。”

他闭眼躺在沙发上：“你要是睡着了，我就睡不着了。”

于是两个人看电影看到了半夜，几乎把同一个系列的看了一遍。

高考结束后的谢师宴，好几个班订的都是同一家餐厅。

梁月弯先回家换衣服，赶过去的时候跑得飞快，才不至于比班主任到得还晚。

高考是道分水岭，也许这是有些人最后一次见面。一个平时很腼腆的男生竟然第一个拿起酒杯，夸下海口说自己千杯不醉的人结果一杯就倒了，打过架红过脸的人最后都能释然地拥抱，藏了很久的秘密也能借着玩笑说出口。

餐厅负一楼就是一家 KTV，送走老师后，剩下的人一起去了提前订好的包间。

闻淼抢了话筒在前面唱歌，她天生好嗓子，喝醉了口齿不清唱得也不会难听到哪里去，只是唱着唱着场面就失控了。

“啊啊啊啊！我们终于自由啦！”

“我要谈恋爱，我要喝啤酒！”

“别都只坐着啊，举起你们的双手，跟着音乐的节奏跳起来！”

大家拦不住她，也没人拦她，热闹大笑总比流泪好，这个时候还没人有太浓烈的离别伤感。

和考完那天在操场拍合照一样，薛聿一个理科班的人，非要往文科班挤。全校的人都认识他，更何况是这些总能在教室外面看到他身影的同学。

有人熟络地勾住他的脖子，笑着调侃：“薛同学，你怎么回事啊，老往我们班里挤。当初分科考试没选文科，后悔了吧！”

薛聿笑了笑：“是啊。”

“哈哈哈！你还真敢答应！月弯在里面，那个谁，乔大小姐，麻烦你给薛聿让个位子。”

付西也在外面接电话，乔南茜坐在他之前的位子上，旁边是梁月弯。

薛聿在门口被灌了好几杯酒，应付完最难缠的一个男生往里面走。乔南茜倒也没说什么：“这个杯子我喝过，那边都是干净的。”

“谢了。”

包间里太吵，梁月弯贴着他的耳朵说话他才能听清：“喝酒了吗？”

“你猜。”

包间里开了啤酒，她闻着酒味，也分不出是他身上的，还是酒瓶里的。

薛聿侧身挡着某些人的目光，一只手从她身后的缝隙穿过去，看似醉了靠在她肩上休息，其实是在亲着她的脖子耳语：“梁月弯，听说有人给你写过很多封信。”

二十分钟之前他在厕所听到的。

“你还给人家回信了。”

周围闹哄哄的，梁月弯一时间没反应过来：“你听谁说的？”

她愣神的模样，像极了曾经的小秘密突然被人发现，底气不足，心虚但又抱有侥幸心理，先保守试探，企图找到漏洞扭转局面，蒙混过去。

“看来不是谣言。”薛聿平静地笑了笑。

他不吃醋，成熟的男人都不会不分青红皂白地吃醋。

“说说吧，”他又笑了笑，“梁月弯同学。”

包间里灯光暗淡，红色的光线从他脸上扫过，映出他的笑意，让人瘆得慌，梁月弯悄悄往沙发里侧挪。

“多到想不过来了？”

“没有，我就只回过一封。高一那时候体育课都在跳交谊舞，不知道是谁在我放衣服的柜子里放了一封信，可那是女生更衣室，能进去的都是女生。我没办法给对方同等的回应，拒绝就应该很明确，但又不想伤害别人的自尊心，所以也用了写信的方式。”

“这样啊。”薛聿手指钩着她的一缕头发缠缠绕绕，“那你暗恋我那么多年，怎么连一封信都没给我写过？人家小女生都知道送礼物写情书，我等你回条短信都要等个三五天。”

梁月弯又往沙发里侧挪了一点儿：“谁暗恋你？你好自恋。”

“什么？”他装醉，“声音太小了，听不清。”

他总是这样，梁月弯并没有把那句“你暗恋我那么多年”往心里记：“我从来没有告诉过别人，你从哪里知道的？”

“八婆不分男女，我在厕所听见你的名字，才多听了两句。”薛聿也不认识那两个男生，“你跟谁搭档跳的交谊舞？”

“你们学校不也跳了吗？”

“我没参加。”他又问了一遍，“你跟谁跳的？”

梁月弯当时的搭档是付西也。

那会儿全市的学校都跳，每节体育课都在学。她明明学过舞蹈，小学还去参加过比赛，但付西也的鞋依然被她踩过无数次。

“不记得了。”梁月弯转移话题，“有点儿渴，你帮我倒杯果汁。”

秦悦跟他打招呼：“你好，薛聿。”

他没什么印象。

“我是月弯的朋友。”秦悦又补了一句自我介绍。

“你好。”薛聿倒也还算客气。

闻森吼累了终于消停了，换了首情歌，包间里安静了很多。

薛聿用手碰了下杯子，果汁是冰的。人多，空调冷气开得也足，梁月弯穿了条裙子，薛聿身上也只有一件T恤，他就准备去找工作人员要条毯子。

“等一会儿，我去给你弄点儿热的东西喝。”

他起身穿过混乱的人群往外走，开门的瞬间，付西也正要进来，

手也握在门把上。

两个人短暂对视后只是互相点头打了个招呼。付西也平时高冷寡言，和大家的关系都很普通，他这种站在金字塔顶端的“高岭之花”，别的同学就算喝昏了头也不会过分劝酒，更何况他还要负责所有人的安全问题，更不会多喝。

他显然不是会喝酒的人。

吃饭时敬班主任的第一杯酒就很明显，到现在他脖子和耳朵的皮肤都还是红得厉害，但并不是醉了，酒精过敏就是这样。

只有梁月弯旁边的位子还空着。

付西也走过去，旁边的人玩游戏、唱歌，一会儿哭一会儿笑，导致环境非常嘈杂。他坐在她身边，那些杂乱的声音仿佛被隔绝了。

那本被锁在抽屉里的漫画，他昨天考完试回到家后，拿出来一页页翻过。

裙摆被压出了褶皱，他想帮她抚平，就像抚平那本漫画页角的折痕一样，轻一点儿，也许就不会惊扰到她。

“你和薛韦很早就认识？”

“嗯，我们以前是邻居，幼儿园、小学、初中都在一个班。”

他又问：“打算报哪里？”

“没想好，我还要考虑他，等成绩出来再决定。”梁月弯从一堆饮料里找出一瓶茶，“你要喝点儿绿茶吗？能解酒。”

付西也沉默了许久。

“不用，我没醉。”

他拿了个干净的杯子，倒了满满一杯啤酒：“全班就剩你了，梁月弯，祝你前程似锦。”

…………

乔南茜抽完一根烟，找地方灭烟头，回头碰上从走廊另一头走过来的薛聿。

老师喜欢的优等生、同学羡慕的校花，家境优越，未来可期，然而她弹钢琴的手此时拿着烟。

薛聿明明看到了她藏在指间的那点火光，却视若无睹，脸上甚至连一丝意外的表情都没有，只关心手里的那碗补品有没有酒。

乔南茜想起高考完那天下午，操场上那么多人在看他，他的目光却只跟着梁月弯。

不知道是谁开了包间门，大概是想透透气。

薛聿差点儿被撞到，毯子湿了一块，他让服务生帮忙再拿一条。

“梁月弯不是喜欢付西也吗？

“怎么又喜欢你了？”

包间门开着，外面的人能看到里面角落坐在一起的付西也和梁月弯，别人都在闹，只有他们两个人安静地坐着。

薛聿淡淡地看向乔南茜，神色冷漠，像是在看一个完全陌生的人。

乔南茜笑了笑：“高二那年我和付西也因为要准备辩论赛，有一段时间走得近，加上父母之间有工作来往，都是很熟的朋友，我们也认识很多年了，其实没什么，只是有些同学觉得我们俩在谈恋爱，私下传来传去，梁月弯当时好像还特别介意。

“别误会，我没有无故猜忌，女生天生都对这方面的事比较敏感。

“我也没有别的意思，只是好奇，她不像是那种很容易就会改变心意的女生，明明喜欢的人一直都是付西也，怎么转眼就跟你在一

起了？”

乔南茜真心实意地说：“他们俩……挺般配的，你觉得呢？”

“我觉得你可以闭嘴了，别在背后说她的闲话。她不介意，但我介意。”薛聿从服务生手里接过毯子，甚至没有多看她一眼。

薛聿的手机响了，梁月弯正要出去找他，就见他拿着一个小碗从门口走进来，绕开跟着音乐“群魔乱舞”的那些人。

付西也在他开口之前先站起身，留下一句“我去趟洗手间”后侧身走过。

“电话，”梁月弯提醒薛聿，他出去时，手机被留在了她这里，一直响，“你不接吗？”

“太吵了，什么都听不清，一会儿回条短信。”薛聿把毯子抖开盖在她腿上，让她吃点儿东西，“尝尝这个，刚做好的。”

包间里灯光暗，梁月弯并没有发现薛聿回来之后看她的眼神里多了些什么，只是觉得他手心的温度热得不正常。起初她以为是因为这碗汤，他从楼上餐厅一路拿到包间，也没用什么垫着，手才会那么烫，而且他还喝了酒，可坐了好一会儿还是这样。

“薛聿，你是不是发烧了？”

“不知道。”他的声音哑哑的，身体往后倒，像是坚持好久累得没什么力气了才往她肩上靠，“头是有点儿疼。”

冲了个冷水澡就莫名其妙地发烧了这种糗事薛聿本来没想让梁月弯发现，但他现在想要她全部的注意力，来赶走心里那头作祟的恶鬼。

梁月弯用手摸他的额头：“我们先去外面。”

关上门，走廊上清静了些，薛聿靠着墙，被梁月弯担心的眼神看得心甘情愿地低下头，下颌压在她的肩上，鼻尖在她的颈窝里轻蹭。

“真的发烧了，你怎么都不说？”梁月弯心里有点儿难受，“去医院？可是你喝了酒，不能吃药。”

他跟着叹了一声气：“是啊，怎么办呢？”

“只能先买瓶酒精擦一擦。”

“我要你给我擦。”他的语气明明很霸道，下一秒却又示弱，“我生病了，很难受，你得好好照顾我。”

他就像一只受伤的动物寻求抚慰，梁月弯拒绝不了，可她昨天晚上就没有回家。

他又说：“我家没人，如果你也不管我，我睡死过去可能都没人知道。”

梁月弯明知道他是故意的，可还是会心软：“好可怜。”

“是啊，可怜死了。”他一点儿都不懂见好就收，仗着自己生病，一定要听到自己想听的答案，“我好不好，你喜不喜欢我？”

她不肯回答，只是叫他的名字：“薛聿……”

“不好意思吗？那你声音小点，我能听见就够了，”薛聿的目光从月弯的肩头越过，平静地和走廊另一头的付西也对视，嘴上仍是毫无痕迹地继续哄着她，“我好难受，又不能吃药。谁害我发烧的？是你，都是你，是你先拿水管往我身上洒水，我才会穿着湿衣服……”

剩下的话全被她的吻堵在喉咙里。

她原本没有觉得不好意思，只是被他说得有了几分恼羞成怒的羞赧，他得逞后愉悦的笑声就在耳边，她也顾不上有没有人经过。

这样的角度，从背后看，是梁月弯强吻薛聿。

薛聿回到包厢，说要带梁月弯先走的时候，有人发出嘘声，也有人不满：“还这么早，才几点，就要走了？”

“没办法，月弯家教严，不能太晚回家，你们好好玩。”薛聿面不改色，“麻烦帮我把她的东西递出来。”

“别急呀。”男生把付西也面前的杯子添满，又倒了一杯递给薛聿，“你们两个大学霸不喝一杯说不过去吧。”

他们一个理科第一，一个文科第一。

虽然两个人都是常年稳居光荣榜首位，一文一理，成绩不能放在一起比较，但每次月考总会给人一种在暗暗较劲的意味。

付西也冷漠的表情和十分钟前在走廊上时如出一辙。薛聿笑了笑，没接那个酒杯：“下次吧，以后还有机会，留着喝喜酒。”

第七章 / XY

梁月弯打电话跟吴岚说晚上可能不回去，吴岚问她有没有喝酒，又叮嘱了几句。

“女孩子在外面不许喝酒！你就是二十八岁了，妈妈也还是会唠叨。小薛也在？”

“他们班在隔壁。”

吴岚对薛聿很放心，也知道他会照顾梁月弯，倒是没再多说什么：“注意安全，别玩得太过分。”

“好，我明天早上就回家。”

薛聿从酒吧门口的台阶上走下来，勾住梁月弯的脖子，带她上了出租车。

距离不算太远，也过了高峰期，道路通畅，出租车十几分钟就到了。

梁月弯去药店买了瓶酒精，薛聿拉着她回家。窗外零散的几缕路灯光线落进客厅，他的身体挡住了那微弱的亮光，玄关处还是暗的。

梁月弯准备开灯，还没有摸到开关，手就被薛聿抓住。

她愣了一下，手指屈起回握住他的：“很难受吗？先量体温，你还记不记得温度计放在哪里？”

“可能在房间的抽屉里吧。”他自己并不在意，“多出点儿汗，明天睡醒应该就没事了。”

“那就上楼睡觉，不能开空调。”

“我生病了，身体虚弱，没力气，走不动。”

梁月弯不知道他是醉意上头还是发烧不舒服才这样耍赖：“薛聿，你先松手，我开灯。就几级楼梯，到房间就能躺着休息。”

薛聿不仅没有松开，反而握得更紧：“我生病了，没力气啊，姐姐。”

他低下头去靠在她的肩上，闷声低笑时鼻音有些重：“除非你说一句你喜欢我。”

“我不说你就打算睡在门口吗？”

“嗯，”他索性往她身上靠，“反正没人心疼。”

梁月弯抱住他：“喜欢。”

“喜欢谁？”

“薛聿。”

他重复确定：“梁月弯喜欢的是薛聿，对不对？”

“真聪明，答对了。”梁月弯仰着头笑，拇指轻轻在他额头上点了一下，“奖励给薛聿小朋友一颗小红星。”

她哄小孩似的语气和行为逗笑了薛聿，刚才还说自己生病没力气的薛聿突然把她抱了起来，几步上楼。

“梁月弯，你今天完蛋了。”虽然语气很像是在恐吓她，但全程都护着，没让她磕到、碰到一下。

他们小时候也经常这样闹，薛聿总是把她扛起来，扬言要把她扔进池塘里喂鱼。

晚风从阳台吹进卧室，携着一阵潮湿的热气。

薛聿意识到自己咬到她了，她会不会觉得他一点都不温柔。

梁月弯不看他，偏过头看向窗外：“你还是睡觉吧。”

薛聿当然不甘心，“你还没有帮我擦酒精，我不睡。”

“那你离我远点儿，我都快掉下去了。”

“不行，你要对我负责，”薛聿索性破罐子破摔，“我现在很脆弱。”

他像是被梁月弯强抢回来霸王硬上弓的受害者。

“我没有嫌弃你不好的意思。”

她还不如不解释。

“梁月弯你说这话可不要后悔，”薛聿气得都快闭眼了，“我的进步空间很大的。”

“哦，好吧，”她信了，“其实，你也没有很差。”

薛聿好一会儿都没说话，脸色也怪怪的，梁月弯总是不知道他有时候为什么突然就生气了。路边亮着路灯，她能看到楼下那片向日葵。

“还有多久才能开花呢？”

他总生闷气，但消气也快：“七八月份就开了。”

“9 月初我们就要去学校，薛叔叔也不会在家待很久，好可惜。”

“不可惜，会有鸟来吃。”薛聿用手掌抚去她后颈上的汗渍，“热不热？”

“还好，外面好像要下雨了，不用开空调，我一会儿去洗澡。”梁月弯把从药店买的棉签和酒精拿到沙发上，“你先洗，我帮你擦酒精。”

“等你睡了我自己擦。”

“你肯定不擦，直接就睡觉。”梁月弯担心他明天会烧得更严重，“薛聿，你还在生我的气吗？你刚才为什么生气？”

“我那不是生气，是……”薛聿说着说着自己都笑了，“《海绵宝宝》看太多，满脑子都是海绵宝宝。”

梅雨季，下雨很正常。

一时间分不清是雨声还是浴室里的水声，薛聿关上窗户，下楼又上楼，捡起掉落在楼梯间的发绳以及那颗被他不小心弄掉的扣子。

梁月弯洗澡慢，因为薛聿那句“满脑子都是海绵宝宝”，她洗完也没去隔壁找他。

薛聿把梁月弯的衣服拿到阳台搓洗，烘干，又去衣帽间翻翻找找，勉强找到一种和衣服颜色相近的细线，把那颗扣子缝回原来的位置。

从阳台可以看到院子外面的路，薛聿忽然想起梁月弯陪他回来拿衣服那天晚上，她遇到了付西也。

那天，她站在付西也的伞下，一直低头看着自己鞋边的泥渍，手背在身后，伞沿的雨水滴在她身上，衣服后背被淋湿了一小块。

她背在身后的手，手指不安地相互缠绕着，这是她紧张时候的习惯动作。

付西也看不见，但他看得清楚。

“梁月弯不是喜欢付西也吗？”

“她明明喜欢的人一直都是付西也，怎么转眼就跟你在一起了？”

乔南茜在走廊上说的话魔咒般在他的脑海里回荡。

雨后清晨，空气里飘散着好闻的青草味。

梁月弯被手机振动声吵醒，吴岚说梁绍甫今天回来，已经下飞机了。

她睡薛聿的房间，薛聿在隔壁，她挂了电话去敲门。

他头发短，遮不住眼睛，眼睛里的血丝很明显，眼尾也有些红。梁月弯走近，摸了摸他的额头，他烧得比昨晚更严重了。

“头痛吗？是不是没睡好？”

薛聿看出她的担心：“没事，先送你回去，反正家里有药，还挺管用，上次吃完就好得很快。”

他去衣帽间把洗干净的衣服拿到卧室，从里到外每一件都叠得整整齐齐。

洗过的衣服味道很好闻，梁月弯换上，洗漱的时候才注意到上

衣有颗扣子不太一样，线的颜色偏米白，其他的是纯白色。

“看什么看得这么认真？”

梁月弯指着胸口那颗扣子：“颜色不一样。”

薛聿背过身咳嗽了一声：“我缝的，能和工厂批量加工的一样吗？”

“你缝的啊……”梁月弯愣住了。

他的神色有些不自然，随便用毛巾擦了擦脸就走出浴室：“我先去叫车。”

前段时间这里发生过意外，最近出租车不能随便进小区，薛聿换了衣服去外面等。

付西也作息规律，哪怕是高考结束了，他的生活习惯也基本不变，和之前的周末一样，早饭前会出来跑步。

薛聿和他迎面碰上。

付西也也看到他了，放慢步伐，摘掉耳机：“早。”

薛聿活动筋骨，伸了个懒腰，T恤下摆随着他的动作往上缩，露出后腰的一点儿痕迹。

付西也打这声招呼是出于他从小接受的教育。

薛聿不一样，薛光雄穷的时候整天在外面奔波，把他扔在家，他没人管，吃百家饭，后来薛光雄有钱了，也没教过他什么大道理。

礼义廉耻这一套根本框不住他。

“她刚起床洗漱，你再绕着小区跑两个来回也遇不到她，”薛聿开口语气就不太友善，“省省力气吧。”

他没说什么，也没做什么，却已经明确地告诉了付西也昨晚梁月弯睡在他家里。

付西也脑袋里轰隆一声响，修养和家教刹那间都被抛诸脑后。他冲上前揪住薛聿的衣领：“薛聿，你怎么能……”

薛聿笑了笑：“我怎么了？”

不远处的梁月弯显然是看到了这一幕，朝这边跑过来。

薛聿偏过头，用只有付西也能听到的声音陈述：“梁月弯只喜欢我，我们还在喝奶的时候就已经睡一个被窝了，高中之前几乎每天都在一起。月弯什么都好，就是对这方面比较迟钝，旁人累得半死她都不见得能领半分情，白费心思。你反正也忍挺久了，继续忍忍说不定就过去了，别让她知道，她啊，处理感情很被动，知道了反而尴尬。你们同学三年，同学情还是有的，以后总有机会见面，还是朋友。你也不想她因为感情负担而疏远你，对吗？不像我，我们俩就算天天吵架也吵不散，她爸妈还等着我们回去吃早饭。付同学，你挡着路了，麻烦让让。”

“薛聿发烧了，身体不舒服，付西也你别这样。”梁月弯跑过来把他们分开。

付西也被推得踉跄后退，薛聿也顺势往后退，她却只关心薛聿。

“一点儿小误会，没什么。”薛聿像是不怎么在意，甚至替付西也解释，“他不是有心的，我也没那么虚弱。”

梁月弯想说他喉咙都哑了，而且还没退烧，可又注意到付西也的脸色不太好。她不知道发生了什么，随意责备谁都不合适。

付西也干净的跑步鞋上面印着一个脚印，梁月弯后知后觉地意识到自己刚才太着急了，很不礼貌：“他就是身体不舒服，所以心情不好，没有恶意的，你别往心里去。”

付西也因为薛聿不珍惜她才差点儿对薛聿大打出手，她却挡在薛聿前面，帮薛聿道歉，而他是个多管闲事的外人。

早起跑步遛狗的妇人和老年人不时往他们身上投来好奇的目光，梁月弯被看得有些不自在。

“你的鞋……”

付西也的洁癖她领教过，昨晚下了场雨，地上很多雨水，不知道他鞋面上的泥印还能不能洗干净。

“对不起，我赔你一双新的，可以吗？”

付西也面色冷漠地盯着她，像是要说什么，可最后什么都没有说。

空气里那股无形的对峙气氛似乎平息了，梁月弯看着付西也转身离开的背影，又回头看了看薛聿。她一直都能感觉到薛聿不喜欢付西也，但不知道他们之间到底有什么过节。

薛聿说：“我很乖的，都没还手。”

他低声咳嗽，眼角红红的。

梁月弯就再也分不出多余的精力去深究付西也离开前看她的眼神，只想着快点儿回家，让薛聿吃药休息。

吴岚已经做好了早饭，两个人刚到家一会儿，梁绍甫也回来了。

薛聿高烧，没胃口，就先回了房间——他的东西都没有搬走——坐在电脑桌前的转椅上看着梁月弯进进出出。

昨天晚上她睡着后，他楼上楼下地来回折腾，又是洗衣服，又是给她缝扣子，后半夜才勉强睡着。

现在反过来了，轮到梁月弯照顾他。她先拿了体温计让他量体温，她去烧水，看完说明书才发现药不能空腹吃，她又去厨房帮他盛了碗粥。

可薛聿一点儿都静不下来，光是想着床底下那个日记本就抓心挠肺的。

一天不弄清楚，他就一天过不顺心。

房门虚掩着，薛聿听着吴岚和梁月弯的对话，判断她应该还在厨房。他起身调整床头柜子上一个摆件的位置，在梁月弯进来之前自然地坐回椅子上。

“有点儿烫，凉一会儿。”梁月弯捧着一碗粥进屋，“时间够了，把温度计拿出来吧。”

“38.2℃。如果下午还没退烧，就得去医院了。”

“头痛。”薛聿按了按太阳穴，“你坐在床上，陪陪我。”

“我就在家啊，今天哪里都不去。”梁月弯的手肘无意间碰倒了一个什么东西，她蹲下去掀开床单往床底看，“好像掉到里面了，是你的手机吗？”

“别磕着头，”薛聿走过去，“我来捡。”

她准备往里爬：“我可以。”

薛聿把她拉到一旁：“我来。”

床板低，他个子高，钻进去好一会儿才灰扑扑地出来。梁月弯连忙抽了两张湿纸巾：“擦擦手。”

“就是一个手办。”薛聿递给她一个泛黄的本子，“里面还有个日记本，是你的吧？”

梁月弯自己都忘记了，接过日记本翻了翻，里面都是些素描画：“不是日记本，我高中随便画着玩的。”

薛聿心里像是压了块石头，他不动声色地往他希望的结果上引：“高中？你高一、高二两年都不住这里，高三也没时间画画，是不是记错了？不是初中吗？”

“我的记性还没有那么差。可能是开学前夹在课本里一起搬过来的，我整理的时候也没注意。”

她搬过来之后只睡了一个晚上，这个房间就被薛聿霸占了。

“薛聿？”他走神了很长时间，梁月弯抬起一只手在他面前晃了晃，“你想什么呢？喝完粥赶紧吃药吧。”

薛聿脑海里仿佛是在重新整理这一年的记忆般混乱。

高中。

高一、高二这两年两个人不在一所学校，联系也少。

付西也和她同班三年，也就是说，日记里的“XY”不是他，是……西也……付西也！

那些被他忽略的细节，如今抽丝剥茧般深究，他才发现其实早就有了端倪。

薛聿回想起一个小时前，他在付西也面前信誓旦旦地宣称“梁月弯只喜欢我”，简直可笑得像个小丑，更不用提这么长时间的自作多情和死皮赖脸。

“薛聿，你怎么了？”梁月弯有些蒙。

他突然开始收拾行李，情绪转变太快，毫无征兆，明明刚刚还借着发烧的理由撒娇耍赖。

薛聿没说话，把最后一件T恤扔进行李箱，目光聚焦在桌上的日记本封面上，恨不得直接将其撕得粉碎一了百了，却还是忍着脾气翻到写了几行字的那一页上。

占满一整页纸的两个字母“XY”已经将他的自尊心踩在地上踞，再多说一句，他怕自己会体无完肤。

梁月弯看着这一页上的字，也意识到了什么：“薛聿，我不是……”

薛聿涨红的脖子上青筋凸起，他一言不发地将日记本摔在地上，拖着行李箱往外走。

吴岚也吓了一跳，追不上薛聿，赶紧回屋问梁月弯：“这才回来一会儿，你和小薛又吵架了？都多大的人了，怎么还跟小时候一样闹？小薛还病着，你快去把他叫回来。”

梁月弯被动地下楼，薛聿已经上了出租车。

她连拖鞋都没有换，几次踩进水坑，脚上沾满了泥浆。

关于付西也，曾经的那些自卑和委屈随着时间慢慢淡化，好像已经过去很久了，现在她还能想起的，就只有高一那年开学第一天，她生理期来得突然，校服被弄脏了，是坐在旁边的付西也注意到了，默不作声地把外套借给她，她才不至于在新同学面前太尴尬。

藏在日记本里的少女心事和夏天一起结束，除了那晚的月亮，谁都不知道。

那些事情已经过去了，可又确确实实发生过，而薛聿的反应，根本不像是偶然发现的。

吴岚和梁绍甫并没有把孩子之间的打打闹闹当回事。

吴岚是早就习惯了，而梁绍甫则不在意，因为他的目的已经达到了。这一年薛聿住在这里被吴岚照顾，薛光雄对他很信任，信任到什么程度呢？女人和公司都能放心交给他处理。

“这边太小，市区的房子留给你了就是你的，没必要在这种事上跟我斗气，明天就搬回去。还有，我们离婚的事，你打算什么时候告诉月弯？”

“再等等吧，让她好好过个暑假，你都演了两年，也不差这几天。”

“拖太久也耽误你。”

“真有意思，话说得这么冠冕堂皇，你早干什么去了？”

“吴岚，我不是回来跟你吵架的，月弯是我女儿，我能给她更好的物质条件和未来，这一点你否认不了，她跟着我会过得更好。你不需要给抚养费，想去看她，随时联系。”

“我也不想跟你吵。”吴岚留意着客厅的动静，怕女儿突然回来听见了，“你说这些硌硬我，无非就是想说我没本事，没本事赚大钱，更没本事跟你抢女儿。”

“你非要这么想，我也没什么好说的。夫妻一场，闹得太难看，谁都不见得好。”

“闹？我要是想跟你闹，你以为这婚你能离得这么轻松？梁绍甫，我给你留了脸，你别不知好歹。”

“……”

谁都没有发现站在门外的梁月弯。

在她记忆里，父母很少吵架，连争执都很少。

虽然是早就有预感的结果，但这一天突然来临，她还是不知道怎样做到心平气和地接受。

她不如薛聿，怕从父母嘴里听到关于离婚的谎言，怕他们说一切都是为她好。她没有足够的胆量面对这些，甚至连进屋换双鞋的勇气都没有，只能选择暂时逃避。

脚上还是那双沾了泥浆的拖鞋，她庆幸刚才出门的时候带了手机，否则连公交车都上不去。

薛聿的电话还是打不通，他好像也没有回家，不然不会不给她开门。

他的朋友太多了，梁月弯不知道该从谁问起。

她需要时间和空间整理好自己混乱的情绪——关于父母离婚带来的冲击以及那段无疾而终的暗恋。

她只是有些担心发着烧还在外面的薛聿。

也许是她在大门外待了太久，连物业都注意到她了。

值班的人换了一批，她还在。物业为了安全，委婉地让她离开，她不厌其烦地一遍遍解释，说想再等等。

一直到傍晚，薛聿才坐着出租车回来，下车时右手举着吊瓶，左手手背扎着针，付钱都很不方便。

他看见坐在门口的梁月弯，闷在胸口那股无处发泄的脾气就没出息地散了一大半。

她还知道来哄他。

“薛聿……”她可能是脚麻了，一瘸一拐地跑过来，拖鞋都掉了一只。

“别理我，找你的西也去。”

“西也”这两个字被刻意加重强调。

梁月弯知道他生气，帮忙付了车钱后跟着进屋，早上他拖回来的行李箱还在门口。

“我不找他，我找你。”

薛聿一想起那本日记就气得浑身疼。西也，西也，她叫别人倒是叫得亲密。

“那是因为人家不喜欢你，你贪图我帅炸了的脸和完美的身材，我又死皮赖脸地缠着你，你被烦久了才退而求其次。”

梁月弯只听清前面一句：“嗯，他不喜欢我，他喜欢聪明的。”

薛聿冷笑：“哦，你这意思是我眼光独特，喜欢笨蛋？”

“我不是笨蛋。”

“……”他的脸色更难看了。

梁月弯想办法帮他把吊瓶挂好，坐到他身边：“你偷看我的画本，我都没生气。”

薛聿往旁边挪，和她拉开距离：“我有理，我就生气。”

“那你要气到什么时候？”

“看你这笨蛋什么时候才能聪明点儿说喜欢我、非我不可。”他连想都没想就脱口而出了。

但说完他又后悔了，不知道是发烧把脑子烧糊涂了，还是气急攻心整个人都糊涂了，才半天，显得他很急于和好似的。

“我就是很喜欢你啊，”梁月弯的声音低低的，“你最好了，我最喜欢你。”

薛聿心里舒坦了点儿，但脸上依然挂着进门时的冷漠表情：“你还喜欢付西也。”

“那是以前，而且……也没有那么喜欢，就是崇拜，我觉得他很厉害……一点点喜欢。现在不喜欢了，真的不喜欢了。”梁月弯甚至竖起了手指，“我发誓。”

“哼。”薛聿偏过头，嘴角上扬。

好吧，付西也也就只能在他不在的时候才能得到她的喜欢，也就一点点而已。

“你更厉害，我更崇拜你。”

她说这话明显是在讨好他。

“那我问你，你高一跳交谊舞的搭档是不是他？”

梁月弯根本就不会撒谎，为难的表情一下子就出卖了她。

“好啊梁月弯，”薛聿一眼就看出来了，“难怪昨天晚上你不回答，我还没多问你就转移话题。”

“那都是很早以前的事了，搭档是老师分配的，不是我们自己选的。”她可怜巴巴地解释，“而且只跳了几个月，一个星期一次，后来就没跳了。薛聿你别生气，我真的、真的、真的不喜欢他了，骗人是小狗。”

薛聿的脑袋又偏到另一边：“哼。”

“薛聿……”

“你也得给我写。”

“写什么？”

“万字小作文，手写。”

“画本上我就只写了几句话而已。”

“我跟他能一样吗？”他其实已经不像早上那样生气了，就是心里硌硬，“还是说，在你心里，我跟他一样？”

“不一样，怎么会一样？我给你写，我保证写。”梁月弯看吊瓶里的液体还有一大半，“不生气了吧？饿不饿，我给你弄点儿吃的？”

家里什么都没有，冰箱都是空的。

“点外卖，用我的手机点，充电器在行李箱里。”

梁月弯给手机充上电，听见薛聿的咳嗽声，过去摸了摸他扎着针的手：“冷吗？我去给你拿被子。”

“还说不是笨蛋，”薛聿无奈地叹气，握着她的手腕把人拉到怀里，“我现在需要的是你，不是被子。”

他不知道，现在其实是梁月弯更需要他。

客厅里很安静，夕阳的光笼罩着沙发，影子被拉得极长，有些模糊。

薛聿去过医院，身上有点儿消毒水的味道。

这个吻很绵长，是梁月弯主动的。她这是吵架和好后纯粹的依赖，相比之下，薛聿的感情要直接得多，也更贪心。

过于贪心的下场就是拉扯到输液针，他痛得闷声吸气。

外卖来得及时，薛聿饿了一天，好吃难吃都能吃，反而是梁月弯胃口不佳，只喝了半碗汤。

“我给你重新点一份。”

她摇头：“不想吃了。”

“那就不点多，也不浪费，你吃不完的我吃。”薛聿换了一家外卖，“吴姨让你几点回家？”

早上他一气之下把所有东西都搬出来了，梁绍甫在，他也不太好意思再回去住。

“不想回去，”梁月弯还没有做好回家面对父母的心理准备，“我要睡你的床。”

昨天她就睡在薛聿的房间：“行吗？”

薛聿没绷住笑了出来：“害不害臊？”

梁月弯说：“我反正没看《海绵宝宝》。”

薛聿：“……”

薛光雄回来得突然，原本是想给薛聿一个惊喜，却没想到成了惊吓。

当然，受到惊吓的人是薛光雄。

父子俩在房间门口面面相觑，谁都不知道该怎么开口。薛光雄到底是过来人，一看就知道是怎么回事，而且薛聿挡着门，显然是不让他进去的意思。

“儿子，咱这事儿可不太对啊，”薛光雄拍了拍薛聿的肩，“把衣服穿好，下楼聊聊。”

屋里的梁月弯闷在被褥里，等门关上了才露出一双眼睛。

薛聿站在床边套衣服，看起来并没有当回事。

“怎么办？”

“没事，你睡你的。”

她哪里还睡得着：“要不……我装病？”

“你装病作用不大，”薛聿看她满脸担心就想逗她，故意做出一副为难的模样，“反正被打死的人是我。”

梁月弯见识过薛光雄暴躁的脾气，后悔多睡了一个小时，如果早点儿起床，肯定就没事了。

“我昨天晚上应该回家的。”

“是啊，都怪你，那么多空房间，谁让你非要睡我床上？我要是做了点儿什么，被揍一顿也不冤枉。”薛聿慢悠悠地叹气，“真是亏死了。”

她蒙住脑袋：“你好烦。”

“梁月弯，你可才说完喜欢我。”薛聿不急着下楼，换好衣服后，手从被角探进去，抓住她的脚，把她从被子里拉出来。

梁月弯怕痒，头发也乱糟糟的，薛聿低下头去蹭她的脚踝：“我爸如果要给你特别多的钱，让你离我远远的，以后不准再来找我，你怎么办？”

“薛叔叔有很多钱吗？”

“嗯，特别多。”

他的短发轻一下重一下地蹭着皮肤，梁月弯忍着笑，好一会儿没说话，像是在认真思考。

然后薛聿听到她这样回答：“那还是要看‘特别多’是多少吧。”

薛聿：“……”

父子多少会有相像的地方，薛光雄抽完半根烟，楼上才有了点儿动静。

先下楼的人是梁月弯。

“月弯？！”

“薛叔叔，早。”梁月弯走出卧室之前就已经放弃了那些没有半

点儿可信度的解释，不觉得这样是错的，更何况两个人已经毕业了，“您是开车回来的吗？”

“对，这次没坐飞机，开车回来的。”薛光雄尴尬地笑了笑，“月弯啊，叔叔给你买了礼物，在车上，去看看喜不喜欢。”

梁月弯回头看向薛聿，薛聿点了下头。

她刚走出大门，一只抱枕就朝着薛聿迎面砸来。

“薛聿！”薛光雄气得头痛，但又顾忌着外面的梁月弯不好发作，“你们俩小时候睡一起没什么，年纪小，不影响，现在都多大了？人家月弯是个女孩子，你注意点儿！”

他还是想得太单纯了。

或者说，当他看到下楼的人是梁月弯的时候，压根就不会往那方面想。

薛聿神秘地摇头：“不止这么简单。”

“什么意思？”薛光雄心一紧，被抖落的烟灰烫红了手背。

他猛地站起身，头晕眼花，差点儿一脑袋栽倒在地上：“薛聿，你行啊，我让你好好照顾月弯，你就是这样照顾的？”

薛聿把抱枕丢到沙发上，拍了拍薛光雄衣角的烟灰：“心里其实高兴死了吧？”

“放屁！严肃点儿，别跟我嬉皮笑脸，你要是影响了她高考，腿给你打断！”

“我只会让她越来越好。”

“哎哟，瞧把你厉害的！你给我老实交代，什么时候的事？”

薛聿想了想说：“不好说，月弯喜欢我挺久了，我比较矜持。”

“胡扯，我还不知道你什么德行？”薛光雄又气又想笑，“难怪当时说给你买房，你不要，非要借住在月弯家。算了……你也能谈恋爱了，月弯是我看着长大的，能跟你好是咱们薛家祖上积德。你好好谈，缺钱跟爸说。今年暑假这么长，你带月弯出去玩一趟？算了，随便你们吧，我尽量早点儿走，不当电灯泡。”

薛光雄踹了薛聿一脚：“早上湿气重，去把月弯叫进来。”

薛聿趿着拖鞋不紧不慢地往外走，拉开车门前，收起了脸上的笑。

梁月弯坐在车里拆礼物，看他脸色不太好：“挨骂了？”

薛聿叹气：“是啊，老薛特别生气。”

梁月弯的注意力立刻从礼物上转移到他身上：“打你了吗？”

“现在还没有动手，等你回家，他就不一定还能忍住了。”

在搬到这栋别墅之前，他们两家是楼上和楼下的邻居，所以梁月弯知道，薛光雄是真的会揍他。

梁月弯和薛聿一前一后进屋，薛光雄还在抽烟，一边笑一边自言自语。

“薛叔叔，”梁月弯走过去，“您别骂薛聿，他昨天发烧了，没撒谎，输液瓶还在呢。

“是我喜欢他，您要骂就骂我吧。”

薛光雄当然也不是真的生气：“吴岚知不知道？”

“不知道，您能不能先别告诉我爸妈？”

“行，不说，我给你们俩保密。”

“那……能让薛聿坐下了吗？”

“别管他，让他站着。手表买了两块，你们俩一人一块。”

“很漂亮，谢谢薛叔叔。”

第八章 / 魔术师

梁月弯一直以为吴岚和梁绍甫都不知道，直到高考成绩公布这天，他们坦白早在去年就已经离婚的事实之后，梁绍甫单独留在她的卧室，明确表示他不同意她去 B 市读大学。

薛聿是今年的理科状元，能上国内最好的学校、最好的专业。

她的成绩虽然比考前几次模拟的成绩都要好很多，但和薛聿比，还是相差甚远。

他们上不了同一所大学，至少要在同一座城市。

“你们离婚也没有和我商量，我为什么不能自己做主？”

梁绍甫说：“月弯，我知道你现在很难接受，我和你妈虽然离婚了，但我们对你的感情是永远不会变的。B 市是很好，但你难道不想待在爸爸身边吗？”

可对梁月弯来说，依赖父亲，崇拜他，学校里发生一件很小的事都想快点儿告诉他，已经是很久远的事了。

有时候他打来电话，她甚至不知道该说些什么。

“你很忙，我已经习惯了。”

梁绍甫解释道：“没有接你去 S 市读高中，是怕你不适应，而且那边高考竞争压力大，还有户口问题，短时间内也不太好解决。”

“现在我也不会适应的。”

梁绍甫也知道女儿是在跟自己置气：“月弯，你已经长大了，不是吗？”

“小薛能帮助你提高成绩，我就一直睁一只眼闭一只眼，”他温和地笑了笑，“你以为你们俩藏得很好吗？爸爸也年轻过，也是从你这个年纪过来的。月弯，我希望你永远都不要为了一个男人放弃前途和未来。与其让你将来后悔，我宁愿你现在怨我，也必须给你一个正确的引导，你明白吗？”

梁月弯听不懂，也不想懂：“又是为我好。”

“因为这世上没有任何一个父亲想看到女儿被辜负之后难过的样子。”

“你是这样，不代表薛聿也是。”梁月弯始终坚定，“我要去B市，不是任性，高考前我就想好了。”

两个人僵持了许久，最后是梁绍甫退了一步。

他同意梁月弯报考B市的学校，但梁月弯以后必须跟他一起生活。

晚上，薛聿把挑好的专业和学校发给梁月弯。这是他一整天的成果，不是替她做决定，只是客观分析利弊给她参考，不干涉她的选择。

班级群里大家讨论得热火朝天，消息没有停过，付西也毫无意外是大家讨论的焦点，薛聿的名字也几次在手机屏幕上闪过，两个人可能被同一所学校录取。

梁月弯想打视频电话，薛聿说手机只剩最后百分之十的电量，视频撑不了几分钟。

“你家停电了吗？”

“嗯，下午停的，物业通知明天才能来电。”

他家的房子很大，晚上没有光亮，有些空荡荡的。梁月弯在纸上勾勾画画的动作停了下来：“薛聿，你怕不怕啊？”

薛聿小时候没人照顾，薛光雄在外面奔波，只能把他锁在家里。他没去幼儿园时，梁月弯就会留一块饼干带给他，可是门锁着，她进不去，只能在门外和他聊天。

薛光雄穷的时候连电费都交不起。有一天梁月弯隔着门问薛聿怕不怕，他也不说怕，只是说：“我如果有一个自己的月亮就好了。”

“不怕。”电话那边的少年笑了笑，他得到了自己的月亮，再黑也不会怕。

过了好久，她趴在枕头上，声音闷闷的：“你怎么不说害怕？”

“因为我已经在你家楼下了。”薛聿坐在花坛边，仰头往上看，“志愿填好了就下来，带你去露营。”

梁月弯愣住，回过神后跳下床，拉开房门跑到阳台上。

二十三楼，除了陌生的万家灯火，她什么都看不清。

她忘了自己已经从老房子搬回到市区，再也不是走到阳台就和他只隔着一扇窗户，听得到他若有若无的笑声，也能感觉到他看向她的目光，不用回头就知道他在。

这一瞬间的失落让她突然很想薛聿。

梁月弯换好衣服，乘电梯下楼，薛聿就在门口等她。

他藏了什么东西在身后，只用一只手抱她。

她摸到了包着向日葵的报纸，薛聿就不藏了，拿出来给她：“昨天开的第一朵，隔壁那个小孩还没看见就被我剪下来哄你开心了。”

薛聿兜里没装纸巾，只好掀起T恤帮她擦眼泪：“这么感动啊？我就穿了这一件，被你哭湿就只能光着了，人来人往的，我多不好意思。”

梁月弯被他逗笑了：“我才没那么能哭。”

“好了，”薛聿摘下自己的帽子给她戴，挡住她眼角的泪痕，“今天可以暂时先忘记不开心的事，关掉手机，什么都不用想，跟着我就行。”

薛光雄有朋友在郊区弄了个度假村，正式营业前约一群好友

去玩。

他们开车先走了，薛光雄留了个司机给薛聿。

至少是要在度假村里住一晚的，梁月弯上车后才想起来自己什么都没带。

“吴姨那边我打过电话，她知道你晚上住外面。”薛聿帮她系好安全带，“我就是来接你的，其他东西都买好了。”

“就我和你吗？”

薛聿听完就笑了，搭在她肩上的手有一下没一下地捏着她的耳朵：“你想只有我们两个人？”

明知道她不是这个意思，只是随口问问，他偏要曲解，以为她会像预料之中那样恼羞成怒，她却低低地应了一声：“嗯。”

脸红的人反而是他。

“下次，今天有大电灯泡。”

“谁？”

“我爸和他的几个朋友。”

薛光雄的朋友都没有带家属，去度假村过夜也就是喝酒打牌而已，他们这个年纪的人是绝对不会放着舒服的酒店不住去外面搭帐篷喂蚊子的。

人还没到，烧烤摊就已经架上了。

远离城市喧嚣，郊区夜晚更多的是虫鸣鸟叫声。

度假村的老板单独给薛聿和梁月弯在旁边留了张小桌，梁月弯在家吃过晚饭，吃不下几串，薛聿开了瓶常温的饮料给她。

他离开了一会儿，回来的时候手里拿着一簇野花，白色的，花瓣很小，用绿藤绕着绑好，插在她喝完饮料的玻璃瓶里。

还有单独的一朵，他坐下来的时候，手指拨了拨她的头发，把小花夹在她耳朵后面。

“梁月弯，闭上眼睛，”他顺势捂住了她的眼睛，“你数一二三。”

大人们在旁边喝酒划拳，闹哄哄的，烧烤的油烟味也飘得到处都是。

梁月弯闻到了花香，是他摘花时手心沾染到的味道，很淡。

他又在背后藏了东西，梁月弯够不着：“什么啊？”

“你没见过的，”他故作神秘地说，“不数就没有，数不数？”

梁月弯想，反正不亏：“一，二……”

她刚数到二，薛聿就把手拿开了，她没闭眼，看到他把一个长得很奇怪的东西从背后拿出来。

“在哪儿摘的？”

“前面拐过去，有一片还没开发的地方，这是野果子，我们村的人管它叫‘八月炸’，长得丑，但味道很特别，这个还没熟，有点儿小，熟透了之后会炸开一个口。”

梁月弯从小就住在城市里，上学，上辅导班、课外兴趣班，学这个学那个，一直是按部就班地被推着往前，大山里这些稀奇古怪的东西她见得少。

“没熟的能吃吗？”

“能是能，反正没毒，你可以尝尝。”

她没这么好骗：“你先尝。”

“行啊。”薛聿接过来，皮和果肉还没有分离，不好弄，他用纸巾随便擦了擦就直接咬，“哎？竟然还挺甜，可能是今年夏天天气好，雨水少，阳光充足，没到时间也能吃，可惜树上就只有这一个，我不吃了，留给你……”

薛光雄回头就看到薛聿哄骗月弯吃生的野果子：“薛聿，你个浑

蛋玩意儿！那东西现在能吃吗？你自己吃！”

梁月弯躲在薛聿身后：“我悄悄尝一口。”

果子到底是还没成熟，味道怪怪的。

“好酸，还有点儿涩。”

“吐出来。”薛聿把手伸过去接着。

薛光雄在那边喊：“过来给月弯烤几串肉。”

“来了。”

他在烧烤架旁边待了没多久，眼睛就被烟熏红了。薛光雄没让他喝酒，而是让他用饮料代替酒给长辈各敬了两杯，饮料还剩半瓶，他拿着回到梁月弯身边。

两个人靠着椅背，仰头看着夜空中的星星——很近，好像伸手就能抓到。

桌子底下，一只手从膝盖爬上来，覆在她的手背上，手指插进她的指缝间。

梁月弯数到第二十七颗时，他手心潮热的汗意慢慢传到她的皮肤上。

用报纸包着的那朵向日葵，两片叶子软软的。

“花都蔫了。”

“一会儿接瓶水养着，还能开。”薛聿拉着她起身，顺着一条小路去了露营的地方。

没有灯，只能靠手电筒照明，帐篷搭起来很麻烦，过程也极为烦琐，花了很长时间，但梁月弯不觉得无趣，满身的汗反而让她有种成就感。

晚上倒是不怎么热，只是蚊虫多，薛聿提前挂好了驱蚊的东西。

两个人先回房间洗漱，准备换身舒服的衣服再过来。

“洗发乳和沐浴露，这是睡衣，这是毛巾，粉色的擦头发，白色的擦身体，等你洗完，我用你的。”他一件件往外拿。

梁月弯看着他最后把一套衣服拿出来，在床上铺平。

“尺码应该合适吧，是不是有点儿小？”

“我摸一下？”

他扑过来，梁月弯也不挣扎，只是小声在他耳边提醒：“薛聿，薛叔叔在门口。”

薛聿反射性地扯过被子盖住她，跳下床站好。

薛光雄还在外面喝酒，而且房间门也反锁了。

薛聿反应过来时，梁月弯已经抱着毛巾跑进了浴室，关门之前还朝他做鬼脸。

她开心的时候，他更开心。

帐篷和烧烤摊之间距离远，两个人听不到薛光雄那群朋友说话的声音。薛聿躺下后，周围静悄悄的，梁月弯睡眠浅，等到薛聿从她的睡衣口袋里摸出一片口香糖时，她更是完全清醒了。

“你新买的，兜里怎么会有片口香糖？是不是上一个试衣服的人放在里面的？”

“应该不是，我昨天洗过一遍，什么都没有。你看这包装，很新，不像被水洗过。”

“可我刚才也没吃啊……”

她洗完澡，吹干头发，就跟他一起过来了。

薛聿忍着笑：“这不是吃的，你再仔细看。”

光线暗，看不清楚，她撑起身体凑近看。

梁月弯：“……”

四周陷入寂静中。

“啧啧，梁月弯，”帐篷里只有手电筒的一束光，他用两指夹着那片“口香糖”，手撑着头，似笑非笑地看着她，“难怪你在车上说，只想我们两个人。”

“这不是我的。”

“从你衣服里掉出来的，不是你的是谁的？”

“真的不是，我没拿过。”

梁月弯反应过来：睡衣是他买的，还洗过一遍，她洗完澡就直接穿上了，肯定是他提前放在里面的。

度假村已经是可以营业的状态，每间房间里东西都很齐全，她洗澡的那半个小时里，薛聿拆了一片塞进她的睡衣里。

他还捏着那片“口香糖”在她眼前晃，她坐起来就要去抢：“你诬陷我。”

“证据确凿，狡辩无效。”薛聿把“口香糖”塞进裤腰里，只露出一点儿塑料边角，悠闲地躺好，双手垫在脑后，挑眉笑看着她，“抢吧，我保证不拦你。”

两个人对视几秒后，梁月弯忽然双手捧住他的脸吻了上去。

薛聿眼角尚未收敛的笑意越发明显。她跪着，半干的头发铺散下来，发梢扫在他的脖子、脸上，有些痒，好闻的香味从周围聚拢过来，悄无声息地蹿进他的毛孔。

手电筒滚进垫子里侧的缝隙中，光暗了下来。

“如果用掉了，明天会被发现吗？”

“会吧。”薛聿手掌抚上她的后颈，加深了这个吻。

他的声音低低的，沙哑模糊：“栽赃给倒霉蛋，就没人知道了。”

梁月弯笑得喘不过气：“今天没有倒霉蛋适合被你栽赃。”

薛光雄那些朋友都是男人，没带家属。

薛聿说："那不一定，有些人很讲究。"

夏令日出时间早，凌晨四点左右，天边隐隐透出了一丝光亮。

梁月弯被薛聿抱出帐篷，睡眼蒙眬地坐在一块大石头上。

夜色还未散，远处的天却亮得如同在酝酿一团火焰。过了一会儿，红光蔓延，周围的灰白色就显得极为暗淡。

太阳已经升起来了，天边还隐约挂着一弯月亮，只不过轮廓越来越淡，最后融进了云层里。

天光大亮，万物苏醒。

"梁月弯。"

听到声音，梁月弯恍惚地回头，在光里看到了她的少年。

"睡醒了吗？"

"嗯。"

薛聿说："这是我们认识的第16年，距离遗忘彼此还剩9984年，我觉得这么漂亮的日出你得亲我16次才能留下纪念。"

梁月弯愣了好一会儿才慢慢推开他凑过来的脸，视线从他的肩膀越过，小声提醒他："薛叔叔在后面。"

"坏不坏，还想用这招骗我？"薛聿才不上当，双手捧着她的脸就要亲。

"薛聿！"薛光雄脱了一只皮鞋扔过去，正好打在薛聿的后脑勺上。

薛聿揉着后脑勺，脸色不太好，旁边的梁月弯偷偷朝他笑，捡起滚到帐篷边的那只鞋给薛光雄送过去。

"薛叔叔，早。"

“早早早。月弯啊，昨晚睡得好吗？是不是太热了？”

“不热，就是有蚊子。”

“这个季节睡帐篷纯粹是喂蚊子。我那傻儿子没欺负你吧？”

偏偏他问到这一句的时候，她不说话了。薛聿跟在后面，摘了片树叶往她身上扔，薛光雄又给了他一脚。

梁月弯被第一志愿录取，远超过预期，吴岚很高兴，但也是真的舍不得，送她走的时候一直送到机场。

“月弯，妈妈不是不要你。”

“我知道，妈，你别哭。”

“不哭，妈是高兴，就是觉得女儿一下子长大了。”吴岚擦擦眼泪，笑着抱她，“妈妈就在家里等你，想家了，你就回来。”

“好。”

梁月弯跟着梁绍甫进去安检，回头时，吴岚被工作人员拦在外面，只能流着泪朝她挥手。

飞机从起飞到落地只有不到两个小时，明明这么近，离家却仿佛有万里之遥。

梁绍甫买的房子楼层高，但从窗户望出去，就只有高楼大厦。

梁月弯不喜欢。这就是她曾经拼命地跟自己较劲，想要来看一看的地方，现在她看到了，却依然没有办法释怀。

梁绍甫没有把外面的女人带回来，至少她在的这半个月没有见过。

他确实很忙，总是凌晨才回家，就连送她去学校报到的前一天都还在加班。

“月弯，好好享受新生活，过去的事情已经过去了。

“至于小薛，你放心，爸爸答应过你的事一定做得到，不会瞒着你找他聊什么。”

梁绍甫知道女儿的性子，物极必反，她既然喜欢，那就先谈着。

她的年纪还小，仅仅是喜欢，能有多长久呢？

在梁月弯面前，梁绍甫并不掩饰自己对薛聿的偏见，或者说，他从骨子里就看不起薛光雄这种没文化、没素质的暴发户，所以即便现在没有明确阻止她和薛聿谈恋爱，也并不觉得他们会有未来。

他总是说，月弯啊，这个世界充满了未知性，山外有山，人外有人，你再多看看，会有更好的人。

梁月弯不想了解别人好不好，只知道薛聿就是最好的。

梁月弯的专业今年所有的新生都被分到了新校区，而薛聿在旧校区，两所学校之间的距离几乎横跨了一整座城市，这点在收到录取通知书之前，谁都没有想到。

薛聿安慰她，没关系，他时间多，有空了就能去找她。

他烦的是付西也。

他和付西也在同一所学校，还有乔南茜，只是校区不同，付西也所在的校区距离梁月弯的学校就只有一站地铁，新生统一军训结束后就会搬过去。

薛聿开学早，先军训完。他没有提前打电话，过去的时候梁月弯还在太阳底下站军姿。

即便就读的专业女生多，都穿着一样的军训迷彩服，她在人群里依然是很出挑的美人。

薛聿远远地看了一会儿，没走太近，然后去了球场，准备一边打球一边等她。

这个时间能在球场的都是高年级的学长，到后半场才有几个穿着迷彩服的男生跑过来看，薛聿估摸着他们今天的训练应该是结束了。

薛聿给梁月弯打电话："梁月弯同学，你的快递到了。"

她还在上楼，喘气声有点儿重。

"你又买了什么？"

"你猜。"

虽然他军训的那半个月没时间过来，但快递几乎没断过，梁月弯宿舍里还有一箱零食没拆。

"我不缺什么，零食都能吃到下下个月了。薛聿，你别乱花钱。"

他也不生气："行吧，那我给你变个魔术。"

她笑出声："你还会这个？你怎么什么都会？"

"当男朋友当然什么都要会一点儿。"

"那我先挂，到宿舍再开视频。"

其他几个室友去参加社团面试，都还没回来，梁月弯就不戴耳机，视频开外放。

薛聿手机拿得近，屏幕里只有他的脸。

梁月弯趴在桌上看着屏幕："你会什么魔术？"

薛聿挑眉眨眼："很厉害的那种。"

"我看过很多魔术揭秘。"

"这么厉害啊，"他配合地问，"那你知道'大变活人'吗？"

就在他说话的时候，手机突然被拿远，屏幕上露出旁边的球场，梁月弯看到了自己学校里的指示牌。

梁月弯很快洗完澡赶过去，球场周围的人已经很多了，男男女女聚在一起，忽然响起一阵热烈的欢呼声。她踮起脚往里看，原来是薛聿进了个球。

大学的女生们要比高中生大胆很多，大概是看出他不是本校的，就直接去要联系方式。

那女生碰洒了他的水，说加微信赔他钱。

薛聿目光捕捉到人群之外的梁月弯，指给那女生看："你可以加我女朋友的微信，把钱转给她。"

"不好意思。"那女生脸色讪讪的，真的找梁月弯扫码转钱。

梁月弯问他："你几点来的？"

"四点多。"

"我还在军训。"

"嗯，我看见了。刚才扫码的那个人如果转钱给你，你就收着，无心碰洒的就算了，她是故意的。"薛聿脱了外套扔给梁月弯，"知道你不冷，遮太阳用。"

她其实有遮阳伞，但刚才出来太着急，什么都没带，头发也还没有完全吹干。

"饿不饿？"

她摇头："你出了好多汗。"

"那你给我擦一擦。"

他的头低下来，梁月弯感觉到身后有无数道目光，但还是拿出一张纸巾帮他擦了擦："他们在叫你，你快去吧。"

"等我十分钟。"薛聿跑回球场。

他本来打算随便在食堂吃一顿就回去，但一听梁月弯今天晚上没有训练，就说带她去外面吃。

薛光雄在附近买了套房，最近两天就能定下来，吃完饭送她回

学校的路上，他才找机会提：“宿舍住得习惯吗？”

“挺好的，我的室友性格都很好。”

“挺好的啊——”他走得很慢，声音拖长，显得慵懒随性，“比我还好？”

“没你好。”梁月弯没听出什么，看着手机屏幕上收款五元的提醒，又看了看薛聿，“我们用这五块钱干什么？”

薛聿瞟了眼旁边的超市：“给你买瓶酸奶？”

她想了想，摇头否决：“酸奶的保质期太短了，这可是你出卖美色赚的钱，不能花得太随便。”

薛聿也不生气，周围霓虹灯闪烁，车流拥挤，他满眼的笑：“那……存下来买房？”

这句话戳中了梁月弯的笑点：“这里的房价贵得吓人，你恐怕要卖得连内裤都不剩。”

“好狠的心！”薛聿作势要亲她，她也不躲，只是被一通电话打断了。

他站在旁边等她接完，听了个大概。

“你们学姐又来找你参与迎新晚会的表演？”

梁月弯的宿舍住了一个研二的学姐，是学生会的，有一个节目临时出了点儿问题，知道她会弹钢琴之后，学姐就想找她替补，昨天晚上薛聿跟她打电话时，她说过这件事。

“嗯，她问我晚上能不能去排练。”

“晚上去排练就不用军训站军姿了，可以试试。”

“我很久没弹了，怕弹不好。”

“你学了九年，参加过那么多次比赛，基础肯定都在，只是有些生疏而已。这种校园表演没那么苛刻，大家都是新生，你随便练一练就足够惊艳四座。”

梁月弯蔫蔫地靠在他怀里：“可是……”

想起下午在篮球场，周围那些女生都化着精致的妆容，高跟鞋配小裙子、耳环、项链和名牌包，指甲都是亮晶晶的，只有她素着一张脸低头站在最边缘，薛聿就觉得心疼。

她不缺生活费，只是梁绍甫太久没有带过她，又整天忙于工作，没那么细心，吴岚又离得太远。

可他就是心疼。

“梁月弯，”薛聿双手捧起她的脸，眼里是少有的认真，“你特别厉害，一点儿都不比别人差。”

“我真的可以吗？”

“当然。表演那天我举着牌去给你当观众，你们学校那些男生肯定羡慕死我了，羡慕我上辈子积了多大的德才有你这么好的女朋友。”

他不许她自卑，不许她觉得自己不好，她就应该穿得漂漂亮亮的，站在干净的地方发光发亮。

和薛聿住同一个寝室的室友都是大一新生，专业不同，性格各异，但也合得来。

他课多，每天在教室和图书馆这两个地方待的时间最长。

室友周成回来看他开着电脑，比平时听课还认真：“研究什么呢？还做笔记？”

“随便看看。”

事实上，薛聿已经看了三个小时了，化妆品品牌多，种类也多，他弄不明白到底哪种更好：“你姐是不是在中央商场上班？”

“是啊，怎么了？”

“你陪我去一趟。”

“两个男人白天逛什么商场。”

“不用你逛，你把我带到你姐上班的地方就行了，下周请你吃饭。”

周成有个大五岁的姐姐，亲姐，已经是一个一线品牌的店长了。

“这款刚上市，消炎祛痘的效果不错。”

“她不长痘，就是最近天天军训晒太阳，晒得有点儿黑了。”

“那另一款主打保湿美白的可能更适合她，同一系列的面霜和眼霜也都很好用，防晒霜用量大，可以拿两瓶，再搭配一瓶卸妆水，用来卸防晒霜。”

薛聿拿起来看了看：“就要这套吧。”

“行，等会儿给你包起来。至于粉底、眼影这些化妆品，还是她自己来专柜挑更好。你可以送口红，色号多，先试试。”

周成面露苦色地看着薛聿真一支一支在手背上涂试颜色，心想：他如果换套西装，比店里的男店员更像导购。

“薛聿，你和你女朋友是谁追的谁啊？”

“我们是互相喜欢。”

“呸！秀恩爱死得快。”他唾弃薛聿，过一会儿又死皮赖脸地求教，“你当时怎么表白的，教教我？”

薛聿不会告诉别人他和梁月弯之间的细节，只是简单地说：“送花。”

周成还以为重头戏在后面，结果等了半天什么都没有：“就这？这样你们就在一起了？然后呢？”

薛聿拿着一支口红，回想了几秒："然后看了一晚上的林正英主演的僵尸电影。"

周成："……"

他很无语。

"外国语学院附近有航空学院、电子科技大、工业大学、体育学院，还有咱们学校的法学专业、电气工程和建筑设计专业，从本科到博士，满校园的寂寞汉子。那是人吗？不，那是一群虎视眈眈的饿狼！"

周成见过梁月弯的照片，就是薛聿和梁月弯毕业那天在操场拍的合照，开学后薛聿就摆在桌上。

"你女朋友本来就漂亮，说不定军训第一天就被人盯上了，你不好好藏着，怎么还给自己增加危机感？"

薛聿选了支色号比较自然的口红："她不是我的附属品，她属于她自己。至于你说的危机感，对不起，我没有。"

周成白眼都快翻到后脑勺了。

薛聿结账时，宿舍群里有消息，周成点进去看，是另一个室友去打印资料的时候看到了薛聿前两天定做的横幅，就拍了张照片发在群里，外加满屏的问号。

横幅上印着一句话：梁月弯，你永远都是我心里独一无二的月亮。

署名：薛聿。

"咱们学校有和你同名同姓的学生吗？"

并且，那个人还有一个叫梁月弯的女朋友。

"没听说过。"薛聿接过包好的护肤品，说了声"谢谢"。

"真的是你啊，一个月不刷的马桶都没你骚，重金求求你举着横

幅去外国语学院丢人的时候千万别说是我们学校的。”

薛聿不以为意：“你可以回去了。”

周成跟上去：“一起回啊。你还要干吗？”

“约会。”

“薛聿你真行！我回去就把宿舍门焊上，今天晚上你不叫声‘爷爷’就别想进去，睡大马路吧。”

“我今天不回去，跟我们家月弯睡。”

周成：“……”

白天大家都要上课，而且大一新生还在军训，只能晚上排练。梁月弯排练完去找薛聿的时候，他的手里已经拎满了购物袋。

从衣服、鞋子到护肤品、项链、耳环，他都买齐了，正要进一家内衣店。

“刚好，一起试，尺码不合适一会儿下楼换。”薛聿推着梁月弯进试衣间，把裙子和高跟鞋都放了进去，“你先试，我就在外面。”

他也不用店员介绍，自己看，在一款黑色内衣旁边多站了几分钟。

试衣间里没什么动静，他拿了一套梁月弯尺码的衣服敲门进去，她果然还没有开始试。

“不喜欢吗？”

梁月弯可以接受他一顿饭、一束花，但这些东西对她来说还是有点儿难以负担：“太多了吧？”

“不多，一样才一件，只是看着多而已，把外包装丢掉就没什么了。”薛聿坐到旁边的椅子上，“我还看了双球鞋，死贵，只有等你送我了。”

她这才高兴："好。"

薛聿看到她拉下裙子侧腰的拉链，准备去拿普通款的内衣，便顺势把藏在背后的那套黑色的递了过去。

"尺码是一样的，试这件。"

梁月弯接过来，捏着一根绑绳抖了抖。

内衣团起来一手就能握住，所以布料少得可怜，上下之间只有两根绑绳连着，蕾丝上面嵌着绒毛，后面还有一条毛茸茸的尾巴。

"我不要穿这个。"灯光下，她的脸颊红得不正常，"薛聿，你出去，把它也挂回去。"

被赶出试衣间的薛聿在梁月弯试好衣服之前先付了钱，等店员拿出一件新的，他便随意地把这件新内衣塞进某个包装袋，反正两件的尺码一样。

女生试衣服总是很慢，薛聿在外面等，估摸着时间差不多了才又去敲门。

"穿上了吧，我进去？"

梁月弯手忙脚乱地捞起裙摆："等一下。"

"不等哦。"薛聿推开门。他挑了条适合钢琴表演的裙子，让她明天晚上穿，白色为主，长到脚踝的裙摆被她捞起来挂在臂弯上。

她靠着墙，听到脚步声便抬头看过去，下一秒就移开了视线，慌乱之下手一松，裙摆掉落遮住了小腿，安静地摇曳着。

她露出的双脚稍稍踮起，嫩生生的脚趾微微蜷缩着，旁边横着两只东歪西倒的高跟鞋。

薛聿蹲下去，捡起一只鞋："小了？"

他的另一只手握住她的脚踝，抬高了一点儿："还是穿不习惯？"

“大小挺合适的，就是穿不惯，感觉要摔跤。”梁月弯双手捂着发烫的脸，声音闷闷的。

她试了几次，只是从试衣间的一边走到另一边，几步的距离而已，镜子里映出的画面就已经很怪异了。

“我穿着这双鞋走路，好像一只鸭子。”

“怎么会呢？”薛聿失笑，“手扶着我。”

他帮她重新穿好鞋，站起身，面对着镜子：“看，明明是白天鹅。”

“走几步就会暴露的。”

“我牵着你嘛。”薛聿留意到她耳朵上空空的，“耳环怎么不戴？”

梁月弯所有的注意力都在脚下，因为怕摔跤，她紧紧地抓着他的胳膊。

“我没有耳洞。”

“那改天陪你去打一个。”他又问，“磨脚吗？”

“不磨，就是站不稳。”

“站不稳啊。”这时两个人已经离开试衣间到了大堂，薛聿轻笑，避开店员，在梁月弯耳边说了句什么。

说完后，他面不改色地继续表现得温柔体贴：“答应了，我就再把你牵回试衣间。”

梁月弯一脚踩在他的脚背上。

她穿着高跟鞋，那一脚踩得实实在在，以至回去的路上薛聿更像只鸭子。

到地铁站附近后，梁月弯让他别送了：“好晚了，你快回学校吧，再过半小时地铁就要停了，我自己进去。”

薛聿蹲下去揉脚背：“不行，我脚疼，坚持不到回学校。”

他回去至少要花两个小时。

在大学城里，十点不算晚，周围人来人往，他也不在乎：“谁污染谁治理，谁毁坏谁维修，谁踩脚谁负责。”

附近很多家连锁酒店，价格也不贵，梁月弯被薛聿缠着走不了，又不想被围观，就跟着蹲下去，往他身边挪了点儿，小声问：“那……去开房吗？”

热气吹在耳边，像是毛茸茸的猫耳朵在蹭他，薛聿听到了自己吞口水的声音。

“不好吧，”他也压低声音说，“我带你去住不要钱的，去不去？”

二十分钟后，梁月弯站在电梯口，看着薛聿拿钥匙开门，俨然一副回自己家的自如模样，才明白过来。

一百多平方米的房子，所有的家具都是崭新的，地板亮得反光，不像是有人住过。

有个房间有着一整面落地窗，能看到外面灯火璀璨的城市夜景。梁月弯轻叹：“好漂亮。”

“比连锁酒店好多了吧。”薛聿的心思并不在外面的万家灯火上，“但是这里还没有换洗的衣服。”

他摸到那套内衣，拎出来抖了抖，一根绑带落在他腿上，长长的猫尾巴晃来晃去。

“裙子如果被压皱了，明天就穿不了了，所以你暂时只能穿这个。”

“我不穿。”梁月弯起身就要跑。

薛聿手臂勾着她的腰把她抱回去：“不可以不穿，裸睡风险大，我怕你明天没力气去表演。你辛辛苦苦练这么久，不能表演就太可惜了。”

梁月弯不肯，两个人闹着闹着就滚到了沙发上。

他还在她耳边一遍一遍地问：“穿不穿？穿不穿？”

“穿啊，我穿你的，”梁月弯坐起来，手指捻着那根黑色绑绳，拎起来甩在薛聿的脸上，“你穿这个。”

薛聿：“……”

她眨了眨眼，表情无辜地摊手：“不然我就回学校了，你自己睡吧。”

薛聿：“……”

第九章

/

游戏城里的娃娃机

一个小时前，梁月弯因为穿不惯高跟鞋在商场试衣间里面待了很久；一个小时后，轮到薛聿在浴室里扭扭捏捏死活不肯出来。

“薛聿，”梁月弯贴在门上轻轻敲了两下，“你再不出来，会被闷坏的。”

镜子上一层水汽，凝聚成水滴顺着玻璃往下滑，模糊地映出轮廓。薛聿摸了摸屁股后面的猫尾巴，没别的，就是后悔。

他万万没想到一眼挑中的性感小猫咪套装最后穿在了自己身上。

他试图挣扎：“我能不能不穿？”

梁月弯脾气好，倒也不是没有半点儿商量的余地：“那你让我看一眼。”

“就一眼啊。”

“嗯嗯！”

浴室门被打开，梁月弯吓得一把捂住眼睛，只从手指缝隙里看到薛聿别扭的走路姿势。

“原来是这样穿的。”她用手指在头上比画出两只猫耳朵的形状，“耳朵呢？”

“梁月弯你太过分了，你羞辱我。”薛聿两步从浴室里跨出来。

“小猫咪下次生气还会这样欺负你，怕不怕？”

“怕死了。”

“挑衅我是吧？”

“没有没有。”

他顺势说出口：“不许单独见付西也。”

“偶然遇到的，”梁月弯抱紧他，“就是打了个招呼，他都没有跟我说话，可能是因为暑假那次还在生气。我想道歉来着，但他走得快，我都没来得及。”

薛聿心想，付西也还算有点儿自觉：“那天是他想揍我，你道什么歉？”

“他有洁癖，我那天把他的鞋踩脏了。”

“哦，这事儿啊，你不用内疚，我赔给他。”薛聿转移话题，“这套房子是我爸给我们俩买的，给你一把钥匙，你不想住宿舍就来这儿住，我只要有空就过来。”

梁月弯没说话。

一直没有得到回应，薛聿以为她没听清或者是太困了。

于是第二天送她回学校的时候，他又提了一次：“钥匙拿着，我回去上课，晚上再过来看你表演。”

梁月弯虽然收下了，但始终没有点头，只是说：“我们学校管得严，不让住外面。”

“不喜欢我爸给你花钱吗？”薛聿昨天就留意到她的情绪，“等下学期课少一些了，我也能自己赚钱。”

他的耐心和好脾气让梁月弯有些自责，心里想着是不是自己太敏感了。

“薛聿，对不起。”

薛聿笑着抱住她：“梁月弯，对我，你永远都不需要说对不起。是我做得不好，才会让你有不舒服的感觉，我以后会慢慢进步的。”

她说：“我也会慢慢进步的。”

后来梁月弯才明白，喜欢一个人的时候，比悸动更早到来的，是胆怯。

梁绍甫会说薛聿配不上她这种话，是不知道薛聿到底有多优秀，即使是在高中，那些背后不屑又轻蔑地叫他“小暴发户”的同学，

看他的眼神里也透着艳羡和佩服。

梁绍甫不懂，但她知道。

父女俩喜欢的东西一直都不一样，比如梁绍甫总觉得她能遗传自己的高智商，送她去学奥数，她其实并不喜欢，也学不好，在一群天赋异禀的同学中间像个脑袋不好的弱智，但梁绍甫不理解，只是觉得她没有用心，不努力。

再比如，梁绍甫把陈栗带到她面前之前几次告诉她对方是多么好，她依然觉得陈栗方方面面都不如吴岚。

“学校真漂亮，想起我以前读书的时候了。”她挽着梁绍甫，“月弯，你好，第一次见面，这是一份小礼物，希望你喜欢。”

梁绍甫说：“你陈姨在商场挑了很久。”

梁月弯不想让彼此难堪，收下了礼物：“谢谢。”

“宿舍条件怎么样，我们方便上去看看吗？我们还买了些吃的和用的东西，你提不动。”

“可以进，但是要去宿管阿姨那里登记。”

“我带了身份证。”

宿舍是标准的四人间，有阳台，外面晾着女孩子的衣服，梁绍甫不方便多待，把东西放下就准备走了。

明天周末，他要出差，却带着陈栗来学校，显然不仅仅是为了工作。

另外两个室友刚好上完课回来，下午没课，梁绍甫就说请她们一起出去吃饭。

国庆长假的时候，梁月弯对床室友的爸妈来学校，也是带着整个宿舍的人去外面吃了顿自助餐。

“火锅好，我太久没吃火锅了！减肥计划暂时先停一天。”

“哈哈哈哈，吃饱了才有力气减肥。”

“月弯，你爸妈都好年轻啊，尤其是阿姨，说是姐姐都有人信，保养得也太好了吧。”

梁月弯没跟室友说过自己家里的事，她们不知道陈栗和梁绍甫之间的关系。

“先看看菜单。”梁绍甫笑着接过话，“月弯以前没住过宿舍，上大学还是第一次离开家，我平时工作忙，顾不上她，还是要麻烦你们多照顾。”

“叔叔别这么客气，我们几个关系都很好，都是互相照顾，比如月弯刚开学那几天发烧，闪闪在宿舍陪她；苏苏肠胃炎犯了，也是月弯每天陪苏苏去医务室输液。哦，苏苏上大二，比我们高一届，请假回家了，不在学校，她超爱吃火锅。”

“那大家都别客气，想吃什么点什么。”

“好嘞！”

服务员陆陆续续把菜端上桌，她们几个先去调蘸料，梁绍甫问月弯：“生病了怎么不跟爸爸说？”

梁月弯捧着一杯大麦茶喝：“小病，吃几次药就没事了。”

“是不是水土不服？还是要注意，降温了记得加衣服。”

她点头应着：“嗯。”

陈栗比梁绍甫小三岁，两个人是同门师兄妹，两个室友听了都说好羡慕从校园到婚纱的爱情。

这顿火锅吃得热闹，只有梁月弯笑不出来。

车不能开进校园，只能停在外面。

梁绍甫说：“让你室友先回宿舍吧。月弯，你跟我们去住酒店，周末休息，刚好我也有空，和你陈姨陪你去周边转转。”

“我周末有课。”

“周末也上课？”

“之前有老师请假了，通知这周末上课，把课时补上。”

陈栗打圆场：“那就下次吧。”

回宿舍的路上，室友问：“月弯，你今天怎么都不说话？叔叔阿姨来看你，你不高兴吗？”

梁月弯不是不高兴，是高兴不起来：“我爸妈离婚了，她不是我妈。”

两个人惊呼，互相看了一眼，顿时觉得很内疚：“对不起啊月弯，我们不知道。”

“没关系，我也没说过。”

回到宿舍，梁月弯把梁绍甫买的零食分给她们，闪闪敷着面膜，边吃边唱“闪闪惹人爱”。

“那么大的镜子，你不嫌占地方吗？”

“你不懂，大镜子才能照出我的美。”她拍拍脸蛋，又翻出一片新面膜，“月弯，你也敷一片。”

后来，宿舍里就尽量不提起她父母的事，梁月弯也能感觉到，室友们是怕她心里不舒服。在陌生的城市能遇到几个好相处的朋友，也是一种幸运。

薛聿的生日是 11 月 18 号。去年这个时候，他和梁月弯都在备战高考，生日也就是平平淡淡的一天。

不过对薛聿来说，那一天平淡但不普通。

那天学校停电了，外面很黑，但天边落日的余晖很亮。

梁月弯送他的小夜灯现在还摆在他宿舍的桌子上。

他们专业月底有期中考试，两个室友去图书馆复习了。周成左脚骨折，出去上课都只能靠轮椅，为了方便就在宿舍待着。薛韦虽然嘴上嫌麻烦懒得管他，但每天端茶倒水的活儿也没少干，就差帮他洗澡了。

外面下暴雨了，雨声大雷声响，薛韦就没去阳台。视频的时候，梁月弯看到他背后的周成：“你室友在学习吗？”

“他打游戏呢，戴着耳机听不见，不用管他。”薛韦开灯，凑近了些，“鼻梁怎么红红的？”

“手机没拿稳，不小心砸到了。”

看到他打来电话，她不管在干什么都是很快就去接。

“肿了吧。”

“没有，就是有点儿疼。”

周成摘掉耳机，扭过头去跟她招呼：“嘿！小月亮！”

下一秒他就被衣服蒙住脑袋，得到了一顿“毒打”。

“小月亮是你叫的？”

“我叫的是少儿频道主持人月亮姐姐！不会吧，不会吧，你一个天天看《海绵宝宝》的人，不认识月亮姐姐？这次腿是真的断了，韦哥饶了我，我还指望你一会儿帮我搓背呢！”

两分钟后，周成识趣地拄着拐杖去阳台抽烟了。

梁月弯笑着问：“你帮他洗澡啊？”

“他做梦。”薛韦又把周成骂了一遍，“我不帮他洗，就是扶着。你一个人在宿舍？”

“嗯，我回来洗衣服，见下雨了就没去图书馆。一会儿雨小一点儿了去给她们送伞。”

薛韦往外看，阳台门关着，雨声嘈杂，周成拄着拐打游戏，骂

队友骂得正上火。骂人的话他都听不清，那周成肯定更听不到他说的话。

“月弯，你靠近点儿。”

“干什么？”

他笑了笑：“想提前收个生日礼物。”

梁月弯：“现在收，到时候可就没有了。”

“这么严重？”他佯装惊讶，故意逗她，“让我猜猜你要送什么，鞋？帽子？篮球？”

梁月弯早就买好了演唱会的票，也订好了高铁票，本来是想后天再跟薛聿说。

演唱会的门票很难买，高三那年，他的耳机里除了一些英文歌之外，基本都是同一个歌手的歌。

“三个室友一起帮我抢的，森森也去，她也买好票了，还有闫齐。”

薛聿一听，皱起眉头：“他们俩不能自己去吗，非要一起？”

“座位不在一个区。”

“酒店我来订，几个房间？”

“两个就够了。”

“我不跟闫齐睡。”

梁月弯：“那也先订两间吧。”

演唱会当天，一大早天气就不太好，阴沉沉的。

闻森和闫齐大学异地，没有一起走。薛聿和梁月弯是中午的车，到了之后吃了顿饭，时间刚好。

梁月弯买的是内场票，进场后就和闻森分开了。

刚开始只是小雨，结果越下越大，好在薛聿提前买了雨衣。开场前，工作人员关闭了场馆顶棚，虽然音效差了些，但一点儿都不影响现场的气氛。

演唱会结束后，因为人太多，不好打车，两组人就没有互相等，闻淼和闫齐走另一个出口，说好在酒店见面。

雨停了，地面还是湿的，梁月弯的相机一直挂在薛聿的脖子上，他全程都在拍她。

两组人前后脚到酒店，闻淼兴奋得不得了。她刚刚录了视频，这时就拉着梁月弯说刚才最喜欢的那首歌。

薛聿跟前台工作人员核对入住信息，等房卡的时候回头看向她们，梁月弯还戴着在场馆外面买的应援发箍，猫耳朵一闪一闪的。

闫齐看他眼神不对："怎么住？"

薛聿反问："你想怎么住？"

前台工作人员递过来两张房卡，闫齐摸了摸鼻子说："我随便。"

薛聿："我不随便。"

闫齐："……"

闻淼喊他们："薛聿、闫齐，我们去吃个夜宵吧，反正也睡不着。这边的海鲜特别便宜，又新鲜，配啤酒绝了！"

薛聿留了一张房卡在前台："我海鲜过敏，你们去。"

"啊？你过敏？怎么没听你说过？那算了，回来的时候给你带点儿别的吧。"闻淼又问梁月弯："月弯，你去吗？"

"去，我还是第一次来，想尝尝。"

薛聿眼睁睁地看着梁月弯挽着闻淼往外走，闫齐拍了拍他的肩膀，跟了上去。

房间就是普通标间，两张床，该有的都有。薛聿坐在沙发上看时间，还有二十五分钟就过十二点了，他们应该刚开始吃。

微信里有薛光雄的转账提醒，以前的同学和大学室友们也都还记得提前跟他说声“生日快乐”，顺便调侃几句。

唯独梁月弯连条消息都没给他发。

薛聿一直等到最后五分钟，实在忍不住，发了条微信问她：“海鲜好吃吗？”

梁月弯回得快：“好吃，很鲜。”

薛聿丢开手机倒在床上，无奈地长叹了一声，想着算了算了，生日年年都过，也不差这一天。

他拿起外套，准备过去找她的时候，门铃响了。

薛聿以为是酒店工作人员，边拨电话边开门。

“生日快乐！”

他第一眼看到的是蛋糕，她往里走了些，才露出脸。

“薛聿同学，生日快乐！”

他故作潇洒：“不是去吃海鲜了？”

梁月弯学他：“过敏，不能吃。”

薛聿一秒破功，眼里的笑意藏都藏不住。

“还有一分钟，你快许愿，吹蜡烛。”

“可以直接快进到拆礼物这一步吗？”

“不可以，先许愿。”

薛聿听话地闭上眼睛，梁月弯在他吹灭蜡烛的时候，手指蘸了点儿奶油抹在他脸上。

薛聿抓住她，另一只手托起蛋糕，作势要往她脸上扣：“把礼物交出来，不然你就完蛋了。”

“等等，《生日快乐歌》还没唱。”

“蜡烛都吹了。”

“蛋糕不算礼物？”

“蛋糕是蛋糕，礼物是礼物，没你这样省事儿的。”

“那怎么办啊？我没准备，现在去买也来不及了吧。”

“自己想。”

梁月弯跪在沙发上，吃掉他脸颊上的奶油，又凑近吻他：“这个算吗？”

空气里水果蛋糕的奶油香味很浓郁，地上的影子重叠，薛聿圈在她的后腰上的手臂也越收越紧。

期末考试前，吴岚给梁月弯寄了些牛肉干，她给薛聿留了两份，剩下的分给了室友。

“我妈做的。”

“阿姨也太厉害了，比外面买的好吃太多了，我前天在超市买了一包，都嚼不烂。”

“你们喜欢，下次让我妈再多寄点儿。”

闪闪把书顶在脑袋上，咬着牛肉干问：“月弯，你今年在哪儿过年啊？”

“应该是跟我爸过吧。”

梁月弯想起去年那顿年夜饭：吴岚有点儿感冒，精神不太好，梁绍甫总有接不完的电话，母女俩一直等他，最后菜都凉了，又去锅里热了一遍。

“学姐都好几天没回宿舍了。”

“她和男朋友吵架了，最近在闹分手，好像是因为出国的事，他

男朋友不同意。”

“学姐出国，他们就异地了。”

“对啊，但咱们系每年就只有一个名额，放弃了多可惜？月弯，你和你男朋友吵架吗？”

“吵啊。”

“你们感情那么好，也吵架啊。谈恋爱可真麻烦，我支持学姐，还是自己的前途更重要，不然以后肯定会后悔的。”

薛聿每年都要和薛光雄一起回农村老家过年——家里有老人，年纪大坐不了车，一辈子都待在那个地方。

梁月弯被留在一座完全陌生的城市，没能去看那一树冬天开花的野桃花。

薛聿去年送她的香包已经没有味道了，S 市雨多潮湿，香包里的干桃花放久了都有些泛潮。

梁月弯品不出天价红酒的高级，没有半点儿年味的餐厅也冷冷清清的，她只想吃吴岚最拿手的烧排骨和香辣虾。

对面坐着梁绍甫和陈栗，他们好像忘了今天是春节，还在讨论工作上的事，梁月弯听不懂，也不想听懂。

窗外飘起小雪，她心里想着吴岚一个人过年会不会很孤单，想着薛聿是不是又在哭。

他妈是病死的，葬在老家屋后的山坡上。

薛光雄那时候穷，祖祖辈辈都是农民，一年到头都没多少收入，能借钱的人都借了，最后还是没钱给妻子治病。

薛聿每年回去，都是一个人去给薛妈妈上坟。

梁绍甫忘了跟女儿说声“新年快乐”，睡前还在提醒她：“下学期一定要把雅思考过，你们学校明年就有交换生的项目，记得争取。你陈阿姨的外甥女也是去年到美国做交换生，这方面可以多向她请教。”

梁月弯有自己的打算，并不想再像以前那样一步一步按照他规划好的路线往前走。

“我暂时没想过出国。”

“月弯，”梁绍甫叹气，有些失望，“爸爸说过，希望你任何时候都不要因为一个男人放弃未来，你已经任性过一次了不是吗？薛聿和你之间的差距不只是修养、出身、三观，还有他的家庭以及生活上很多很多琐碎的小事。现在你们还小，都在读书，差距没那么明显，你以后会慢慢感受到，年少的浪漫并不值钱。”

她从不用眼泪示弱，只是无声地反抗。

“竞争压力这么大，你只有比身边的人努力，才能得到更好的机会。”梁绍甫缓和语气，“月弯，你自己好好想想。”

梁月弯始终不明白，他到底还想要什么？

“爸，现在的生活是你想要的吗？你过得开心吗？”

“成年人，很难定义开心和不开心。”

“连开心这么简单的事都要定义，真累。”

梁绍甫笑了笑：“爸爸吃过苦，走过弯路，所以不想你也过得那么辛苦。月弯，成功是有捷径的。”

坟头的纸被烧成了灰，火光一点点暗下去，薛聿跪在坟前磕了三个头，转身顺着一条小路往下走。

村子里已经没多少人住了，隔很远才有一家住户。年三十这天，只要家里还有人，家门口都会彻夜亮着灯。外面下着小雪，屋后的

野桃花开得正好。

今年农村也不允许燃放烟花，山里格外清静。

薛聿坐在树旁，看着时间给梁月弯拨打视频电话，在她接通的同时点燃了一支没有响声的小烟花。

“梁月弯，新年快乐。”

“新年快乐，薛聿。”她趴在被褥里，离屏幕很近，“你们家也下雪了。”

“是啊，明天早上拍照片给你看。”大山里气温低，一晚上就能积很厚的雪。

薛聿等小烟花灭了，才问她：“不开心？”

“一点点。”

她和梁绍甫越来越疏远，坐在一起甚至都不知道能说些什么，可明明他们应该是最亲近的人。她害怕有一天他俩会彼此厌烦，就像父母曾经是一对恩爱相伴的夫妻，最后却被磨成相看两相厌的过去式。

“那我们做点儿能让你开心的事吧，”薛聿起身摘桃花，抖落了一身的雪，“去找我奶奶教你缝香包。去年那个旧了，也不好看，再给你缝个新的。”

雪掉进他的脖子里，他被冰得浑身乱扭，视频里的梁月弯这才笑了。

“你不是会缝吗？”

“我是会啊，但肯定没有我奶奶弄的好。她会绣花，也会绣字，我小时候衣服、裤子破了洞，她缝得比新的还好看。”

男人们都在打牌，老太太坐在火炉边剪布料、挑花线，嘴里碎碎念着什么，听不清。薛聿在旁边烘干刚摘的那些桃花，有一句没一句地应着话，但梁月弯不觉得无聊，只觉得温馨。

梁月弯看见他从火炉里刨出一个黑黑的东西："那是什么？"

"烤红薯，里面还有几个土豆。"

"都煳了。"

"外面的皮煳了没事儿。"薛聿掰开一个给她看。

她很久没说话，薛聿回房关上门，把手机拿到灯光亮一些的地方："是不是困了？"

梁月弯闷在被褥里，声音低低地说："我很想你。

"薛聿，我好想你。"

…………

凌晨四点，车开下高速路口，开往机场的方向。

最早的机票是上午九点左右，时间充足，但薛聿怕雪下大了影响交通，还是尽量赶早不赶晚。

薛光雄的司机是个单身汉，父母都过世了，也没什么亲戚，每年都跟着薛光雄回来过春节，过了元宵节才返程。把薛聿送到机场后，他又掉头往回开。

天气不好，飞机延误是常事，薛聿在机场待了将近六个小时才登机。

即使是大年初一，梁绍甫也正常上班。梁月弯昨晚失眠，起晚了，刚好碰上已经换好职业装，站在玄关处往身上套大衣的陈栗，她身上的香水味又换了一种。

"你昨天睡在这里？"

"是。"她笑了笑，大方承认，"你介意吗？"

"这话你应该在进门之前问我。"

陈栗也不生气：“月弯，我和你爸爸将来也许会结婚，但绝对不会生孩子，你还是他唯一的女儿。你放心，我不会虐待你，也不勉强你接受我、喜欢我，我们彼此尊重，正常相处就好了。”

尽管她很酷，工作能力不输男人，甚至更厉害，梁月弯依旧没有办法让自己喜欢一个当小三破坏别人的婚姻的女人。

薛光雄这些年虽然在外面也有数不清的风流史，但从来不会带到薛聿面前，更不会让那些女人私下去找薛聿。

梁月弯以前也觉得这两个人本质上没什么区别：没钱的时候，爱老婆，爱家庭，苦一点儿也没关系；有钱就变了个样儿，连家都不要了。

可现在她才真正明白，知道和亲眼见到还是不一样的。陈栗口口声声不要求她接受，但梁绍甫把陈栗带回来，就已经是在逼着她接受。

“我跟绍甫确定关系的时候，他和你母亲已经离婚了。”

“在那之前呢？你们没有做过任何违背道德的事吗？”

陈栗没有正面回答，只是说：“很多时候其实没有必要追根问底，知道的事越多，越容易跟自己较劲。能想得简单一点儿，就没必要钻牛角尖。”

“你是怎么做到这样理所当然的？”

“等你长大了，就不会再问这么幼稚的问题了。”陈栗换鞋出门时，回头朝梁月弯眨了下眼，“不过，很可爱。”她根本不会将这话放在心上。“你这个年纪，还没有学会讨好别人，不懂得圆滑，真实得可爱，我很难讨厌你。”

梁月弯别开眼：“你这样说，我也并不会高兴。”

梁月弯不喜欢客厅的香水味，等陈栗走后开窗通风。

附近是繁华的商业区，她只是开学前在这里住过一个星期，去哪里都还只能依靠导航。做饭的阿姨也回家过年了，她需要自己解决吃饭的问题。

梁月弯在超市逛了一圈，但结账的时候只拎了一盒草莓。

薛聿喜欢吃草莓。

所以，当薛聿辗转几座城市终于找到这里上楼敲门的时候，梁月弯并不是特别吃惊，只是忽然有种想要落泪的酸涩感。

薛聿站在门口朝梁月弯展开双臂，她走过去，薛聿把她拥进怀里轻轻拍着她的后背："好了好了，不要委屈，我来了。"

"我知道你会来，"梁月弯拉着他进屋，"看，草莓，帮你尝过了，特别甜。我还学了两道菜，要不要吃？"

"当然要，我都快饿死了。"薛聿四处看了看，"梁叔不在家？"

她摇头，踮着脚凑近他的脖子闻："你身上好香呀。"

"有吗？"他装听不懂。

"奶奶缝的香包呢？我想看。"

"没带。走得着急，就只记得往包里塞了条内裤，除了证件之外，什么都没带。"

"你骗人，你肯定带了。"

"那可能在我身上，想要就自己找。"

她在衣服里摸来摸去，薛聿被摸得心痒，逮住机会就使劲儿亲她："你这是给我送草莓，还是给我种草莓？"

"都是。"

老太太缝的香包果然要精致很多，绣了两朵桃花，旁边还有她的名字，和薛聿那个丑巴巴的香包放在一起，对比更明显。

梁绍甫过了时间没有回来就是要加班。

他不在家，陈栗是不会过来的。

大年初一要吃饺子，梁月弯不会和面，吴岚就打电话远程教她，肉馅是薛聿剁的。两个人吃不了那么多，剩下的都冻在冰箱里。

“薛聿，陪我去打耳洞吧。”

他送的那副耳环一直放在抽屉里。

“不怕疼了？”

“就只是疼一下，我可以忍。”

她想做的事，薛聿都会陪她去。

打耳洞这家店也能文身。薛聿看了一会儿，又过去跟老板聊了几句，在纸上画了一个月牙，让老板照着样子给他文。

“文哪里？”

薛聿想了想：“耳朵后面。”

梁月弯打完耳洞出来的时候，文身大叔已经开始了。

薛聿的皮肤是偏白的那种，靠近耳朵的地方描出月牙的形状，周围泛着红。

“这以后还能洗掉吗？”

大叔嘴里咬着根烟，笑着说：“看他想不想，他想洗，怎么都能找到办法洗掉；他不想，就算脱层皮也洗不掉。”

后来回去的路上，梁月弯忘了自己也是刚打完耳洞，总是想看看薛聿文身那里疼不疼。

“有点儿麻麻的，不疼。”

她不太想回家，薛聿也能猜到是因为什么，下午他看到了鞋架上的高跟鞋：“和梁叔吵架了？”

梁月弯停下来抱住他：“我努力过，真的努力了，可跟他还是亲近不起来。”

“这不是你一个人的问题，你们之前太久没有一起生活，梁叔工作又忙，彼此都会有些生疏。”

“他还让我考雅思，明年申请学校的出国交换项目。”

“考呗，我也考，”薛聿拉开羽绒服把她裹在里面，“不是什么大事，到时候你去哪儿我去哪儿，咱们还在一起。”

“你这么好，他为什么不喜欢你？”

“很正常，大多数父亲刚开始对觊觎自己女儿的男人都不会太友善，讨好岳父得慢慢来。咱俩以后如果生了个女儿，我肯定也不喜欢那些心思不正的小崽子。”

梁月弯瞪他：“说什么呢？”

“说你后面有家婚纱店。”薛聿双手握着她的肩，带着她转了个方向。

橱窗里的婚纱像是在发光。

“想不想进去试试？”

梁月弯还没说话，薛聿就捂住了她的眼睛：“不行，我如果看了你穿婚纱的样子，未来几年得多煎熬？”

她这才开心，今天第一次笑了：“我不生气了。”

路边挂着灯笼，给这座不夜城添了几分年味。薛聿牵着她往前走。

“嗯，不想那么多，你喜欢我就行了，其他的慢慢来。”

岁月可长久，他们还有很多时间。

有家商场还在营业，一楼摆了十几台娃娃机。薛聿买了两百块钱的游戏币，梁月弯玩到只剩最后一次机会，也没能把最喜欢的那个玩偶抓起来。

回家这段路并不算远，两个人走得再慢也总会走到终点。

梁绍甫打过一通电话，不允许梁月弯夜不归宿。两个人在楼下待了许久许久，最后薛聿狠狠地亲了她一下才放开，再继续他可能就回不去了。

“快上楼。”薛聿给她按电梯，“我找家酒店睡一觉，明天再回家。”

“我送你。”

“舍不得我啊？”自己走后，她一个人留在机场的失落和孤独，他想想都觉得心疼，“但是不行，天气太冷了。”

梁月弯闷闷地把围巾取下来给他，然后才抱起那一大袋玩偶。

电梯到一楼了，薛聿看着她上去了才走。

那些自动抓娃娃机是二十四小时营业，薛聿原路折回去买了游戏币。

梁绍甫知道薛聿来找梁月弯了，没有催着她回家，只是坐在客厅里等她，加班到深夜的疲惫加深了他身上的距离感和严厉感。

他还没有开口说话，只是看着她进屋、换鞋，目光最后聚焦在那些玩偶上，眼里的失望就已经压得她喘不过气了。

“在游戏城玩儿了一下午？喜欢这些？”

“只是刚好逛到那里，也不是特别喜欢。”

“袋子里装了挺多的。”

“因为小时候没有。”

梁绍甫想不起自己曾经给女儿买过什么玩具。早些年家里条件不是特别好，她也从不开口要什么，每天放学了就在各个兴趣班之间来回穿梭，周末的时间也被安排得很满，跳舞或者练琴。后来家里不缺钱了，她也已经过了需要玩具的年纪。

“现在你可以拥有很多你想要的东西了，可以自己买。”

“那都是你的钱，不是我的。”

梁绍甫失笑：“月弯，你要跟爸爸分得这么清楚吗？”

女儿的沉默让梁绍甫想起昨晚的争吵尚未缓和，最后只是说了句“早点儿睡”。

陈栗聪明的地方就在于从不介入这对父女之间的矛盾。梁月弯站在阳台上往楼下看，能听到他们在商量移民的事。

梁绍甫有这个念头不是一天两天了，他已经在美国购置了房产，陈栗的工作重心也在慢慢往那边转移。

梁月弯有时候也会想，他到底哪里来的这么多钱？现在金钱对他来说仿佛只是一个数字而已。

手机的振动声让她回过神，是薛聿发来的消息：“小月亮起床了吗？”

她回复：“刚醒，在吃早饭。你到机场了？”

“嗯，到了。”

他没有住在机场附近，天还没亮就去赶飞机了。

“吃饱了去一趟物业办公室。”

梁月弯看着手机里又发过来的消息，边回复他边下楼。

物业办公室里白天晚上都有人值班，记录本上登记了信息，大叔核对好后，拿出一个箱子递给梁月弯。

梁月弯把箱子抱回家，在卧室打开。

里面是昨天她用完所有游戏币都没能抓到的那个玩偶。

第十章 / 南瓜马车

开学后，薛聿一边跟着老师做课题项目，一边抽空复习英语。他咨询过，他们学校的交换学习项目要比梁月弯的学校晚 2 个月，顺利的话，他暑假就能过去。

梁月弯 4 月底通过了雅思考试，薛聿报名了 5 月份的考试。但在考试前，薛光雄酒驾出了交通事故，撞了人，自己也一身伤，还惹上了官司，不是支付医药费就能解决的事。

酒就是他的命，打死他都戒不掉。薛聿只是在病房坐了两个小时，他秘书的电话就没停过。

薛聿跟着出去，等秘书接完电话后问道："对方要多少？"

秘书比了个数。

"他连这点儿钱都拿不出来了？"薛聿眉头紧皱。薛光雄虽然对自己的钱没什么概念，也无所谓，但也不至于到能被女人骗光所有资金的地步。

"薛总最近有点儿倒霉，三期工程出了点儿麻烦，再加上工人们频频发生意外，算起来几次都没少赔。还有，薛总和梁副总之间好像因为一些事闹得不太愉快。"

"公事还是私事？"

"具体的我也不太清楚。上周薛总发过一次脾气，把办公室都砸了，当时只有梁副总在里面。"

见在他这里问不出什么，薛聿就回到病房。薛光雄刚睡醒，几天没刮胡子，看起来有些颓废。

"怎么回事？"

薛光雄笑了笑："都是些小事，老爸能处理好，你滚回学校上课去。"

薛聿平静地问："钱都花哪儿去了？"

“什么话，老子最不缺的就是钱。钱嘛，多大点儿屁事，没了再赚。”

学校那边已经开始审核材料，薛聿得回去一趟，再加上薛光雄一直赶他走，他只在S市待了三天。

他前脚离开医院，薛光雄的秘书就带着公司的财务和法务进了病房。

“忘恩负义的狗畜生！老子在他一无所有的时候给他吃给他喝，扪心自问这么多年从来没有亏待过他。他倒好，背着我联合外人反咬我一口！”

薛光雄把梁绍甫当兄弟，这些年，防谁都没有防过他，能给的也都给了。

薛聿心里藏着事，不顺心，打球的时候就有些猛，说话也不算客气。

乔南茜和梁月弯虽然是高三的同班同学，大学也在一座城市，但从来没有联系过。还是她给梁月弯打了通电话，梁月弯才知道薛聿跟几个高年级的男生发生了肢体冲突。

知道的时候已经是第二天了，梁月弯翘课赶过去时，薛聿一个人坐在操场上喝酒，嘴角的伤都还没好。

她曾经相信，在薛聿身上永远都能看到蓬勃的少年气，可这一天，傍晚火红的夕阳都掩盖不住那股颓废感。

他虽然在笑，但并不开心。

梁月弯走过去，在他面前蹲下身，手指轻轻碰了一下他嘴角的痂：“薛聿，你疼不疼啊？”

“你亲亲我吧，”他的头压在她的肩上，鼻尖贴着她的脖颈拱动，

“亲亲就不疼了。”

他最擅长示弱，可又显得急躁。梁月弯被拽得跪在草坪上，甜腻的血腥味在嘴里蔓延，等到两个人的呼吸都凌乱了，他才放开。

上一秒凶得像头野兽，下一秒他又弯下腰揉着她被磨得通红的膝盖，甜蜜缱绻地舔着她嘴角的伤口，潮热的气息在她的面颊上浮动，这样的温柔足够抚平那点儿微乎其微的疼痛。

“为什么打架？”

“他们打球故意犯规恶心人，嘴上也不干净，烦得很。”薛聿不甚在意地笑了笑，“谁告诉你的？”

“乔南茜，她给我打电话了。”梁月弯不是生谁的气，只是自责最近两天只顾着忙向学校提交材料的事，都没有发现他的异常，“会受处分吗？”

“不会，不是我的错，他们巴不得私下解决。”薛聿几句话带过，自然而然地转移话题，“我看到你们学校的公示名单了，我们月弯真是越来越厉害了，什么都做得很好。”

梁月弯没说话，只是抱紧了他的腰。

她一点儿也不厉害，都猜不到他为什么不开心。

“你先去，我走完流程就过去找你。有句话怎么说来着？‘小别胜新婚’。你先去，熟悉环境和语言，到时候我不懂的，你都可以教我。”

他说了两遍“你先去”。

夜色笼罩下来，操场只有入口的地方有两盏路灯。薛聿回过神，发现应该送她回学校了，但又贪心地想再多留她一会儿。

梁月弯心里空落落的，说不清也道不明：“薛聿，你现在在想什么呢？”

他低声笑了笑，薄唇贴着她的耳朵。

“想做。

“超想。”

回到梁月弯学校旁边的那套房子，薛聿先去洗澡，梁月弯坐在沙发上看刚才在药店买的膏药。

他的后背上有两块乌青，裸着上身出来的时候看着有些明显。

梁月弯小心地帮他贴好两贴膏药，起身前被他扣紧手腕压进沙发里。

初夏夜晚的风寂静又温柔，薛聿沉默地吻着她，和在操场上的吻一样，急躁隐藏得很蹩脚，呼出的气息每一丝每一缕都带着一股无处发泄的攻击性。

三天前他就找了中介，打算卖掉这套房子。

对此，梁月弯一无所知。

在薛聿心里，这里就是他们的第一个家。尽管住的时间不长，但彼此都忙于课业的时候能匆匆见一面两个人就已经满足了。

这里大多数时间是空着的，但两个人每次来都会默契地添些什么：衣柜里她的衣服和鞋子多了，厨房里的油盐酱醋锅碗厨具也一样不缺，阳台上有几盆很好养的绿萝和铜钱草，她周末会记得过来浇水。

这里已经慢慢有了家的模样。

用钱买家，再用家换钱，都是人生常事，但他依然企图留下点儿什么。

“手弄脏了，”薛聿抱起她，“帮你洗干净好不好？”

墙壁上还挂着水珠，湿气未散，梁月弯把他往外推：“膏药刚贴的，还不能沾水。”

“先不开花洒，只给你洗手。”薛聿拿了条毛巾泡水，拧干，帮她擦脸，“哪天的飞机？你说过，是我忘记了。”

“我等你一起吧，晚一两个月也没关系的，我可以跟学校申请推迟，不影响正常入学。”

“我们不是说好了吗？你先去。”

她不应该被这些乱七八糟的事情束缚，可以有更好的未来，而不是为了他留下来被埋没。

“就只有一个名额，机会难得，稍微出点儿岔子都有可能被换掉。你努力了大半年，不能白费力气。”薛聿擦干头发，“这次你听我的，下次我听你的。”

梁月弯说不出心里是什么感觉。

“薛叔叔好点儿了吗？周末我跟你一起去看他吧。”

“没事儿，早出院了。他也该长点儿教训，把酒戒掉。”

“总喝酒是不太好。”

薛聿把她从洗漱间抱出去：“我就很听话，最多一罐啤酒。”

早上，薛聿还是和平常一样先送梁月弯回学校，陪她吃食堂里几块钱的早饭，站在树荫下笑着朝她挥手，鲜活的少年气像是要随着风吹到她身边。

他还是她熟悉的薛聿，昨晚那股颓废仿佛只是错觉。

周成回到宿舍，第一句话就是问薛聿：“我听导员说，你没交资料，真的假的？”

“忘交了。”

“你放屁，这么重要的事你能忘？”

“我爸那阵子天天在医院躺着，我没顾上，真忘了。”

“你赶紧去求导员帮你想想办法，说不定还能补。”

“都已经确定了，我再去插一脚纯粹是给导员添麻烦。算了，我明年再说。”

“明年有没有名额都不一定，这么好的机会你说不要就不要，难道女朋友也不要了？”

薛聿笑了笑：“你怎么比我还着急？”

“爹闲的，行不行？”周成看见他在订车票，但接下来的半个月陆陆续续都有考试，“都期末了你买什么票？薛聿，我跟你说，你如果旷考可就真去不了了，四年内都去不了，绩点再高也没用。”

薛聿没说话。

考试哪有人命重要？

更何况，那个人还是这世上和他最亲的人。

烟盒里一根烟都不剩，薛光雄骂了声娘，拎起酒瓶猛灌了几口，踉跄着走到窗前。

办公室已经好多天没有打扫过了，烟头和空酒瓶满地都是。

从二十七楼的窗户望出去，这座不夜城围满了灰白色的高楼，白天忙碌，夜晚辉煌繁华依旧。

有人今天没落，有人明天崛起，和昼夜更替一样平常。

“吃早饭。”薛聿打包好饭菜回来，踢了一脚滚到脚边的酒瓶。

薛光雄坐下来，边吃边笑：“儿子，爸没用。

“卡里的钱现在动不了，房子……剩下的都不怎么样，但还能住，车还有一辆新的，本来准备等你过生日的时候送给你。正好要放暑假了，你开出去玩玩，再顺便替老爸回去看看你爷爷、奶奶、外婆，告诉他们今年过年我可能不回去了，但是你必须回去给你妈上坟。

“你妈走的时候多年轻，还不到三十岁。

“我认识她那年，她才十八岁，绑着两根麻花辫，心气高得很，都不拿正眼看人。那会儿啊，十里八村都找不到比她还漂亮的人，才刚成年，上门求亲的人就快把你外婆家的门槛踏平了，她谁都看不上。

“你外婆身体不好，只生了两个女儿，家里没有能干力气活儿的人。我就天天去她家抢活儿干，那时我年轻，不怕事儿，也不要脸，打不走也骂不走。

“正好赶上她家盖房子，大工小工的活儿我都能干。几个月啊，她一句话都没跟我说过，真气人。

“有一天，我喝了点儿酒，酒胆大，脸皮厚，把她从家里骗出来后就亲了她。”

他想起这些就笑了，沉默了许久。

“她跟着我没几年，可没少吃苦。”

“我们结婚也没办酒席，最后连结婚戒指都被我卖了。我没办法……没办法啊儿子，她病得那么严重，连老人都说‘算了，算了，不治了，都是命’。但她是我老婆，把自己一辈子交给了我，我怎么能算了？哪怕只能多留她一天，我也不能算了。”

薛聿听着他念叨，也不说什么。

空酒瓶倒在地上满地滚，他顺手捡起扔在桌角的粗麻绳，一头绑在薛光雄的手腕上，打了个死结，另一头绑死在自己的手上。

薛光雄喝醉了，扯着手腕上的麻绳笑：“儿子……”

“别想着死了一了百了。我从小就没妈，老爸虽然没什么用，但有总比没有好，至少没让我饿着、冻着，命好，还当了几年暴发户。”

塑料碗里的面快坨了，薛聿拿起筷子拌了拌，喝了口酒，继续吃饭。

“人只要活着，就没有永远还不清的债。”

梁绍甫和陈栗先走，梁月弯要等学校的材料，又回家陪了吴岚几天。

之后，梁月弯又回了学校一趟，室友们送她送到校门口，薛聿接过行李箱，两个人坐地铁去机场。

“证件带齐了吗？”

“嗯。”

“再检查一遍。”

“真的带了。”

“那这是什么？”薛聿从兜里拿出她的证件。

梁月弯避开他的视线，心里有种说不出的感觉。他像是知道她会用什么借口误机，提前做了准备。

机场里人来人往，薛聿把证件塞进梁月弯的包里装好：“时间差不多了，你昨天没睡好，在飞机上睡一觉。

“进去吧，我看着你走。”

梁月弯低着头：“我妈说，等天气凉一点儿，给你寄牛肉干。”

“好，我回头跟吴姨联系。”

“我前几天回去，老房子楼下那家养的那只大胖猫生了好多只小猫，有两只毛是纯白色的，只有这么一点点大，喝奶的时候特别可爱。”

“下次我也回去看看。”

“在卖烤肠的那家便利店旁边拐个弯，走大概五十米，有一棵很高的梧桐树，你还记得吗？”

“记得。”

“学校附近在修路，那棵树被砍掉了，好可惜，我听人说，那棵树种了几十年了……”

“那条路是单行道，确实有点儿挡路。”

“我还去了你家一趟，鸟没有把向日葵的种子吃完，今年又长出来了，但还没开花。”

“还没到时候，而且今年雨水多，可能要晚一点儿，我请邻居有空帮忙撒点儿肥料。”

她还想说什么，薛聿低头吻她：“好了，月弯，你得进去了。”

“嗯。”

办好了行李托运，她就要去安检了。

她每一次回头，薛聿都还站在那里朝她挥手。

两个人之间的距离越来越远，直到电话响起，眼泪才从她的眼眶里掉下来。

“你一哭，我就走不了。”薛聿看着梁月弯的背影，把手机换到另一侧，笑着说，“机场的椅子又硬又窄，我晚上睡在这儿你不心疼啊？”

“我才没哭。”

“就是就是，又不是以后都不回来了，一张机票的事。”

“你回学校吗？”

“回，坐地铁，方便。”

薛聿意识到的时候，已经被工作人员拦在了安检口，工作人员提醒他送机只能送到这里。

“梁月弯，往前走，一会儿该广播找你了。”

她不说“再见”两个字，他也没说。

卖房子的前一天，薛聿在客厅坐了一夜，没有喝酒，没有抽烟，清醒地回想着他和梁月弯曾经在这里度过的每一分、每一秒。

他急着卖，房子价钱就被压得比市场价低。

买家是一对新婚夫妻，刚领证，房子、婚宴都还没定下来，先领证是因为女方怀孕了。

来看房和商定合同的人一直都是男方的父母，前前后后半个多月，每次来都在抱怨女方家庭条件差，人也不懂事儿，如果不是怀孕了，他们根本不可能同意。

价钱一压再压，他们还问薛聿这新房子没住多久怎么就要卖，是不是死过人。

桌上放着两份准备好的合同，买家约好时间明天过来签字，然后去公证过户。

这些天，薛聿的心情没有什么大的起伏，他甚至也没有什么悲伤的感觉。

可短暂地抛弃所有的纷扰突然静下来后，他突然发现，这套空荡荡的房子里的每一个角落都有梁月弯的影子。

她很少用烘干机，洗完衣服喜欢自然晒干，风从外面吹进客厅，他能闻到洗衣粉的味道。

绿箩好养，长得也快，起初只买了一盆，因为长得太满，她舍不得扔，分了好几盆。她也养过鱼，但没多久，那些鱼就一条一条地翻着肚皮漂在水面上，之后她就不养了。

有一次逛夜市，两个人套圈套了一盒跳棋，晚上回来玩了很久，她起身的时候不小心碰洒了，珠子滚得到处都是，两个人趴在地板上找了半个多小时。

她会做的菜不多，有一段时间她迷上了烘焙，于是各种各样的面包和饼干就成了薛聿的早饭。

她走后，没有烟火气的厨房冰冷得像个模具，阳台上那几盆花花草草没人照顾，上周就枯死了，冰箱里也只剩半瓶过期的果汁。

“只要你开口，甚至你根本都不用说，月弯一旦知道了，就会立刻放弃在美国的一切回国找你。你如果真的爱她，就不会自私地毁她的前途。小薛，你应该明白我的意思。”

梁绍甫很擅长拿捏人心。

薛聿想着，他再怎么狼心狗肺、忘恩负义，也不至于苛待自己的女儿。梁月弯在他身边，至少不会吃生活的苦。

梁月弯刚到美国，各方面都很不习惯，熬过两个月后，等来的不是薛聿，而是薛聿放弃出国做交换生的机会，以及薛光雄的公司正式宣告破产的消息。

“为什么这么突然？”

梁绍甫说：“工程出了问题，资金周转困难，投资方撤资，再加上他自己前段时间酒驾撞伤了人，官司缠身，走到这一步也不奇怪。”

“那也不可能这么快……爸，你知道原因吗？”

梁绍甫当然知情，只是瞒着她而已。

“大字不识几个，好好当个暴发户煤老板就行了，他非要装文化

人，打肿脸充胖子，往上流社会挤，能撑这么些年已经是老天赏饭吃了，人应该知足。”

他过于平静的外表之下藏着终于解恨的快意，这让梁月弯心惊：他怎么能说出这样的话？

“月弯，别这么惊讶，人往高处走，水往低处流。有人诚心抛出橄榄枝，有更好的平台和环境，我自然没有拒绝的道理。”

他能全身而退，说明早就预料到会有这么一天，梁月弯不敢往深处想：“你说只是来美国考察学习半年，是骗我的？薛叔叔帮了我们那么多……”

梁绍甫表情淡然：“是，我承认，他确实帮过我，但这些年我给他带来的效益，早就远超过当初他给我的。良禽择木而栖，无可厚非。”

“可薛叔叔在你最落魄的时候给了你工作，你现在所有的一切都是他给的，你不但不知恩图报，反而在他被官司缠身的时候拿了钱一走了之，还是说……他现在的麻烦，就是你带来的？”

梁绍甫将手里的一沓文件重重摔在桌上：“月弯，你知不知道自己在说什么？！”

“我说对了是吗？”她满心失望，“爸，您文化程度高，读了那么多书，没学过‘忘恩负义’这个词吗？”

梁绍甫满脸愠怒：“让你读书，让你接受更好的教育，你就只学到了这些？”

“我庆幸我没有学会你希望我学到的东西。”

“梁月弯！我是你父亲！”

“但你没有尽到一个父亲的责任，也没有给我最起码的父爱。你有你的难处，我原谅你，我都可以原谅。我考上了重点高中，多么希望你回家看看我，你说很忙，工作很辛苦，赚钱很累，希望我听话。好，我听你的，都听你的。我在你的手机里看到别的女人叫你老公，你说是诈骗信息，好，我相信你，就算听见你给她打电话也装作不知道。你有你追求的东西，我理解不了，但也尽量不给你添麻烦。”梁月弯哭得喉咙沙哑，最后失控地大吼，“可你为什么还是不满足？为什么？！”

明明她只要再努努力，就能追上薛聿了。

“你是我爸，可也是你让我从此愧对薛聿，你让我……让我在他面前永远都抬不起头。”

梁绍甫无法换位思考，自然也不明白，她还这么小，只是结束了一段恋爱而已，怎么会这么难过？

“月弯，你看看我们周围，这个别墅区住着各行各业的翘楚，他们出入研究所、科技中心、办公楼、知名高校、医院等，你再想想以前，每天接触的都是些什么样的人？薛聿配不上你，你以后会有更好的人。”

梁月弯不知道自己到底在期盼些什么。

“你看不起薛叔叔，但你远不如他，他被嘲是暴发户又怎么样？那也是凭自己的本事一分一毛挣来的钱；你拥有再多钱，也只是个小偷而已。”

啪——响亮的巴掌声在宽敞的客厅里激起回声。

梁绍甫的手臂僵在了半空中，他忍住怒气，回过神后才意识到自己打了她：“月弯，爸爸不是……”

梁月弯头也不回地离开了。

她出国前，薛聿说，世界再大，隔得再远，也就是一张机票

的事。

梁月弯买了回国的机票，却不敢去找他。

薛光雄公司破产的事吴岚并不知情，梁月弯把所有能变现的东西全都卖了：手表，钢琴，首饰，名牌包，限量衣服、鞋，包括梁绍甫送她的成年礼物。回去求吴岚的时候，她只是说朋友遇到了难事，需要钱。

“哪个同学？”

“大学同学，您不认识。妈，这些就当是我借的，我以后慢慢还给您。”

“什么话？你就算三十岁、四十岁，也还是我身上掉下来的肉，说什么借不借的？钱也不多，你先拿去用。”

梁月弯心里清楚，这点儿钱对薛家的巨额债务来说只是杯水车薪，微不足道，但至少能让薛聿喘口气。

国内高校还没到开学的时间，她明知道现在去 B 市其实也见不到他，但还是去了。

闫齐在 B 市的一所体育学院，梁月弯找到他，让他帮忙把钱给薛聿。

S 市遍地都是有钱人，一家公司破产不至于到尽人皆知的地步，只不过闫齐有个亲戚之前跟着薛光雄混饭吃，两个月前就回老家了，所以虽然薛聿有很多朋友，但梁月弯只找了他。

“薛聿他爸的事我知道，有点儿复杂，一句两句也说不清楚，你哪儿来的这么多钱？”

“反正没偷没抢。”

闫齐看她不想说，也没多问。

薛聿的电话一直占线，闫齐打了好几次才接通。

“我闫齐，兄弟，听说你家里最近出了点儿状况，没事吧？

“没事就好。我老舅这些年全靠薛叔叔照顾，他一个老光棍，没娶老婆也没儿没女，挣多少花多少，也没存下几个钱，就找亲戚凑了点儿。他不会用支付宝，我先帮他给你转过去。

“你不收，我回家就交不了差。哎哎哎！先别急着拒绝，钱肯定不是白借给你的，按正常利息算行吧？”

把钱转到薛聿的账户上后，闫齐问梁月弯：“为什么不自己给？怕伤了他的自尊心？”

梁月弯只是说了声谢谢。

她是个胆小鬼，害怕看到薛聿失望的眼神，更害怕他会恨她。哪怕只有一丁点儿可能，她也会害怕，所以只能躲起来。

那天，薛聿打电话告诉她，他放弃出国做交换生的机会之后，就知道事情瞒不住了，但谁都没有戳破。

他问她生活习不习惯，学习压力大不大，问她头发有没有长长，耳洞还有没有发炎。

她问他天气好吗？午饭吃什么？晚上睡得好不好？

两个人默契地维护着一个蹩脚的谎言，也默契地淡了联系，从两天一通电话，延长到一个星期、半个月、一个月、两个月、半年。下一通电话的间隔越来越久，通话时沉默的时间也越来越多。

再后来，那个电话号码没有再打电话过来。

梁绍甫对那一巴掌很内疚，也试图缓解父女之间僵硬的关系，但他每次去找梁月弯的时候，她不是在去做兼职的路上，就是已经在做兼职了。

她从家里搬了出去，没有要他一分钱的生活费，两所学校的全额奖学金也够日常开销，只是没那么宽裕自由。

父女没有隔夜仇，明明只要她服个软，道个歉，他就不会计较，她回了家还是可以像以前一样。

但她偏不，就是要让他看着她吃苦。

他一直都尽力给她最好的东西，她就像生活在象牙塔里的公主，什么都不用烦心。她是他唯一的女儿，是他在这世上最亲的人，他当然希望她嫁得好，过得好，一辈子都不用为谁低头。

他是她的父亲，她怎么会恨他呢？所以，梁绍甫想，是他太纵容这个女儿，她一直很乖，现在只是叛逆期来得晚，暂时想不通而已。

她需要时间，他就给她足够的时间和空间。

可当梁绍甫看到一个比他年纪还大的男人扯开梁月弯的衣服领口往里面塞小费——这个动作既包含着下流可耻的性暗示，又有侮辱的意味——她还能礼貌地说声“谢谢”的时候，他才终于意识到，也许是他想错了。

他间接导致薛聿受苦，她就陪着薛聿一起受苦，她其实只是想陪着薛聿，并不是为了气他。

梁绍甫很失望，往日经历的那些低谷都没有让他这么挫败过。

“月弯，你什么时候才能明白，只有爸爸才是真正为你着想，希望你有个好的未来？我和薛光雄签订的是劳动合同，不是卖身契，在合同期内尽到一个员工该尽的义务，这就已经够了。”

“是你不明白。”

“我非得把后半辈子都耗在那堆烂摊子上才算仁义？”

“你把钱还回去。”

“月弯，”梁绍甫无奈地叹气，“我拿的那些钱都是合法的，否则在出国之前就会有人去查我。”

合不合法，他自己心里最清楚。

“难道我们之间除了他们父子俩之外，就没有其他可以聊的话题了吗？那天打你，是我不对，我跟你道歉。”

他从来都没有打过她，怎么会不心疼呢？

“月弯，你听话，把兼职都辞了，跟爸爸回家。”

梁月弯背过身：“我不回去，你走吧。”

她赶时间去做兼职，这份工作是最近刚应聘上的，离学校有些远。

雇主是一家中国人，夫妻俩在美国工作，有一双儿女，儿子是弟弟，年纪还小。梁月弯主要教姐姐练琴，倩倩是姐姐的中文名字。

姐弟俩都在美国出生，一直没有机会回国，意外的是，中文说得很好。

“弹琴真无聊，我不懂妈妈为什么要让我学这些无聊的东西。”

梁月弯以前被摁在钢琴前一练好几个小时的时候也这样想，她不喜欢钢琴，为什么要学？

但现在她很庆幸自己当初坚持下来了，有一技之长，至少能在穷困窘迫的时候找到一份时间相对自由、不会耽误学业的工作。

“我的朋友明天来做客，她们喜欢中餐，但不会用筷子。我会做番茄炒蛋，番茄切块，先炒鸡蛋，再把番茄放进去炒出汁。奶奶说加点儿糖更好吃，我试过一次，嗯……我不喜欢甜的东西，但也还不错。

“这些是向日葵的种子，我奶奶从中国寄来的。”

梁月弯想起薛聿家后院的那座小花园。她去年圣诞节回国，别墅换了主人，小花园也被铲平了。

“向日葵种在花盆里长不好。”

“那要种在地里吗？”

“嗯……最好是。”

第十一章 / 向日葵里的时光机

梁月弯第四次来教倩倩练琴的时候，她就和弟弟一起拿着铲子挖泥，说要把向日葵种满整个院子。

还剩下很多种子，她都送给了梁月弯。

傍晚家里来了客人，应该是刚从机场过来，但行李不多。阳光刺眼，梁月弯看不太清，只觉得那人的背影有些眼熟。

“嘿，西也哥哥！”倩倩挥着沾满泥土的手打招呼，扭过头告诉梁月弯：“他是我姑姑的儿子。”

弟弟去推行李箱，付西也看着他进屋了，才走过去帮倩倩擦手：“在干什么？”

“我在种地呀，今年我会收获很多很多向日葵。这是月亮姐姐，我的钢琴老师，她也教我种向日葵。”

梁月弯满手都是泥，有些窘迫：“好久不见。”

夕阳照得她的脸颊微微泛红，直到弟弟调皮地拿起水管往付西也身上喷水，他才回过神。

世界很大，但有时候又小得让人手足无措。

“哇！你们认识？”

“我们是高中同学。”梁月弯去接水洗手。

倩倩的爸爸在上班途中发生交通事故，伤了腿，人还在医院，家里老人担心，付西也就过来看看他。

“准备待多长时间？”

“半个月左右，但也不一定，可能会更久。”

“学校那边没课了吗？”

“我上学期就修完了所有课程。”

“你也太厉害了。最近天气好，你可以四处转转。”梁月弯看了看时间，“不好意思，有篇论文明天早上要交，我得赶回学校。”

“好。”

付西也没想到来的第一天就遇到了梁月弯，还是在他舅舅家里。

梁月弯一周来三次，练琴间隙总会到外面的院子看一看。那天种的向日葵已经发芽了。

留学生半工半读很正常，她每次来得匆忙，走得也着急。倩倩告诉付西也，她是赶着去下一个地方做兼职。

“我晚上的飞机，有空一起吃顿饭吗？”付西也听出她的为难，“或者，我去你做兼职的那家咖啡店。”

梁月弯说：“那我请你喝咖啡。”

“好，我四点钟到。”

这个时间店里客人不多，她可以稍微休息一会儿。

有一桌年轻的学生频繁叫她过去。

付西也到店里的时候，一个染着灰色头发的男生缠着她要电话。

跟在他后面进店的倩倩替梁月弯解了围。

梁月弯给她点了份甜品，配牛奶。

她的书包上挂了一个哪吒玩偶。

“你看过这部动画片吗？”

“看过呀，他有两个风火轮，太帅了！”倩倩兴奋地比画着，除了学习，她什么都喜欢，“这是西也哥哥从中国寄给我的生日礼物。”

她每次换新书包都会重新挂上去，这个玩偶已经很旧了。

但这个哪吒挂件其实是梁月弯选的。

倩倩三岁那年，父母给她看了《哪吒传奇》这部动画片，每次往国内打电话，她都要从头开始讲：“有一个妈妈，肚子里怀了宝宝，第一年没生，第二年也没生，第三年还是没生……”

学校附近有很多文具店，有一次付西也看到架子上挂了两个哪吒的玩偶，一个是坐着的，一个是站着的。

梁月弯觉得坐着的那个表情更生动，付西也就拿着去付钱了，闻森还调侃他竟然会买这种小玩意儿。

当时付西也说了一句："倩倩喜欢。"

那个时候梁月弯以为他是要送给乔南茜。

倩倩坐不住，吃完甜品就去旁边玩游戏了。

付西也问得突然："你们分手了？"

"没有。"

"这段时间你都是一个人，他就算暂时不能交换过来，也该来看看你。"

梁月弯解释："有原因的，他不是不来，是来不了……我短时间内又回不去。"

来都来了，她总得顺利毕业。

"为什么？"

薛聿家里的事，付西也不知情。

许久，梁月弯低声回答说："因为我们都还不够勇敢。"

喜欢变成爱，人也会随之变得胆怯。

薛光雄酒驾被拘役6个月，出来后为了躲债，借住在以前身边一个司机租的房子里。

那些债主都认识薛聿，找不到薛光雄，就去学校堵薛聿，对学校的影响不好，辅导员单独跟薛聿谈过。

薛聿就办了休学。

薛光雄早些年认识的这些房地产开发商大多数也是白手起家，初

中毕业都算文化高的，能混出个名堂来都是因为胆量大，敢闯，敢做。

“刘总抽根烟，我多敬您几杯，您再宽限我几年。”

刘总看都不看他：“空口无凭，你老子从里面出来后连人影都看不见，我再不盯紧你，到时候找谁去？”

薛聿给刘总倒酒，自己连喝三杯：“我跑不了，也不会跑，保证二十四小时随叫随到，再不行我给您打欠条。”

他敬酒，杯口放得低：“您看我才二十岁，还年轻，欠您的钱肯定能还上。”

“主要是现在生意难做，资金周转困难，我也有难处。小薛啊，我体谅你，别人可不会体谅我。”

“是，大家都不容易。”薛聿赔笑脸，“我爸以前就说刘伯伯仗义，但凡有兄弟遇到麻烦，都会伸手帮一把，我爸刚来S市的时候，也是多亏您照顾。”

刘总叹气：“老薛啊，是信错了人，我早提醒过他，梁绍甫这个人心思不正，迟早会反咬他一口。你猜他当时怎么说的？他说‘疑人不用，用人不疑’。”

薛聿笑了笑：“做生意嘛，谁也不敢保证一路顺风顺水，一点儿问题不出。人生还长，吃点儿亏，全当积福了。”

“不错，你比你爸有能耐！”

“刘伯伯过奖了，再怎么样我是儿子，他是老子。”

刘总抽了两根烟，薛聿灌了三瓶白酒。

“行，我信你一次。五年，利息、本金一次还清。到时候如果你还不上，就别怪我不近人情。”

薛聿感激地鞠躬，刘总起身，堵在门口的那些人才散了。

包间里烟味、酒味混在一起，难闻得令人作呕。

薛聿在厕所把胃里的酒吐干净，扶着墙往外走，从他身边经过的小朋友捂着鼻子跑了很远还在回头看他。

夜里星星少，只有零散的几颗挂在天上。

月亮就显得很亮。

薛聿实在走不动了，就坐在路边的长椅上，胃里翻江倒海，但又吐不出什么。

手机振动到最后几秒，他才拿出来看。

他以为是要钱的人打来的电话，睁开眼睛前就已经机械地换上了一张笑脸。

可当他看到屏幕上的备注后，脸上的笑比哭还难看。

他试图练习出最平常的语气，能在接通电话时轻松地说一声“嘿，小月亮”。

但现实是，他连这么简单的一句问候都说不出，喉咙里有血丝，还有止不住的咳嗽声。

所以直到手机屏幕的光彻底暗下去，他也没有按下接听键。

有路人打了120，薛聿被送到了医院。

也是这一次，让薛光雄迈过了自己心里那道坎，重新振作起来。

2017年9月，薛聿回到学校继续读书。

同宿舍的室友都已经大四了，薛聿还要从大三的课学起，但没换宿舍。

他休学的那一年，这些大学同学谁都联系不上他。

“薛同学，你多少有点儿沧桑了。”

“什么话？聿哥照样是校草，咱们系的门面！不是我吹，这两年的新生在聿哥面前没一个能打的。”

“食堂三楼火锅安排上！”

“这么快，都已经六点了。”

“问题不大，我上面有人。”周成大手一挥，“儿子先去，报爸爸的名字，想坐哪桌坐哪桌。”

“周成你一天不吹牛会死啊？我先去订位子，你们俩别磨蹭了，快点儿。”

薛聿还在收拾行李箱：“我换件衣服就来。”

周成看薛聿把和梁月弯的高中毕业合照拿出来摆在桌上，简直和大一刚开学时一模一样，就想起了自己抽屉里那封信。

“我这儿有你的一封信，联系不到你，就先替你收着了。”

也就一两个月之前，周成去邮政快递点拿朋友给他寄的明信片，凑巧看到了梁月弯写给薛聿的信。这个年代大家都用邮件，很少有人写信，那封信就一直放在邮政处，他看见的时候都落灰了。

周成把信拿出来递给薛聿，靠在床边等他。

薛聿没有立刻打开，只是看着信封沉默许久，出门前把信塞到了枕头底下。

“谢了。”

“顺手的小事儿，谢什么？我说……你就不怕她不回来了？”

“她会回来找我的。”

“哟，这么自信！”

“当然。”

刚开学，食堂这些能聚餐的地方都很热闹，几乎每一桌都是满的。几个室友喝啤酒，单独给薛聿拿了瓶酸奶，锅底也是鸳鸯锅。

他们都要开始找工作、实习，待在学校的时间过一天少一天。

薛聿要一边补落下的课业，一边陪着薛光雄奔波。他比同届的同学们晚一年，毕业前就开始尝试创业，周成是第一个辞职回来帮他的。

创业难，没钱创业更难，刚开始他们只能租地下室，下雨漏水，电脑经常坏，还被要债的那些人砸过。

不知道从哪天开始，薛聿的银行卡总能定期收到一笔汇款。

数目不多，但也不少，像金主给的零花钱。

大家偶尔私下说起这件事，还会开玩笑当面问他是不是被“包”了，调侃他为了这家小破公司牺牲真大。

薛聿每次都是笑笑，也不解释。

于是，传言越传越像真的。

周成谈了个女朋友，算是真正意义上的初恋。女朋友工作稳定后，他就从和薛聿合租的那间出租屋里搬了出去。

晚上房间里没人打呼噜了，薛聿反而睡不着了，又翻出那封没有拆开的信。

这封信一直被夹在书里，没有折痕，看不出是几年前寄回来的。

这是他们分开的第四年。

虽然肩上的担子轻了一些，但薛聿依然没有拆开信看的勇气。

2018年的冬天特别冷，全国各地都出现了大雪或暴雪，雪灾严重的地方甚至出现了人员死亡。

薛老太太喂猪的时候意外摔了一跤，因为大雪封路耽误就医，瘫痪在床上，不到半个月就走了，家里人等到薛光雄父子俩赶回去了才办丧事。

村里老人离世，只要是能帮忙的人，都会去帮忙。

晚上薛聿留着守灵，炭盆里的柴火没有断过，但他跪在灵堂前，还是冷得发抖。

母亲病逝那年也是冬天，但远没有这一年冷。

薛光雄凌晨四点起来，换薛聿去睡两个小时。薛聿睡不着，就拿着竹扫帚去院子里扫雪——扫出一条路，早上过来帮忙的人好走一些。

后屋那棵野桃树的树枝被雪压断了，旁边还有一棵小一点儿的。薛聿爬上去把树枝上的雪抖落，想着它到了春天也许还能活。

老太太下葬后，老爷子好长时间都不说话，就坐在门口。

以往每年春节他都会提前备年货，过年这几天，儿孙晚辈都在身边，他喝醉了笑得合不拢嘴，能从父母那一辈讲到最小的孙儿薛聿以后成家立业。

没人往饺子里包硬币了，埋在火炉里的红薯和土豆一面都烤煳了也没人记得去扒出来再换一面烤，薛光雄抽烟的时候也没人会从后面敲他的脑袋了。

薛聿从老家回来后，周成和女朋友闹分手，又搬回了那间出租屋。

晚上睡觉，他的耳边又响起了呼噜声。

薛聿起夜，发现桌上那盏小夜灯坏了，拆开修，修好后关了台灯，房间里只亮着一弯月亮。

他借着光从枕头里摸出那封信，许久，才从封口处撕开。

信封里有一张照片，应该是在楼顶拍的，她身后有很美的日出。

他打开的时候里面还撒出一些花瓣碎，从那张照片来看，碎成末的干花瓣应该是向日葵。信纸上写着：

薛聿：

你好吗？

我在纸上写下这句问候的时候，是2017年7月16日，早上6

点零8分。我刚补完一份论文提交到老师的邮箱。惊喜的是，向日葵开花了。想着这封信能漂洋过海送到你手里，我就一点儿都不觉得困。

我以为种向日葵很简单，原来这么难。

种子是一个叫倩倩的女孩送给我的，她是中国人，虽然从小在美国长大，但很喜欢中国文化。我教她弹钢琴，她总是有很多奇奇怪怪的问题，比如：为什么没有人用蓝莓包饺子？为什么糖果罐那么大，她只吃了几颗就空了？为什么美国人不过春节？

很多时候我不知道应该怎么回答，好在她很快就会忘记。

我告诉她，向日葵要种在土地里才能长得好，但我自己种就没有这样的条件，只能尽量找大一点儿的泡沫箱。

第一次，因为连续一周都在下雨，我忘记把泡沫箱搬进屋，导致种子全都发霉烂在了泥里。

第二次，向日葵才刚发芽，就被房东的儿子拔得一棵不剩。

第三次，我把泡沫箱搬到了屋顶，但泡沫箱不够大，最后就只留下了四棵。

在3个月后的今天，向日葵开了第一朵花。

你说种花是为了送给喜欢的人，所以我摘下两片花瓣，想借着一封信带给你。

不知道你什么时候能收到，希望你打开信的那一天，我这个胆小鬼比今天更勇敢。

薛聿，我们下次见面的时候，你带我去奶奶家看那棵野桃花树吧。

2018年年底，闫齐和闻淼在分分合合无数次之后彻底分手。

闫齐最近谈的一个是小学音乐老师，家里人总是在他耳边唠叨，说年纪差不多了，也该谈婚论嫁了，催他早点儿定下来。

薛光雄一无所有，从头再来，直到去年，生意才勉强有了些起色。薛聿这些年过得没日没夜，年初做的一个游戏上线后意外大火，他才算真正把债还清。

2019年夏天，闫齐带女朋友来B市玩，约薛聿吃饭。

点菜时，薛聿的手机上跳出一条信息提醒——账户里收到了一笔钱。

连续好几年，钱有的时候多，有的时候少，但每个月都有，从未间断。

闫齐凑过去瞟了他一眼："你和梁月弯到底分没分？

"没分？你别是早就被甩了，自己还不知道吧？"

这些年所有的转账，薛聿都存在余额宝里，哪怕是一时应急花了，只要手头宽裕一些，他都会重新存一笔进去。

他把手机拿起来，手指点了下屏幕："你看这是什么？"

"钱呗。"

"肤浅。表面是钱，但往深层看，这其实是嫁妆。"

闫齐："……"

真有你的。

闻淼毕业后被她爸安排进一家律师所，磨了几年性子，一身正装看着倒也挺像个人样，和闫齐分手后照样还能坐在一桌涮火锅，闫齐也照样记不住她不吃香菜，刚坐下就点了两大份香菜。

他唯一的那点儿良知，大概就是没把女朋友一起带过来。

“什么嫁妆？谁要结婚了？”

“还能有谁？咱们薛总呗。”闫齐嗤笑，“他把他和梁月弯的毕业合照放在卧室，整得跟结婚照似的。”

她嫌弃死了：“咦，你俩睡一屋啊？”

“睡一屋算什么？一张床都睡过。”闫齐故意恶心她，凑近了发现她在看新闻，“大律师这么忙，吃饭还关心国家新闻。”

“是啊。”闻淼懒得理他，把声音调大了些。

旁边的薛聿动作明显停顿了几秒。

梁月弯的声音其实很好辨认。现在很多新闻有同声传译，她是第一次参与这么大场合的公开会议，不露脸，但声音会被收进去。闻淼看的是网络端直播，信号不太好，视频总是卡顿。

锅里热气翻腾，红油被煮沸了，辣味呛得人鼻酸。

薛聿听着视频里梁月弯的声音，不知怎么的，回想起高三那年夏天，她作为学生代表发言，紧张得前一天晚上都没睡好。

明明已经过去很久了，他却还记得她站在台上偷偷看向他的目光和校服衣摆被揪出的褶皱。

“她回来了？”

“早回来了。”

薛聿喝了口酒：“什么时候的事？”

闻淼拿筷子扒拉开锅里的香菜，涮羊肉卷。

“还记得你收到的那笔二十万的转账吗？那是她的‘卖身钱’。她把自己卖给一家公司，签了十年合同，换了那二十万块钱，应该是最多的一次，你肯定记得。”

薛聿当然不会忘。

在收到第一笔来自海外的汇款时，他就知道是谁汇的。

“你知道是谁的公司吗？”闻淼面带微笑，“我老板的大舅的。”

薛聿这几年第一次和闻淼一起吃饭，没了解过她现在的工作，只能问闫齐：“她老板是谁？”

闫齐给他们倒酒：“就咱们的老同学，付西也啊。你别看他的律师所养了闻大小姐这么一个花瓶，但他是真牛，厉害得不行，现在请他打官司都得排队，有关系都没用。”

“谁？”

“你是真没听清，还是装听不清？”闫齐感叹，“别人的人生目标早就不是赚钱了，咱们天天还在为这点儿钱操心。”

薛家还清欠款之前，就没有一天不缺钱。

“资本家都是吸血鬼，赵总那么用心栽培月弯，可不是没有原因的哦。”闻淼又加了一份麻辣小龙虾，慢悠悠地说，“我老板年轻又多金，‘母胎单身’，现在事业已经有了，就缺个女朋友。”

梁月弯虽然是美国名校毕业，但回到寸土寸金、人才济济的B市，没有背景，没有关系，其实很难出头。赵总是付西也的舅舅，算是付西也在中间介绍的，那时候团队也正好在招人，梁月弯为了那二十万的签约费，一签就签了十年的合同。

闫齐听着不太对劲：“你以前不是很烦付西也？”

闻淼嘁了一声：“谁还没有年轻无知的时候啊？我当初不还眼瞎看上过你？”

闫齐被怼得没话说，拐弯抹角地鄙视她阿谀奉承讨好老板，没有尊严。

“我讨好我老板怎么了？他能给我涨工资，给我升职，给我放假。”闻淼毫不在意地瞟了眼旁边的薛聿，“我讨好你，你能给我什么？”

薛聿拿过菜单：“你看这牛肉卷香不香？再加两盘。”

闻淼："……"

饭后闫齐先走，去接逛完商场的女朋友。闻淼已经换了三碗底料，这会儿还在吃。

"你也结账走人呗，这些够我吃，不用加菜，我吃饱了自己回去。"

薛聿没说话。

半个小时的新闻直播早就结束了，闻淼知道他想问什么，就是不点破。她反正是不着急："你和梁月弯为什么断了联系啊？"

薛聿想了想说："都忙，隔太远了。"

"这不是理由，但凡你坚持，她就绝不会放弃。"

"让她跟着我吃苦，还是跟我一起还债？"他能连吃3个月的泡面，但舍不得让梁月弯过这样的穷日子。在她爸那边，她至少生活上不会受委屈。

闻淼没吃过苦，对钱也没什么概念，理解不了："薛聿，你和月弯认识这么多年，你不了解她是什么样的性子吗？"

现在火锅店都流行复古，装修也很讲究，灯光并不算亮，闻淼看着薛聿脸上淡淡的笑意，莫名有些心酸。

"虽然你们之间有过一段让人羡慕的感情，别人我不敢说，至少我挺羡慕。但是，梁月弯是很容易变心的。"

没有人会比薛聿更不想承认，付西也才是真正意义上让梁月弯少女春心萌动的初恋。

平心而论，付西也的人品没什么槽点，可显然他给梁月弯介绍工作这件事有私心，谁知道他会不会记恨当年薛聿的乘虚而入？

梁月弯在会议结束后还有别的工作，闻淼被伺候舒坦了才把地址给薛聿。

薛聿等到将近凌晨，才看到那抹熟悉的身影。

她抱着一堆文件从办公楼里出来，好像长高了点儿，头发长了，人瘦了，穿高跟鞋走路也不再像以前那样小心翼翼总害怕摔跤，上了地铁还在打电话，和对方沟通工作上的事，边听边翻开本子记好。

她好像有很多事要记，看着很累的样子，最后几站才坐着休息了一会儿。

薛聿跟着她上车，跟着她下车，又跟着她走了一段路。她快到住的地方才把高跟鞋脱了提在手上，光脚踩在地面上。

周围都是老旧的出租房，空气里飘着一股泔水臭味。

薛聿曾经说过一句话："梁月弯，你大胆地往前走，我跟得上，也一定不会跟丢。"

可此时此刻，他的双脚仿佛是被焊在了原地，只能看着她走进居民楼。

他总想着，梁绍甫就算再怎么狼心狗肺，也不会不管自己的亲生女儿。闻淼说她现在年薪五十万，抛开每个月往他账户里转的那些钱，也还剩不少，她怎么会住在这样的地方？

他明明是想让她过得好一点儿，为什么最后吃苦的还是她？

现实和自以为的偏差太多。几年前一家家上门说好话，求债主再宽限他们一段时间的时候，薛聿都从来没有像现在这样觉得自己没用过。

存在备忘录里的那个电话号码薛聿闭着眼睛都能念出来，他拨通时手都在颤抖。

"月弯！梁月弯！"

不知道是一楼还是二楼，能很清楚地听到有人大声喊她的名字，应该是她合租的室友。

"你洗好了吗？有电话！

“行吧，你先洗，那我不帮你接了，一会儿你自己回。”

梁月弯以为是工作的事，匆匆忙忙冲掉泡沫，用毛巾包住头发就出去了。

她看到那通未接电话的时候，心跳像是突然漏了一拍。

有一次，薛聿说她给他的备注和别人的一样，一点儿都不特殊。她对他穿性感小猫咪透视装的那次情形记忆犹新，就把原来备注的“薛聿”两个字改成了“小猫咪”，他不喜欢，她又改成“小狗勾”，他还是不喜欢，最后她又改回了“薛聿”。

太久没联系，她都想不起上一次两个人通电话是什么时候的事。

梁月弯怕打扰室友休息，拿着手机去阳台，深吸了一口气才回电话过去。

电话几乎是一秒被接通，但那边没声音，很久都没有人说话。

“薛聿？”

“嗯，是我。”

“这么晚，还没睡？”

“你也没睡。”

“我们有时差啊，我这边还是白天，你的声音……是感冒了吗？”隔着电话她都能听出他的鼻音很重。

“没有感冒，就是喝了点儿酒。”薛聿用力抹了把脸，“月弯，你好不好？”

“我挺好的啊，”她笑了笑，“工作和生活都挺好的，老板很有能力，同事也好相处。”

她在二楼阳台上，刚下过雨，晚上的气温有些低，薛聿看到她搓了搓手臂，避开风口，蹲了下去。

“是遇到什么麻烦事了吗？你少喝点儿酒。”

“没事，没事，月弯……我没事。”

他笨拙地重复着这几个字，梁月弯还是听出了异常。

“薛聿，你是不是哭了？”

吴岚快到退休的年纪了，工作没那么忙，晚上练练瑜伽，早起遛遛狗，过得也还算舒心。

她遛狗回家，发现家门外站着一个人。远远地看着像是薛聿，但太久没见了，她不太敢认，还是薛聿先开口叫她。

吴岚起得早，不急着上班，看到薛聿很高兴，让薛聿进屋，多做了一份早饭。

薛聿看着阳台上的花出神，这套老房子似乎还是和以前一样。高三他住在这里的时候，吴岚周末如果不加班也会给他和梁月弯简单地做顿早饭，煎两个蛋，煮锅粥，再弄两三个小菜。

“吴姨，您什么时候搬回来的？”

“哎哟，这一算也有五年了吧。你们都走了，房子太大，我一个人住总觉得空荡荡的，就想着搬回来。

“市区那套房子我本来是想留给月弯的，但她刚出国几个月就和她爸爸分开了，生活费都是自己打工赚的。那阵子她的一个朋友家里又出了意外，缺钱，她着急，我也心疼她，就把房子卖了。我说不用她还，本来就是要给她的，但她那个倔脾气啊，越长大越不听话，每个月非要往家里打钱。”

薛聿低着头，心一抽一抽地疼。

当时闫齐借给他那一大笔真的是救命钱，后来他能慢慢还上了，但闫齐一直没要，说就当入股了，等他赚钱了分红。

他早该想到的。

“月弯毕业后回来工作，我想去看看她，但她总说忙，我去了她没时间陪我，让我先别去。

“小薛啊，你们俩都在B市，一直都没联系吗？”

“少。”

“唉，你们都大了，各自有各自的事要忙，不像读书的时候，天天都能在一起。月弯明天要回来，应该能待一个多星期。刚好，你如果能腾出时间，也过来一起吃饭。”

梁月弯这次回家其实主要是为了工作。

母校校庆，往届优秀校友带着团队回来参观，一是出于情怀，二是捐款。其中有几个外国人，梁月弯在旁边给他们当翻译。

她是两所学校合并后搬迁到新校区的第一批高三毕业生，当初一切都是新的，现在五六年过去了，学校也没有太大变化。

理科一班还是那间教室，梁月弯跟着人群从走廊上经过。正午是阳光最烈的时候，玻璃反光，教室像是罩着一层朦胧的光晕，桌上堆着厚厚的书，有的整齐，有的凌乱得一团糟，黑板上还有上节课老师留下来的字，教室后面的墙上贴着每次月考的优秀作文。

恍惚间，她仿佛看到穿着校服的薛聿坐在教室里朝她笑。

年迈的董事长感叹“花有重开日，人无再少年”，引得众人纷纷叹息时光易逝。

梁月弯回想起忙碌又空虚的这些年，才惊觉她的十八岁已经是很久很久以前的事情了，曾经无比渴望快点儿结束的那段时间，好像一眨眼就过去了。

“小付和小梁以前是同学吧？”

付西也谦和地点头：“是的，我们同班三年。”

“年轻就是好啊。”

参观结束，校领导们引着大家下楼，身后的梁月弯落远了，付西也在走廊拐角处停下脚步回头望过去，她神色恍惚地看着那间空荡荡的教室，不知道在想些什么。

突然响起的铃声把她从遥远的回忆里拽了出来，猛地记起自己还在工作，她连忙深呼吸调整状态。

“抱歉……”

“没事，暂时可以休息一会儿。”付西也放慢步伐和她并行，“他们晚上会一起吃饭，可能还要占用一点儿你的私人时间。”

梁月弯还没有回家，下了飞机就直接来学校，已经提前给吴岚打过电话，说要晚点儿回去。

“赵总可是按小时给我发工资的，我能加班加到他破产。”

付西也看着她脸上自我宽慰的笑，心里泛起一股酸涩感。他太懂保持距离和界限才是维持“朋友关系”的基础，所以从未过界，就连偶尔关心也绝不会露出半分端倪。

“他家的债已经还得差不多了，你其实不用再这么辛苦。”

她顿了几秒，笑意有些勉强，只是说：“还是忙点儿好，闲下来也不知道干什么。”

他们俩最年轻，又是时隔多年回到母校，有人问梁月弯：“刚才从教室经过，心里感慨万千吧？是不是很怀念高中校园，想回去重新过一次？”

梁月弯想了想，笑着回答：“高中很苦，还是上班更好。”

她不是想回到高中校园，是想回到薛聿身边。

第十二章 / 月牙弯弯

晚上的饭局定在一家开了很多年的老饭馆。梁月弯跟着坐主桌，几乎没怎么动筷子，专心工作也不觉得饿，就是说了太多话口渴，等不需要翻译的时候才找机会出去喝水。

付西也坐在年轻人那一桌，酒过三巡，大家都有几分醉意。

白天回母校走了一圈，酒后难免会情不自禁地想起年少时的往事，这个话题就像打开了一道闸口，回忆便如同潮水决堤般翻涌出来。

“这你可问错人了，付西也是我们那一届的文科状元，国内最好的几所大学的招生办都抢着要，出生就顺风顺水，起点就已经是很多人努力一辈子都达不到的终点，能有什么遗憾？”

“话不能这么说，再顺利的人生，也总会有那么一两件事不如所愿。年轻是好，但也最无能为力，那个年纪的一件小事，反而能记很久。”

学生时代最遗憾的事？

付西也心里反复默念这个问题。

人怎么会没有遗憾呢。

“有的。”他眉目低敛，喃喃自语。

“就是嘛！来，咱俩碰一杯，聊聊呗。”

他大概是真的有点儿醉了，情绪被酒精从角落里推出来，或者又觉得和梁月弯不在同一间包间里，坐在身边的人谁也不认识谁，像是只说给自己听。

“我以前读书的时候，喜欢过一个女生。

“我学过现代汉语、古代汉语、民间文学，也学过中外语言学史，看了很多书，却依然不知道应该用什么样的词汇形容她。”

大家聊起学生时代，总少不了那些美好懵懂的欢喜。

有人被吸引：“听起来，这里面有一段故事！”

付西也甚至不能说这是他和梁月弯的故事，因为故事里从始至终只有他自己。

梁月弯性子安静，脾气好，跟谁都合得来，总是安安静静地站在不显眼的角落。他也不是话多的人，过于沉默，以至两个人同学三年也并不是很熟。

年少的心动总是来得很突然。后来再回想时，也还是分不清到底是哪一个瞬间在心里烙下了抹不掉的印记。

他只记得那个雨天，她虽然站在他的伞下，但总在无声无息地往后躲，说话时也一直低头看着鞋上的泥渍，像是想把自己藏起来。

雨水滴在她的肩头，他很想帮她擦干。

喜欢一个人，落在她身上的哪怕只是一滴雨，自己都会觉得心疼。

可当他意识到自己心里有颗种子悄然萌芽的时候，在她眼里看到的却是她对薛聿的心动。

他才意识到，不知道从哪一天开始，薛聿突然出现在她的生活里，占据了她所有的注意力，她的眼里已经没有他了。

“高三那年，想送她一本她喜欢的漫画，于是给全班同学都买了，一路从书店搬到教室。校服汗湿了，但我一点儿也不觉得冷，整个晚自习脑袋里想的都是她收到漫画时开心的模样，可最后全班就只有她没收。

“后来过了很多年，我才从别人口中得知，原来那个时候她也是喜欢过我的。”

闻淼有一次被气昏了头，骂他冷血机器人，这么聪明的脑袋偶尔也蠢得像根木头。

感情里的时机就算只是晚了一秒，在那一秒里错过的东西，也是一辈子都追不回来的。

高三最后几个月，梁月弯下晚自习后总是和薛聿一起回家，很多个晚上，他都在后面看着，既希望她能回头，又怕她回头发现他的喜欢。

他曾经有很多机会，也曾无数次想靠近她，但最后都败给了那点儿可笑的自尊心。

“很遗憾没有在她踏出第一步的时候给予同等的回应，很遗憾没有在最好的时间告诉她……我，其实也很喜欢很喜欢她。”

她忘不掉薛聿，那么旁人的感情对她来说只会是负担。

时光不会倒流，所以遗憾永远无法弥补。

饭局结束的时间并不算晚，车一辆辆开走，梁月弯站在路口，回头时付西也正好从餐厅里出来。他是喝酒容易上脸的人，但因为路灯暗，看不太清，梁月弯闻到很浓的酒味才猜想他应该没少喝。

这种场合，他喝酒总是免不了。

“怎么回去？”

“我去前面坐公交车，很方便，直接就能到家门口。”梁月弯看不出他醉没醉，“你还好吧？”

司机把车开过来，赵总已经在车里了。付西也最后也没说出顺路送她的话，只是错开视线淡声回了句“没事”。

梁月弯难得回来一次，赵总让她在家多待一段时间，好好休息，养养身体，就当是补休前两年的年假。

付西也头痛得厉害，比平时更沉默，上车后就没再说话。赵总朝外面的梁月弯挥挥手，让司机开车。

后视镜里，她的身影越来越远，逐渐模糊成光斑，再也看不见。

旁边的赵总又在唠叨，说他太克制了，成年人谈感情总要有一个人先踏出第一步，才能有开始。

车开进主道路，付西也闭上眼，车窗升起，车里的光线暗下来。

刚才，餐厅对面还停着一辆车，只是普通的代步车，不起眼，车牌号他白天在学校附近也见过一次。

梁月弯没吃饭，不想吴岚大晚上为了她忙里忙外，就在回去的路上随便买了点儿吃的。

到小区楼下时，面包还剩一大半，扔了浪费，她就坐在花坛边，边就着矿泉水咽下去，边给吴岚回微信，说快到了。薛聿远远地看着，一只脚踩进水坑都没有察觉。

月亮很亮，再多星星也比不过，他抬头就能看到。

但月亮吃了好多苦，他却不知道。

吴岚太久没有见到梁月弯，一大早就盼着："到哪儿了？妈妈去接你。"

"不用不用，我已经在楼下了，马上就回来。"梁月弯忙把面包塞到嘴里，起身去扔垃圾，路灯下的薛聿就这样猝不及防地进入她的视线。

她整个人都愣住了，下一秒便慌不择路地躲进墙角。

屋檐在滴水，一下一下滴在她的头顶，又顺着脖子流到衣服里，很凉，她都不知道动一下。

她的脑子里一片空白，却又像是有什么东西不停地往上漫，拼命地往外涌。

她想起自己曾经无数次在两座城市间跨国往返，B 市并不算大，

但没有一次见到他。

那个时候，两个人之间的距离很遥远。

现在两个人离得这么近，就一墙之隔，她依然没有勇气踏出一步去面对他。

她躲得那么快，高跟鞋的跟都崴断了，自我欺骗他没有发现她，企图用夜色把自己的怯懦藏起来，却还是因为被面包噎着嗓子的咳嗽声暴露了。

“梁月弯。

“我的脚踩坑里了，动不了。”薛聿放缓语调，声音低低的，“梁月弯，我要痛死了，你管不管我？”

昨晚下了场雨，水坑里的积水踩来踩去成了泥浆。

他等啊等，声控路灯亮了又灭，梁月弯才从黑暗里走出来。

她不说话，也不看他，只是在他面前蹲下去，帮他把脚拿出来，但鞋还在水坑里。她又去小区附近的商店买了拖鞋、毛巾、矿泉水、创可贴，还有一双袜子，回来坐在花坛边，用水冲了冲他脚上的泥渍，再帮他擦干净，借着路灯的光看脚踝被磨破皮的地方。

女孩子原来有这么多眼泪，总也流不完。

薛聿把人揽进怀里，轻轻拍她的背：“是我踩进水坑，丢脸的也是我，耍赖的还是我，你怎么哭成了这样？”

不远处，吴岚傻站在路口。如果不是因为薛聿还穿着那件衣服，她都要以为是女儿带男朋友回来，小两口闹矛盾了。

眼前这一幕让她想起以前把两个孩子放在一起玩，她去做饭，也不知道是谁先把谁弄哭了，过一会儿另一个也急哭了。等她从厨房出来，两个人抱头号哭，你哄我，我哄你，越哄哭得越厉害，让人哭笑不得。

“月弯、小薛，”吴岚喊了一声，“吵完架了就赶紧回家，我去给你们切水果。”

“妈。”梁月弯推开薛聿，跑过去挽着吴岚往小区里面走。

薛聿捡了块砖头把那个水坑填上，用脚踩实了才跟上去，不远不近地走在后面。

“月弯，人家小薛前天一大早就在咱们家门口等着，眼睛都是肿的，把我吓了一跳。有事好好说，吵架归吵架，不让进家门可是不对的啊。”吴岚把门打开：“小薛，进来，先去洗洗，我找找看家里还有没有你能穿的衣服。”

“谢谢吴姨。”薛聿笑了笑，余光跟着梁月弯往卧室的方向看，直到被房门关在外面。

梁月弯背靠着门板，听到吴岚叫她都还没回过神。

吴岚抱着叠好的毛巾、T恤和运动裤，往梁月弯怀里一塞：“都是小薛以前的衣服，当时他没带走，也不知道现在还能不能穿，你给他拿过去。”

梁月弯心里别扭：“我不。”

“哦，那妈妈去啊？”吴岚顺着她的话，嗔怪地拍了她一下，“快去。”

梁月弯磨蹭了好一会儿才去浴室门外敲门，想着把衣服放下就走。

一只湿漉漉的手伸出来，手臂还在滴水，上面的血管很明显。

光线昏黄，洗手台前面的镜子表面一层水汽，模糊地映出了轮廓，里面的热气从门缝往外涌，扑面而来，梁月弯不自然地别开眼。

薛聿没有摸到衣服，低声叫她：“月弯？”

过了几秒，衣服被送到手边，他拿进去，看到毛巾下面压着几

张创可贴。

薛聿无声地笑了笑，换好衣服，在脚踝磨破皮的地方贴了一张创可贴。

衣服是他高中的运动服，有点儿小，袖子、裤腿都短了一大截，吴岚都忍不住笑：“脏衣服全给你扔洗衣机里了，你先将就一晚上，明天晾干了再换回去。饿不饿？给你们俩煮碗面？冰箱里有菜，十分钟的事，不麻烦。”

“我自己来。”薛聿没把自己当外人。

“行，自己来。”吴岚拿了两个鸡蛋。

她怕薛聿不会弄，站在旁边看了一会儿，他下厨倒是有模有样。

“不错不错，到底是长大了，自己会做饭永远饿不着。小薛啊，月弯在外面是不是受了委屈？”女儿从不在她面前哭，当妈的怎么会不心疼？

“没有的事，她挺好的，是我把她逗生气了。”薛聿把两个煎蛋都盖在一碗面里，又多盛了碗面汤，“吴姨，我跟月弯……其实高中毕业后就开始谈恋爱了。”

吴岚：“……”

“但她现在想甩了我。”

吴岚：“……”

“这次我想哄好她可能需要一段时间，您能不能留我多住几天？”

吴岚：“……”

“吴姨？”薛聿低着头，双手交握，一副认错领罪的态度，“我跟您坦白这件事，您不会生气吧？”

吴岚回过神，一时间不知道说什么好。

薛聿坦白得大大方方，不自在的人反而是她。

薛聿是她看着长大的，两个孩子也是从小就在一起，睡过一个被窝，分过一根棒冰，打打闹闹，一晃都二十多岁了，她自然不会往这方面想，生气倒不至于，就是太突然了。

自己怎么好像还有点儿……高兴？

“我生什么气，有什么好生气的？你们俩怎么就不能谈？都多大了还不谈恋爱，以后打光棍啊？”吴岚故作严肃地说，“月弯没什么心眼，现在这社会多复杂，知人知面不知心，还是知根知底的才放心。”

薛聿在旁边点头：“就是就是。”

“面条都快坨了，趁热吃。”

“好嘞。”薛聿把两碗面和一碗面汤摆在餐盘里，端去梁月弯的卧室，手指在门上轻叩两下：“梁月弯，我进去了。”

里面没声音，连灯也灭了。

薛聿一只手托着餐盘，一只手伸到后面，吴岚把钥匙放到他手里。

有了钥匙，门自然能开，但薛聿并没有直接进去，钥匙只是他的备选办法。

这房子的电路总闸还在老地方。

“月弯，你睡着了吗？”

他的声音很低，透过门板传到耳边，很显然不是怕吵醒她，而是不想打扰到吴岚休息。他知道她是在装睡，话好多。

“夜宵都做好了，不吃多浪费。

“你还没洗澡吧，眼睛疼不疼？得用毛巾敷一会儿，不然明天肯定肿。

“梁月弯，家里是不是停电了，灯怎么都不亮？”

停电了吗？梁月弯掀开被子坐起来，伸手摸到床头灯的开关按

下去，屋里还是黑的，书桌上还有盏台灯，勉强能用，只是不够亮。

有点儿光就行了。

梁月弯走到门口开门，把台灯递出去。她根本没看薛聿，碰到了他端着的餐盘，两碗面差点儿直接扣到地上。

“小心小心，别烫着你。”薛聿顺势进屋，把面放到桌上。

梁月弯连忙拿纸巾，也顾不上是不是还在闹别扭，跟过去帮他擦身上溅到的汤汁。

可偏偏湿的是裤子。

运动裤是灰色的，湿了之后痕迹很明显。

“我自己擦。”薛聿笑着从她手里接过纸巾随便擦了擦，又拉了把椅子过来让她坐着，“先喝面汤。”

梁月弯这项工作就是费嗓子。

薛聿看着她喝汤：“咸吗？”

她摇头，把碗里的煎蛋夹给他一个。

“嗯，我也吃。”薛聿拿起筷子。

他吃饭利索，一碗面几口就见底了，梁月弯吃得慢，他就坐在旁边支肘看着她吃。

梁月弯其实很熟悉这碗面的味道。以前还在B市读书的时候，他只要没课就会去找她，等她忙完，两个人就一起回地铁站旁边的那套房子。食堂的饭菜吃腻了，外卖不健康，去外面吃又麻烦，他就顺路买点儿小青菜，再煎两个蛋，简单煮两碗面当晚饭。

台灯是老式充电款的，吴岚平时不用，总不记得充电，于是光线越来越暗。

一滴眼泪在碗里面的清油上荡开。

梁月弯不明白自己怎么了，这么矫情，这么能哭，好像这些年所有的委屈都跑了出来，眼泪止也止不住。

耳边的叹息声里混着浓浓的鼻音，台灯彻底熄灭的那一刻，她被他揽进了怀里。

“怎么办呀梁月弯？”薛聿掀起T恤给她擦眼泪，黑夜藏起了他眼角混浊的血丝，却藏不住落在肩头的潮湿，“你哭得我要心疼死了。

“罚我晚上陪你睡觉好不好？嘶——别掐我啊，不好就不好吧，那换一个，嗯……我再想想。

“教你玩一款游戏。”他从兜里摸出手机，点进一个蓝色的APP，“里面有秘密，就看你能不能发现了。”

梁月弯对手游一窍不通，平时只能玩玩那些消磨时间的傻瓜式小游戏。她知道薛聿大一就在做这方面的东西，也是靠开发游戏还清了最后一笔金额很大的欠款。

“这是你做的吗？”

她终于跟薛聿说了一句话，紧勒着心脏的那根绳子才算是稍稍松了力道，让他能喘口气。

当然不止他一个人，是整个团队的成果，可在她面前，他就是想邀功：“我厉害吧？”

“嗯。”她不懂游戏，就是觉得画面很漂亮。

薛聿从后面抱着她，教她怎么操作。

他说：“我们月弯也很厉害。”

吴岚养了条狗，就算不上班，每天早上也习惯早起。

她准备出去遛狗的时候，发现薛聿比她起得还早，也没弄出什么动静，只搬了把椅子坐在阳台上。

吴岚走近看，原来薛聿是在修鞋。

昨天晚上，梁月弯的一只高跟鞋的鞋跟崴断了。

吴岚问：“月弯还在生气？”

“是我不对。”薛聿说，“昨天睡得晚，让她多睡会儿。”

“算了，你们年轻人之间的问题自己解决，我不管。”吴岚的心态很平常，“小薛啊，我有事得出去一趟，下午回来。”

“好。”

薛聿当然知道吴岚不是真的有事，是给他和梁月弯和好的空间。

修好鞋，用毛巾擦干净，又过了一个小时，太阳晒进客厅，薛聿才去梁月弯的卧室。

她要醒不醒的，眼睛睁开又闭上。薛聿蹲在床边看了一会儿，听到她似梦非梦般轻声叫他的名字，一颗心软了又软。

“醒了，起床吗？”

梁月弯发愣，许久才回神，从枕头底下摸出薛聿的手机。手机调了静音，有几通未接电话，他也不急着回，看她点进游戏界面。

“什么秘密？”

薛聿忽然就笑了：“秘密这个东西，自己发现才有意思。”

现在这天气，衣服干得快，他早上起床就换掉了那一套不合身的运动衣，身上这件白色衬衣有点儿像以前学校的春款校服。梁月弯的手从被褥里伸出来，钩着他的手指：“我现在就想知道。”

“你这不是耍赖吗？”他拉长声音，笑意里透着几分无奈，“行，行，告诉你，现在就告诉你。”

昨晚，薛聿给她新注册了一个账号，她是新手，又是不折不扣的游戏小白，要想发现他口中那个所谓的秘密，还需要很长一段时间。

薛聿切换成自己的账号，等加载的时候躺上床，靠着床头。梁月弯想看得清楚一些，越挪越近，不自觉地被他揽进怀里，闻到了他衣服上的洗衣粉的味道——吴岚一直都喜欢用一个老牌子，有种独特的莲花香。

薛聿一顿操作之后停了下来，界面里的人物仰头看着天上的月亮，这是游戏里的一个隐藏任务。

梁月弯看了一会儿游戏界面，又抬头看了看薛聿耳朵后面的那个文身——两个月亮是一样的。

他什么都没说，又好像什么都说了。

那时候，她去打耳洞，他在旁边的文身店，文在耳后的那个月牙图案是他自己画的。

吴岚下午才回来，习惯性地拿钥匙开门，想了一下还是把钥匙放回包里，按门铃。

梁月弯在厨房洗菜，薛聿给她开门。

吴岚往里看，用眼神无声地问薛聿这半天怎么样？梁月弯是她生的，她最了解梁月弯的性格：虽然脾气好，但犟得很，认死理。

薛聿叹着气摇了摇头。

“吴姨，我一直住在这里也不方便，还是先走了。”

吴岚懂眼色，一下子就明白了，故意把包重重往沙发上一扔。

“走什么走，才待一天就要走？怎么不方便？哪里方便？我是少给你吃还是少给你穿？以前你不都住得好好的，哦，孩子大了，妈管不住了，是不是？嫌弃这房子旧，跟我客套，走走走，以后都别来了，把你买的那些东西也都带走。”她的声音不小，脸也板着，“唉，我年纪大了，年年都是一个人在家，走哪儿都觉得空落落的，平时也没个人说话。好不容易把你们都盼回来了吧，这倒好，白盼了，今天这个

要走，明天那个又要走。是有多忙啊？钱赚得完吗？世界首富都要休息，就你们闲不得。”

薛聿已经在门口换鞋了，梁月弯看吴岚好像很生气的样子。

“不着急的话，再住两天吧，反正房间也空着，我妈挺想你的。”

他回头看过来，想了一会儿才说：“好。”

吴岚这才高兴，拎着刚买的活鱼去厨房：“晚上咱们吃鱼，还想吃什么赶紧报菜名。”

她还买了猪蹄，薛聿就说：“吴姨，您做的红烧猪蹄和香辣虾我想了几年了，奇怪，别人都做不出您那个味道。”

“少拍马屁，出去出去，别在厨房添乱。”

薛聿和梁月弯被赶出厨房，房子不大，两个人坐在客厅看电视时，吴岚烧菜的香味一阵一阵地飘过来。

有那么一瞬间，薛聿恍惚间感觉像是回到了高三那年。

那个时候他总觉得时间很漫长，他们还有很多很多年。

薛聿以前留在这里的衣服都只能在家将就穿一下，出不了门。傍晚，吴岚让梁月弯陪他出去转转，顺便买几件换洗衣服。

两个人没开车，走着出去，就当饭后散步。

小区外面那个炸串摊还开着，这会儿差不多是学校放学的时间，很多学生围在旁边说说笑笑买炸串。调皮的男生追着跑着，打打闹闹，也不看人，眼看着就要撞过来，薛聿顺势牵住梁月弯的手：“我们也去买几串？”

“还不太饿，”她每次吃完炸串都会肚子疼，但闻着香味儿容易嘴馋，“回来的时候再买？”

“行。”薛聿留了钱，让阿姨留几串鸡翅。

这几年，老城区在整修，路宽了，也干净了。

到了路口，薛聿准备过斑马线，梁月弯以为他不记得路："从这边走。"

薛聿说："一样的，绕不了多远。"

这条路通往学校正门，时不时有学生从身边经过，校服还是以前的样式，男生穿短袖和裤子，女生是男生同款上衣配格子裙。

昨天校庆，今天彩旗和横幅还在门口挂着，电子屏上依然滚动着往届优秀毕业生的名字，名字旁边是照片。

"去找找有没有你。"

"肯定有。"

"你好自恋。"

电子屏界面的滚动速度慢，梁月弯仰着头一个一个看。薛聿显眼的不是名字，而是他那张与众不同的简笔人像，别人都是穿校服拍的照片，只有他那张照片是画的。

"梁月弯，我的形象都毁在你手里了，没见过我本人的学弟学妹们肯定都觉得我是个丑八怪。"

"你应该反省一下是什么时候得罪了学校宣传科的老师。"

"我那么听话，老师们都喜欢我。"他也忍不住笑，"不会每年校庆都来这么一回吧？"

梁月弯说："很有可能。"

"那惨了。"薛聿拉住她，"不能只有我一个人丢脸，再找找你。"

梁月弯当年的高考成绩虽然不差，但也不算突出，电子屏滚动播放的这些同学考上的都是国内数一数二的名校。

毕业生名单循环两次之后，界面换了，换成了昨天校庆现场的照片。

其中有一张拍到了梁月弯和付西也，周围的景都是虚的，只有

他们俩的侧脸很清晰。

薛聿："……"

梁月弯问："高三誓师大会那次，我有张照片被贴在新闻站的公示栏上，是不是你撕掉的？"

薛聿："……"

他怀疑自己刚才是不是把在心里想的话说出口了，所以梁月弯才会提起那么久远的事。

"月弯，你想多了。"

"真的？"

"我不是那种人。"薛聿干脆地结束了这个话题，"不看了，走吧。"

商场里的男装区很集中，人也不多，薛聿先进试衣间试上衣，梁月弯选好了裤子给他递进去。只要尺码合适，别的他也不挑。

反正他穿什么都好看。

梁月弯又看中了店员刚挂出来的一件衬衣，纠结选黑色还是白色。

"选你喜欢的。"薛聿等着结账。

"又不是我穿。"

"那不一定，说不准哪天就是你穿。"他仰了下下巴，"摆在你左边的那个，顺便再帮我拿两条。"

梁月弯顺着他指的方向看过去，那一排摆的都是内裤。

他还在旁边慢悠悠地笑："还早，你慢慢挑。"

出来一趟把该买的生活用品都买了，梁月弯看着薛聿手里大大小小的手提袋，这架势好像她在家待多久，他就要住多久。

明明早上他还说忙，不方便。

"家里没醋了，我回去买，"薛聿突然侧过身，"你去前面的奶茶店等我。”

她没多想：“一起吧。”

“这会儿超市里人多，肯定得排队，你去喝点儿什么，找个地方放这些东西，我很快就回来。”

“好。”

薛聿把梁月弯送到奶茶店，出来后又原路折回去，进了路边的一家咖啡馆。

夜幕下的光影斑驳朦胧，小城市的烟火气平凡又宁静，付西也收回视线。几分钟后，薛聿在他对面的位子上坐下来。

服务生过来询问是否点单，他说不用。

梁月弯还在等，薛聿不会有心思在这里喝咖啡。

“好久不见，来这附近办事？”

“见个朋友。”

“人还没来吧？我先打扰你几分钟。”薛聿直话直说，他不是进来叙旧的，跟情敌叙什么旧，“这几年，谢谢你照顾月弯。”

比起当年的小人行为，这两句话听着倒还有几分真心，付西也淡淡道：“不用谢我。”

他问心有愧，受不了这声谢。

“我没有做什么，她都是自己熬过来的：病着去兼职，包被抢，半夜人还在警局，加班赶工作饱一顿饿一顿更是常事。类似的事情很多很多，不胜枚举。当初你们之间谁对谁错，我一个外人不知始末，没有资格评判，虽然她过得不好，你也不见得好到哪里去，但是这些年，始终都是你亏欠她。”

薛聿怎么会不明白，付西也面对他时向来不会多言，说这么大段话，无非是不想让他心里舒坦，故意让他难受。

“你说得对，我确实后悔死了。”

他不愿意梁月弯跟着他受委屈，事实上却是让她一个人吃了更多苦，白白蹉跎了那么些年。

“我越难受，月弯就越心疼我，你就越没有机会。”

付西也神色冷漠：“你是来示威的，还是来道谢的？”

“当然是道谢，我是诚心实意地感谢你，”薛聿笑了笑，“提前祝你新年快乐。”

付西也接不上他这些无厘头的话。

对面一家新开张的玩具店在做开业活动，付西也看着薛聿过去跟店员说话，过了一会儿，旁边那个穿着玩偶衣服的员工把头套摘下来递给了薛聿。

夏天一场雨过后，天晴了，气温回升，傍晚还是有些热的。

薛聿在隔壁买了一束花，把厚厚的头套戴在脑袋上。这几分钟里，付西也不知道是被什么心理驱动，竟然不自觉地走出咖啡馆，视线一路跟着薛聿。

他戴着棕色的熊头套，一路吸引了好几个小孩子追着跑。有一个男孩胆子大，跳起来打他的头，他也不生气，还分了几枝花给他们。

隔着玻璃窗，付西也看到梁月弯在奶茶店里面，薛聿在外面跳着幼稚可笑的舞。路人都在笑，梁月弯认出薛聿后有些不好意思，赶紧出去让他别闹了，可看到薛聿摘下头套后满脸的汗，她又觉得心疼。

付西也转身不再看，似乎明白了梁月弯为什么能坚持这么久。

第十三章

/

我们结婚吧

龙霞山景区最近在举办摄影节，这个季节合欢花开得最好。

吴岚单位的同事给了两张票，她本来没打算要，但又一想，家里那两个人还在闹别扭。她也不是真的一点儿都不知情，梁月弯出国那几年，如果两个人感情稳定，薛聿不会一次都不去看她。

太久没见面，彼此之间多少有些生疏，眼看着梁月弯的假期快要结束，又得回 B 市上班，如果走之前两个人还不和好，她也不放心。

“这儿有两张票，别浪费了。”

“周末吗？妈，我陪你去。”

“我这两天颈椎疼得难受，懒得动，”吴岚揉着肩膀，“让小薛陪你去。”

梁月弯在家的这些天，每天就是遛狗、散步、逛公园，她拿着票看向薛聿：“你想去吗？”

薛聿说：“你去我就去。”

“去去去，都才几岁，就跟老头老太太一样天天宅在家里，多去外面看看风景，不比在家待着好吗？”吴岚的声音从厨房传出来。

两个人互相看着，莫名地笑了起来。

薛聿借着拿遥控器换台的机会坐到梁月弯身边：“去吧。”

“好。”

景区里退休的老年人比较多，都背着很重的相机去拍山底下那棵最大的合欢树。

梁月弯和薛聿是当天早上从家里走的，差不多午饭时间才到，是阳光正烈的时候。山里树高叶茂，倒也没那么热，但选择坐缆车上去的人还是更多——动作快一点儿，还能赶上看场日落。

他们高三来的那次是冬天，还下着雪。吴岚还帮梁月弯收着她的相机，走之前找出来让他们带上，相机虽然旧了，但还能用。

两个人边往上爬，边沿路找相机里那些旧照片对应的地点。

“是这棵树吧？”

“好像不是，位置不对，是不是旁边矮一点儿的那棵？”

薛聿往她身边走：“我再看看。”

当年那张照片是梁月弯悄悄拍的，只拍到了背影，树和他一样高：“嗯，你对。”

梁月弯想再拍一张：“你站过去。”

薛聿走到那棵树旁，梁月弯按下快门，不一样的是，这次他面对着镜头。

摄影比赛下午四点半结束，他们只爬到半山腰，就有很多人成群结队地下山了。年老夫妻边走边拌嘴，也挺让人羡慕的。

“吴姨这么多年都是一个人？”

“她说随缘，遇不到合适的自己过也没什么。”

“那等吴姨退休了，把她接到B市跟我们一起生活。”

梁月弯自己都还是跟人合租住在老旧的居民楼里，吴岚那份工作虽然没有让她大富大贵，但至少衣食无忧。

“我暂时还没办法……”

“有我。”

“我不花你的钱。”

“谁说是我的？我现在赚的每一分钱都有你的一半。还有，你每个月往我卡里转的那些钱，我都给你存着。”

“你怎么不用啊？”梁月弯有些生气，“那不是我爸的钱，是我……我自己赚的。”

薛聿知道她在想什么，她以为他误会那些钱是梁绍甫给她，她再转给他的，所以才一分不动。

“前几年你应该在学校读书，怎么赚的？”

梁月弯别开眼：“不要你管。”

她是真的生气了，刚才还说累，现在走得比薛聿还快。

薛聿跟在后面：“月弯。”

她没理。

“梁月弯，”薛聿又叫了一声，“我的脚好像磨破了，把你包里的创可贴给我一片。”

梁月弯终于停下脚步，回头瞪着他。

“真的，”薛聿笑了笑，“没骗你。”

那天晚上他的脚踩进水坑，脚踝被砖头蹭掉了一块皮肉，没这么快好。

梁月弯走过去帮他脱鞋，一看果然流血了。

“没事，多贴一片就不会磨到了。”薛聿顺势抓住她的手紧紧地牵着，“走那么快，万一我跟丢了怎么办？”

梁月弯别开眼，没说话。

“那些钱，我也不是一笔都没动过，急用的时候顾不上思前想后。等过了那个坎儿，手头宽裕一点儿了，我会重新往卡里存钱。我又不是傻子，有钱在手里还去求别人。这几年，我也没有因为缺钱吃苦，我身边的人都说我被小富婆包养了。梁月弯，你得去帮我做证明，那是你存在我这里的嫁妆。”

“我才不去。”

“行吧，不去就不去，反正我早就没什么面子了。”

山顶上，落日的余晖铺满了半边天，不料突然来了一阵雨，等着看夕阳的游客都选在视野好的地方，被淋得浑身湿透。

没有伞，但薛聿带了件外套。

梁月弯用外套挡雨，被薛聿拉着一路跑进凉亭里。她还好，只是衣服湿了一点儿，他就有些狼狈。

也不知道她想到了什么，恍惚过后又有些想笑，憋得耳朵通红。

“笑什么？”

她摇头：“没什么。”

“没什么是在笑什么？”

“都说了没什么……”

雨声很大，薛聿突然低头吻她。

夏天的阵雨下不久，十几分钟就停了。

他们打算排队坐缆车下山，梁月弯在雨里跑的时候把脚崴了，不是特别疼，她就忍着没说，但还是被薛聿看出来了。

薛聿蹲下去：“上来，我背你。”

“不用，没多远。”

“就是，又没多远，背着不累。”

梁月弯担心他身上的湿衣服穿太久会生病，就没再矫情。

薛聿背着她进的这家酒店，和高三那年大雪封路时他们在这里住的是同一家。

两个人都没带换洗衣服，只能把身上的衣服洗干净后挂在露台上晾干。

梁月弯洗澡的时候，薛聿穿着酒店里的浴袍站在露台上吹风，几次想抽烟都忍住了。

梁月弯出来，换他去洗。

她吹头发，吹风机的声音大，水声都被遮盖了。

房间里有两张床，薛聿洗完澡时，梁月弯已经睡下了。他关了灯，躺在另一张床上。

“月弯？”

她没睡着：“嗯。”

过了许久他才开口：“对不起，让你一个人吃了这么多苦。

“我当时不应该骗你，也不应该瞒着你，后来更不应该和你断了联系。我怕你心疼我，怕你因为我放弃自己的未来，那样我会更难受。”

回想这些年，他没有一天敢停下来，自己都不知道是怎么过来的。

“那封信我收到了，我以为你过得很好，就想着再等等，等我能有底气站在梁叔面前告诉他，我可以照顾好你，我们可以有一个还不错的家的时候，就去找你。

“月弯，我很想你，每一天都很想。”

薛聿坐到她床边，掀开被子躺下去，在她眼角摸到潮湿的水渍。

他见过的梁月弯哭的次数屈指可数。

和那晚一样，她不说话，眼泪却怎么都止不住。

但这次又不一样，因为眼泪里的不是委屈，不是内疚，也不是胆怯，是纯粹的想念。他明明就在身边，可她还是很想他。

早晨梁月弯先醒，薛聿还睡着。

薛聿是被电话吵醒的。电话是周成打的，问他到底哪天回去，他说可能还要再待几天，周成骂骂咧咧地挂了电话。

梁月弯躺在被窝里，手指在他的耳后轻轻摩挲，等他打完电话才出声："我也想要一个。"

"你也想要一个啊，"薛聿收起手机，低眸看她，文身其实有点儿疼，"那你求求我。"

她爬起来亲了他一下。

他没刮胡子，下颌长出了短短的胡楂，扎得她有点儿痒。

她稍稍推开他后，又凑近，薛聿翻身撑起身体，低下头去回吻她。

早晨的太阳没什么攻击性，光线柔和，被窗帘过滤之后丝丝缕缕都极为温柔，光落在床边，其他的地方就显得有些暗淡。

"衣服干了吗？"

"干了。"薛聿把衣服全部拿进房间，"吃完早饭回家。"

"我妈今天应该去上班了。"

"那我们到家后去买点儿菜，晚上给吴姨做顿饭。"

"你会做吗？"

"不太会，我做就只能将就着吃，我给你打下手。"

梁月弯只能休半个月的假，在她回B市上班之前，薛聿已经找人帮忙看好了房子。

他这几年一直和薛光雄住在一起，周成有段时间也来凑合，穷过苦过的男人也不讲究什么，晚上能睡个觉就行，但怎么都不能让她也挤在那里将就。

梁月弯是和人合租，想着突然搬走不合适，就没有答应。

薛聿几次送她回家，最多都只能送到门口，连门都进不去。

室友好奇："刚才送你回来的人是你老板那个开律师所的外甥？"

"不是，"梁月弯有些尴尬，薛聿刚下楼，也不知道他有没有听见，"是我男朋友。"

"啊？你什么时候谈朋友的？"

"有段时间了。有件事我想提前跟你说一声：我住到年底，明年就不续租了。"

"理解理解！很难再找到一个像你这么好的室友了，找不到我就自己住，免得受气。真希望我有一天也能从这里搬出去。"

"肯定会，等你转正，工资就能提上去了。"

"哈哈哈，借你吉言啦。"

闻淼是律所最闲的人，梁月弯回国后，只跟她联系过，但因为她天南地北地飞，梁月弯工作也忙，两个人平时也不经常在一起。

赵总想撮合付西也和梁月弯，总是让大家一起团建。

"总算守得云开见月明，梁月弯，你拿什么谢我？"

"请你吃饭。"

"请客当然少不了，我要给你当伴娘。"

"好啊。"

"到时候你得给我选一件漂亮的伴娘服。"

"没问题。"

闻淼看向一直没说话的付西也："喝这么浓的咖啡，晚上睡得着吗？"

对方脸上的表情就是在说：不用你管。

"下凡看看普通人的生活吧，总这么不合群，谁受得了你。"

梁月弯高中就已经习惯了这两个人的相处模式："优秀的人都是孤独的。"

“幸好我亲爱的母亲给了我一个笨蛋脑袋。”闻淼懒得再说他，“这酒还行，你也来一杯？”

“行，我陪你喝一点点。”

闻淼喝了酒总是会把谁是老板谁是打工人忘得干干净净：“付西也你要开车，一滴酒都不准沾。对了，这次母校校庆，你们俩回去了吧，怎么样？”

“没什么太大变化。”

“那家好吃的砂锅还开着吗？就是老板过分热情的那家。”

“开着，我和薛聿还绕过去吃了一次，现在主厨是老板的儿子，味道没变。”

“时间过得真快，但我宁愿吃斋十年也不想回去再吃一遍学习的苦。”

付西也皮笑肉不笑地道：“说得好像你以前学习有多刻苦。”

她一听就不高兴了：“你什么意思啊？我是比不上你，但好歹也考上大学了！”

“声音再大点儿，这个月奖金扣一半。”

“扣呗，有本事扣光光，我没钱吃饭就多花两分钟拿着筷子捧着碗去你门口蹲着。”

梁月弯笑着问：“你们俩住一起？”

“什么住一起？没有住一起，就是刚在他家楼下买了房子。梁月弯，你什么表情？不是你想的那样啊。”

“我没想什么。”

闻淼急了：“真不是！我喜欢会跳钢管舞的性感猛男。”

“哦。”梁月弯一边点头，一边对付西也竖起大拇指：“你会的东西真多。”

付西也：“……”

闻森：“……”

梁月弯去洗手间后，留在饭桌边的闻森在付西也眼里看到了杀意：“月弯喝醉了说胡话，我是无辜的，老板别生气，我知道跳钢管舞不是你的业务范畴。”

付西也冷着脸：“你闭嘴。”

“难道……你真的会？”

“……”

团建还没结束，梁月弯先走，手机响起，是薛聿的电话号码，午休时间他已经打过一通。

“又怎么了？”

“薛聿发烧了，你管不管？”周成把手机换到另一边耳朵，语气很不耐烦。

“你让他去医院。”

“他要是听话，这电话能是我给你打？你如果不管，我可就叫别人了啊，总不能让他把自己累死。他累死了，谁给我发工资？年底谁给我分红？”

梁月弯不太能辨别周成的话有几分真几分假，但还是去了科技园。薛聿租的办公室在这里，里面每栋楼都差不多，她只能跟着导航找。

她不认识薛聿团队里的那些人，前台接待人员说他们在开会，让她等等。

她这一等就是半小时。

开完会，里面的人陆陆续续地出来，梁月弯站起身。

薛聿看到她，紧皱的眉头不自觉地松了下来："怎么过来了？"

"我下班早。"梁月弯被他带进办公室才去摸他的额头，"你还在忙啊。"

"差不多了，再等我十分钟。"薛聿边在键盘上敲敲打打边跟她说话，"饿不饿？想吃什么？"

办公室面积不大，装修也简单。他西装革履认真工作的样子梁月弯还是第一次见，可能是长时间对着电脑，他戴了一副眼镜。刚开完会，眉目间还有几分锐气，而眼镜又显得斯文，她想多看一会儿，但又想让他休息——周成那通电话肯定是有夸张的成分，但他确实病着。

"我周末休息，等你忙完了我们回家吧，我给你做饭吃。"

薛聿抬眸看向她，眼里的笑意藏都藏不住："好。"

新房子里不缺什么，他都备好了，只需要买够今晚和明天的菜。

超市、商场都很近，他们上班也方便。

吃完饭，收拾好碗筷，时间已经有点儿晚了，但薛聿头疼，梁月弯就没走，待着待着今晚自然就回不去了。前段时间在老家她陪他去买衣服的时候，他说选她喜欢的颜色，不一定只是他穿。

没过多久，衣服就真的穿在了她身上。

梁月弯没去看镜子里的自己，擦了擦头发，不滴水了才走出浴室。

衬衣对她来说足够宽松。薛聿别开眼，拿着吹风机绕到她身后，卧室里只剩下呼呼的风声，长发丝丝绕绕地穿过他的手指。

皮肤传来一股凉意，梁月弯下意识地抬手去摸："是什么？"

薛聿没有帮她戴上，只是把东西挂在她的脖子上，那东西被她

碰了一下就滑进了领口。

他不知道什么时候关掉了吹风机，从后面抱着她，贴着她脖颈细滑软腻的肌肤亲吻，越靠越近，最后牙齿咬住那条细细的链子，慢慢把项链从衣服里拉出来，将吊坠含进嘴里。

“想知道啊？

“自己想办法。”薛聿有意牵引梁月弯主动，在她扭头时往后仰。

梁月弯扑了个空，被他眼尾灼灼的笑意激得有些恼怒，推了他一下，他夸张地“啊”了一声，身体往后倒，索性靠着沙发靠背。

她转过身去，跪坐在沙发上，拽着他的衣领吻他，舌头勾着吊坠含出来，才看出是个小月牙，连大小都和他耳朵后面的那个文身一样。

上次她说她也想要一个。

薛聿撩起T恤把项链上的口水擦干净，拨开她半干的长发，帮她戴上。

项链的长度可以调，他调整到吊坠刚好露出领口的位置：“喜不喜欢？”

她从小就怕痒，差点儿摔下沙发。薛聿搂着她的腰翻身换了个位置，她才稍微松了口气。

淅淅沥沥的水声从浴室传出来的那一刻，薛聿就开始提醒自己：千万要争气一点儿。然而他这点儿意志力怎么敌得过积年累月的想念呢？沐浴露的香味丝丝缕缕地蹿进鼻子，他再怎么转移注意力也于事无补。

“喜不喜欢？”他低声重复，仿佛就只是单纯地针对这条项链发问。

只开了盏壁灯，光线本就不算亮，梁月弯整个人都被罩在阴影里，耳根泛起的潮红也被藏了起来。

她低低的声音有些模糊：“喜欢。”

“喜欢啊，”他故意曲解，“那再多一点儿。”

她穿过来的那套衣服，里里外外都被他洗干净了挂在外面的阳台上，被晚风吹得轻轻晃动。

年少时，他过分痴迷于外人窥探不到的那份亲近，虽然脑子里有根弦时刻提醒他适可而止，但贪心总是难免的。

家里只有他们两个人的时候，往往都是一起待在她的房间里，也没人刻意挑起话题，而是各自安静地做自己的事。他偶尔翻翻卷子，或者开一局游戏；她趴在书桌上为一道数学题发愁，打着哈欠，昏昏欲睡。

窗外的蝉鸣声忽远忽近，树叶被风带起，沙沙作响。傍晚时，夕阳的光线红得热烈，落在窗台上、墙角里，像是一团燃烧的火焰，将空气里飘浮的微粒都照得清晰可见，他的心也跟着烧起来，就连从窗户吹进来的热风都隐隐催动着脑袋里的幻想放肆发酵。

“说想我。”

梁月弯昏昏沉沉的，听不清他在说什么。

可薛聿没有听到自己想听的话怎么会甘心呢？

“谁让你这么不听话的？！”他故作凶狠，但其实是气自己，“我们不是说好了吗？你好好读你的书，不要管这些乱七八糟的事。你傻不傻？吃那么多苦，我又不知道。”

梁月弯咬他：“我就要管。”

“是你先骗我的。”她声音哽咽地说。

当初他放弃了出国做交换生的名额，一拖再拖，找了无数借口，瞒不住了才告诉她，他说“月弯你乖啊，我明年重新申请，申请过

了就去找你”。他确实申请了，但申请的是休学。

他一家一家给人说好话，被赶来赶去，电话里却说是急着去上课。

债主半夜上门要债，骂着骂着就能打起来，隔着一扇门什么都藏不住。他不敢接她的电话，后来过了很久才回一通，跟她解释说是手机丢了。

“嗯，是我不对，”薛聿低头吻她眼角的泪，“这次我听你的。”

周六是个晴天。

早上，梁月弯醒后轻手轻脚地下床，洗漱完去厨房看了看。

薛聿还在睡，她想着再去超市买点儿排骨给他炖汤。她刚出门，就在电梯口碰到了薛光雄。

他老了好多，耳朵旁边有几根白头发特别明显。

梁月弯见过他年轻时候的照片，所以能理解薛聿的妈妈那么漂亮的大美人为什么会嫁给一个穷光蛋。薛聿虽然更像妈妈，但身上其实也有几分他的影子。

两个人都愣住了，电梯门快要合上时，薛光雄才反应过来去按按钮。

“薛叔叔。”

薛光雄看出她的局促，笑了笑：“月弯，早上好。我不知道你在，你别走，我也没什么事，就是来看看，你在就好，我就不进去了。”

“不是不是，我没有要走……我只是想去超市买菜。”

“早上买菜新鲜，叔叔陪你去？”

梁月弯低着头：“好。”

周末的早晨，超市里人并不多，两个人逛了一圈，购物车里还是空空如也。她明明出门前就列好了清单，买什么不买什么很清楚，可现在一点儿头绪都没有。

薛光雄记得薛聿说月弯喜欢吃某个牌子的原味薯片，拿了几大包扔进购物车。

“月弯啊，你别怪薛聿没有出国去找你，要怪就怪我，他怕我想不开，走死路，几个月寸步不离地守着我，连晚上睡觉都拴条绳，一头绑我的手上，另一头绑在他自己的手上，耽误了两科考试，就没有机会再申请出国做交换生。怪我，是我拖了他的后腿。”

薛光雄的话让梁月弯心底涌出一股难以缓和的酸涩感：“我怎么会怪你们？”

有很长一段时间，她都在逃避。

因为梁绍甫过得太好了，事业、感情、生活都很好，没人知道他的名利钱财是偷来的。五十多岁的年纪并不算老，和所拥有的东西相比，他甚至是年轻的。那些因他得了好处的亲戚朋友提起他的时候都是赞赏和羡慕，仿佛他人生的前半段是走错了路，去了美国才回到正轨上。

她是梁绍甫的女儿，曾经也有过幸福的回忆，也像很多孩子一样崇拜、信任自己的父亲，觉得他是这世界上最厉害的英雄。

尽管他始终不觉得自己做错了，甚至没有半点儿悔改的想法，理所当然地享受着金钱带来的一切，她依然没有办法恶毒地希冀他将来某一天会得到惩罚。

可她的薛聿那几年连睡一个安稳觉都是奢望。

就像是一条路，前面走不通，后面也堵着，她怎么都走不出去。

所以，她就算无数次买了机票偷偷回来，也不敢去见薛聿。她

怕他失望，怕他眼里的爱意被生活消磨干净，怕他身上蓬勃的少年气被时间蹉跎，最后只剩下倦怠。

“薛叔叔，对不起。”

“说什么对不起？大人之间的事跟你们没关系。我们家又不是有皇位要继承的皇亲国戚，不兴‘株连九族’这一套。”薛光雄笑笑，抬手轻轻拍了拍她的肩，“过去了，都过去了。

“这生菜看着挺新鲜，像是本地菜农自己种的，买一点儿？”

“行，可以清炒。”

“还缺什么？”

“我想炖排骨汤。薛叔叔有想吃的菜吗？”

“我不挑食，做什么吃什么。”

阳光从窗边漏进来，有些刺眼。薛聿睁开眼睛之前下意识地收拢手臂，身边空空的，他猛地惊醒，将一百来平方米的房子里里外外找了个遍。

阳台上晾着的衣服不见了，客厅干干净净的，换了新的地毯，沙发上也看不出任何她存在过的痕迹，昨晚恍若一场梦。

薛聿捡起车钥匙快步往外走，电梯停在二楼迟迟不动，他转身跑向了楼梯。

空荡荡的楼梯间里，脚步声和回声混在一起，有些嘈杂。他到停车场了才想起来打电话。保安室没人，他原路折回去拿手机，等她接通的那几秒连呼吸都觉得漫长，可听到她的声音的那一刻，又什么脾气都没有了。

“梁月弯，你跑哪儿去了？”

“我在超市。”梁月弯站在货架前挑水果，“你醒了呀。”

“刚醒。”他的语气缓和了些，“还这么早，你去超市干什么？”

“薛叔叔来看你，家里的菜不够吃，我再买一点儿。”

薛聿心一紧：“哪家超市？我过去。”

超市人不多，薛聿一眼看过去，都是些老头老太太。他直奔蔬果区，看到他们之后跑了几步又停下来，隔了一段距离听薛光雄给梁月弯讲哪种是甜玉米，哪种是糯玉米——家里的老人种了一辈子的地，只要是地里长的东西，薛光雄都认识。

他不是怕薛光雄是非不分，只是担心任何把她往外推的可能。

“薛聿。”梁月弯总觉得挂断电话还没几分钟，他就找过来了。

脚上还穿着拖鞋，头顶有几根头发翘着，衣服也没换，他出门前没有照镜子吗？

薛聿走过去，帮她推着购物车：“买齐了吗？”

“还差点儿调料，应该在那边。”她将目光从他脚上移开，抬起头时眼里有温柔的笑意，“你先帮我把这些称重吧，一会儿结账方便。”

“好。”

梁月弯挑选调料，检查提前列好的清单，看有没有漏掉的。她抬头时远远看见那对父子站在一起，不知道在说些什么，薛聿时不时拿起一包零食往购物车里丢。

“这玩意儿没营养吧？”

“又不是天天吃顿顿吃当饭吃，她就是小朋友的口味。”

“那也不行，都瘦成什么样了，得好好补补，你也该正经学学做饭。”

“……”

到家后，薛光雄里外转了一圈。

他觉得房子小了，不太满意，去阳台抽烟的时候打了几通电话，问朋友这附近有没有合适的。账还清了，他之前的人脉也都还在。

薛聿换好衣服，泡好一杯茶放到客厅，进了厨房，把门关上了。

这房子离她的公司近，楼层高，采光好。她戴了那条项链，链条很细，在阳光下闪着玫瑰金色的光，她脖颈纤细，微微低着头时，弯出了漂亮的弧度。

薛聿从后面搂住梁月弯的腰，下颌搁在她的颈窝处，好一会儿才说话："我吓死了。"

"那以后如果我出门的时候你还在睡，就给你留张字条，或者……"梁月弯关掉水龙头，厨房里静了下来，"我们结婚吧。"

薛聿睁开眼，以为自己听错了："什么？"

"你不想吗？"她的声音低低的，却足够清晰，"可是我想。"

薛光雄只听到关门的声音，回头连人影都没看见。

"怎么了？"他赶紧去厨房问梁月弯，"薛聿这是什么毛病？"

梁月弯还在洗菜，只是解释说："他有急事吧。"

刚才她提出结婚，薛聿愣了几秒，转身就往外走，可能是觉得太突然了。她也不知道自己脑袋里为什么会突然冒出结婚的念头。

早上在超市，他急匆匆地找过去，连拖鞋都没换，后背的衣服也汗湿了。不知道跑了多远的路，脚趾磨破了皮，流了血，他自己都没有发现。

那一瞬间，她想起了很多年前，高考结束，交上最后一张试卷后，每一层楼都回响着兴奋的欢呼声，撕碎的书本漫天飘飞，歌声盖住了校领导警告的广播声，天边的夕阳红得热烈，穿着校服的少年逆着光穿过人群朝她跑过来。

她就是很想嫁给他。

“再急的事也得说一声。”薛光雄掐灭烟，去门口换鞋，“我出去看看。”

前面有辆车在掉头，像是个新手，打方向盘都小心翼翼。薛聿被堵在路口，心跳比刚跑完十几层楼时还要快。

附近就是有名的商业区，此时商场里各大柜台已经陆续开门营业，金银珠宝闪着明亮的光。平时来买戒指的顾客都是慢挑细选，看一家比一家，犹豫很久都不一定结账，导购还是第一次见跑着过来买戒指的，忍不住跟着着急。

薛光雄追出去，没追上，想着不能把梁月弯一个人留在家里，又上楼，在电梯里收到薛聿的短信，才知道是怎么回事。

锅里炖着汤，水煮沸了，咕噜咕噜冒泡。梁月弯想着薛聿应该是出去抽烟了，等冷静下来就该回来了。

门铃声响起，她回过神，擦干手出去开门，入目的是一束火红的玫瑰花，包得不怎么样，但很新鲜。

他好像有点儿紧张，整理衣服的手都在抖。

她想帮他擦擦额头上的汗。

“来不及准备更多东西了。”薛聿从口袋里摸出一个小锦盒，“老薛录不好也没关系，门口有监控，能录下来。”

回来的路上他心里想了很多，但这会儿只开了个头，剩下的都忘得干干净净，脑袋里一片空白。

他试图回忆这些年关于她的欣喜和遗憾、年少的悸动和时光的幻影、拥抱和分别，但所有画面都是一晃而过，最后真真切切停在眼前的，就只有此时此刻站在他面前的她。

“以前读书的时候，挺多人问过我，为什么能那么不要脸，没点儿眼力见，一天到晚死缠着你。当然是因为我喜欢你，不知道为什么，反正很喜欢。”

后面举着手机录像的薛光雄忍不住笑，捂着嘴，笑声很魔性，梁月弯和薛聿对视，同时笑出声。

薛聿有点儿无奈。他好不容易才理清头绪，不至于语无伦次，这下全被打乱了。

“我们一起过 8 岁生日、18 岁生日，中间落下了好几年，但幸好不会错过彼此的 28 岁生日。

“从我开始对婚姻有所向往的时候，就只想过你，梁月弯，嫁给我。”

“好。”

她答应得太快，他连戒指都还没从盒子里拿出来。两个人蹲在门口笑，没包好的玫瑰花散了一地。

晚上，她将玫瑰一枝一枝慢慢修剪好，插进花瓶。花瓣新鲜，应该能保持一个星期。

那半个多小时，她说她以为他是被吓着了，在外面抽烟。

“傻不傻，求婚的话要等男人来说。”薛聿一把拢起桌上的花枝丢进垃圾桶，坐到沙发上抱她，捏着她指间的戒指转了两圈。

家里一整天都飘着很淡的花香味，刚修剪完的那一大捧花，周围的香味更是浓郁。

他急着买单，怕晚一秒她就会后悔，挑的这枚戒指尺寸有点儿大。他将脸埋在她的脖颈里闷声低笑：“梁月弯，你怎么那么心急啊？”

整个求婚仪式就只有一束花、一枚戒指，外加一位只知道傻笑的见证人。

但哪怕就在飘着油烟味的厨房里，什么都没有，她也会说“好”。

“你管我。”梁月弯咬他。

“咝——”他夸张地倒吸凉气。

梁月弯以为自己那一口咬太重了，刚要说什么，就被抱起来，薛聿几步走进卧室。

“心急就算了，脾气还这么大。”他单膝跪在床边，一只手脱掉T恤。

家里的生活用品备得齐全，就是没有她的睡衣，所以梁月弯只能穿他的衣服，怎么想他都是故意的。

“明天也休息吧？”

“嗯。”

“那可能要睡个懒觉，如果还有工作，趁现在还醒着赶紧弄完。”

梁月弯有个电话要打，但不是特别急：“明天早上再说。”

薛聿说：“你起不来的。”

付西也接了件案子，有一方是美国人，双方家属交流有障碍，梁月弯算是帮忙，需要跟他确定时间、地点等一些问题。

薛聿知道这通电话是打给付西也的，梁月弯也知道他存了什么心，怎么都不肯打。

“等老薛和吴姨见面把婚期定下来，就很快了。你那些同学啊，朋友啊，不得说一声？”他这话听上去有理有据，“让人家提前有个心理准备。”

“薛聿，你烦死了。”

“谁烦死了？”他的声音低了些，“是谁早恋，还写日记？”

西也，西也。

他想起来就气得肝疼。

“你怎么还记着？”梁月弯被他说得满脸通红。

薛聿承认自己小心眼儿，想起初恋这茬就心梗。他摸到床头的手机，拿过来解锁："现在不打，明天可别怪我耽误你工作。"

梁月弯把手机推远："我能早起。"

薛聿微微一笑："挑衅我是吧？"

早起是肯定没力气了，梁月弯只勉强打了通电话，睡到快中午才起床，吃完午饭，最后还是又回到了被窝里。

"薛聿，你怎么这么烦人？"

一块蛋糕已经吃进嘴里，对第二块他就不会急着下刀。

他慢条斯理地为自己辩解："我这是年轻能干。"

这枚戒指她戴着有点儿松，买的时候店员说不合适可以拿回去换，但薛聿买了就没想过换——换了意义就不一样了，而且以后都是戴婚戒。

他要结婚了，他要和梁月弯结婚了，年少时的幻想终于成真，他抓到了天上的月亮。

闫齐惊叹他们的感情进展真是一日千里，闻森却一点儿不意外，甚至觉得理所当然，只是有些可怜付西也。

所以她过生日这天，熟悉的朋友都叫了，唯独没有叫付西也。

海边有很多小酒馆和烧烤摊，傍晚的日落绝美，闻森和闫齐早就喝上了，薛聿还在房间里帮梁月弯擦防晒霜。

梁月弯前段时间感冒了，刚好，薛聿不让她下水。泳衣是闻森送的，薛聿怎么看都觉得眼熟。

"不用擦这么多……吧？"

"海边紫外线强，多擦点儿，防晒伤。"他的手伸进了泳衣里。

房间里有个大浴缸，旁边有面镜子，窗外就是海，海浪声隐约可闻。

梁月弯怕痒，擦一遍就觉得可以了。薛聿终于想起来这套泳衣到底是哪里不顺眼。

他抱着梁月弯坐起来，让她看着镜子：“眼不眼熟？”

“是新的，淼淼前两天刚带回来给我的。”

“我是说颜色和款式。”

泳衣不是都差不多吗？

黑色也很常见。

她还是一脸茫然，薛聿的吻落在她的肩头上，他含糊不清地喵了一声，她的脑袋里才闪现出一些零散的画面。

薛聿知道她想起来了——他就买过一套，当初是想骗她穿，这样那样再这样，怎么都没有料到最后却是穿在他自己身上。虽然最后目的也算达成了，但他现在回想起那股羞耻感，尾椎骨都是麻的。

“小猫咪的耳朵和尾巴呢？”他的声音低了些，呼吸全落在她的颈间，“是不是藏起来了？变出来给我看看。”

酒店外面就是沙滩，两个人隐约还能听到说话的声音。

薄纱窗帘挡不住火一样的夕阳，光线笼罩出一种朦胧的色彩，晒得梁月弯脸热：“我不穿了。”

“这可是你自己说的啊。”薛聿眼底隐藏的狡黠笑意烧成火焰，烫得她心尖微颤。

“不穿了，就脱掉吧。”

“薛聿你别闹了，他们都在等我们。”

薛聿低声叹气：“我们月弯好凶啊。”

他最擅长装成弱者的模样，实则借机“行凶”，毫不含糊。

过生日的人是闻淼，外面那些人也都是闻淼的朋友，主角在就行了，他们什么时候出去不重要。

“想不想回去看看那棵野桃树？”

梁月弯还留着薛奶奶给她缝的香包，和薛聿缝的丑巴巴的那个收在一起，里面的桃花早就被她捏成了粉末。读书的时候她就一直想去，却总是办不到。

“还开花吗？”

“不知道，运气好可能就开了，听爷爷说，家里今年还没下过雪。”

“可我妈说，我这样去你家……不太好。”

“怎么还是这么心急？”他闷声低笑，很显然又在故意曲解她的意思，被推开了也不恼，再次凑近吻她，“好，听你的，算好日子就去领证，婚礼再慢慢筹备。”

他说，本来求婚就已经很简单了，婚礼过程一样都不能少。

梁月弯从他怀里挣脱开，去行李箱里捡衣服。

她工作也忙，明天早上又要飞往另一座城市，这段时间两个人连见个面都难。

等两个人换好衣服出去的时候，该醉的人早就醉了，不该醉的人也差不多了。闻淼这个寿星举着酒瓶子要往海里冲，闫齐吹着口哨调侃薛聿和梁月弯在房间里磨蹭一个多小时，最后还是穿着原来那身衣服出来，后面一群人起哄。

薛聿帮梁月弯挡下一杯接着一杯递过来的酒，心里想的是这日子真好。

“这里好漂亮。”梁月弯披着毯子坐在他身边，夕阳落到海岸线下，烧红的天空慢慢变暗，周围依旧热闹，“很平淡，但是很有生活气息。”

这里不是景区，基本都是当地人，很多小孩只穿着一条裤衩子蹲在沙滩上挖沙。

薛聿笑了笑：“你喜欢，婚纱照可以来这里拍。”

这话被闻淼听见了，她立马举起手机：“来来来，现在就给你们拍！一百块一张，不讲价不打折，先给钱再收照片！”

闫齐笑道：“多大牌的摄影师啊，还一百块一张？你干脆直接去街上抢得了。”

“滚蛋，羡慕就羡慕，少借机挤对我。”闻淼懒得理他，“前面那对抱着的，没错，就是你们，看我！”

梁月弯回头，薛聿看着她，逆光勾勒出他的侧脸轮廓，他从未说过“我爱你”，但看她的眼神其实早已说了千千万万遍。

“咔嚓”一声，画面定格。

番外 / 一棵开花的树

（一）

婚礼定在6月末。

薛聿和梁月弯商量之后，还是决定在老家办。

家里的老人去世得早，梁月弯亲情单薄，和梁绍甫也早就没了联系。吴岚早早就开始准备，订酒席，包喜糖，写请帖，地点定在薛光雄的朋友的度假村，日子也紧接着确定了，以便提前空出场地。

室外婚礼天气很重要，幸好当天是个晴天。

闫齐虽然不是伴郎，但来得早，全程参与，就像是他自己结婚一样。薛聿和梁月弯交换戒指的时候，他还流了几滴眼泪。

闻淼远远地看见他朝这边走过来，转过身朝付西也使眼色："手。"

付西也一动不动。

闫齐身边的人是他的女朋友，闻淼眼睛眨得都快抽搐了，付西也还是没有配合她的意思。他穿了一套新西装，领带和手表也都是新的。

"手伸过来，牵着我。"

"谁是谁的老板？"

"你是你是，你是老板。"闻淼面带微笑，"亲爱的老板，请您把手伸出来！请您牵着我！"

她索性自己动手："深情一点儿地看着我……算了，不强求，你只要别用看仇人的眼神盯着我就行了。"

闫齐介绍完家属，感叹这世界真疯狂："真想不到你们俩会在一起。"

闻淼往付西也身边靠，抬手挽着他："你想不到的事情多着呢。"

"那也太突然了。"

“不突然，我们是日久生情。听说你也要结婚了，真的假的？”

“明年结，记得来喝喜酒。”

“再说吧，律所很忙，有时间我会去的。”

“行，到时候联系。”闫齐看着薛聿被拉到初中同学那一桌，“你们聊，我去帮他喝两杯，不然晚上肯定得抬着他回去。”

梁月弯换了一套敬酒服，颜色很明艳，付西也回过头，作为伴娘的闻淼哭得妆都花了。

“月弯穿婚纱实在太漂亮了，结婚誓词也好动人。都领证大半年了，薛聿竟然还会紧张，刚才给月弯戴婚戒，他的手都在抖。”

“你的反射弧未免太长了。”

“我这是持续性感动。薛聿只喜欢过月弯，为什么我遇不到这么好的男人？……付西也，你帮我补个眼线吧。”

付西也：“……”

（二）

梁月弯和薛聿从幼儿园到初中都在一个班，很多来参加婚礼的老同学其实是两个人共同的朋友。他们结婚不算早，同学还有带着二胎来喝喜酒的。

虽然有周成和闫齐帮着挡酒，但薛聿还是喝醉了，最后是被扶进屋的。

新郎醉得不省人事，那些准备闹洞房的人只能作罢。

天气不算热，晚上有风，开着窗气温很舒服。

“妈，您都忙好几天了，也去休息吧。”

新婚当天不能回娘家，否则兆头不好。吴岚在婚礼上没哭，这会儿却忍不住流泪。

梁月弯笑着安慰她："我和薛聿过两天就回家，陪您住半个月。"

"半个月？你才几天假期，蜜月旅行也不去了？"吴岚破涕为笑，"妈是高兴，不用送。你早点儿睡，记得让小薛把桌上那杯醒酒茶喝了，不然明天头痛难受。"

梁月弯送吴岚出门，看着她进电梯了才回屋。

醒酒茶是刚煮的，还有点儿烫。梁月弯放了两块冰块进去，然后进卧室，想叫他起来喝醒酒茶。结果原本躺在床上昏睡的薛聿却在浴室里放洗澡水。

"你装醉？"

他没少喝，但也没到连路都走不了的地步，不装醉根本回不来。

"一辈子就这么一天，我可舍不得糊里糊涂地睡过去。"薛聿笑了笑，"过来洗澡。"

"先喝解酒茶，妈给你煮的。"

吴岚用红茶煮的，里面加了几种水果，不难喝。

"有妈妈真好，"薛聿低头亲吻帮他解扣子的梁月弯，"有老婆也特别好。"

这次的婚戒终于合适了，他看着，一直在笑："月弯，今天真开心啊。"

虽然他自己说没醉，但哪有人没醉会一直傻笑？

"你像个傻子。"

梁月弯被他一把捞进浴缸。

"骂谁呢？"

"我以为你听不清。"她说洗过澡了，他装听不见，非要一起洗。她调侃他："还有力气站起来吗？"

“没有了，”薛聿笑着吻她，“就在这儿吧。”

（三）

横在腰上的手臂越收越紧，梁月弯被勒得有些疼，惊醒时天还没有大亮，房间里一片朦胧的灰色。

“薛聿？”她勉强翻了个身，摸到他额头上一层冷汗，“是做噩梦了吗？”

他没醒，含含糊糊地像是在说梦话，好一会儿她才听清两句。

“月弯，我现在没有欠债了。

“就只有你。”

梁月弯愣了许久，轻轻往他怀里依偎：“薛聿，我知道。”

昨天睡得晚，她也迷迷糊糊的，又睡了个回笼觉。

薛聿简单地煮了一锅粥，炒了三个菜，看时间差不多了才去房间叫她。

薛聿看她还在打哈欠，睡眼惺忪的模样像是没睡好：“这么累啊？”

婚礼累，睡觉前洗澡也很累。

梁月弯问他：“铃铃是谁？”

“什么铃铃？”

“你睡觉说梦话，一直叫‘铃铃’，听着像是女生的名字。”

薛聿根本没有一个叫铃铃的朋友，看着梁月弯要笑不笑的表情，很快反应过来，闭上眼，泄气地倒回床上：“不会吧，还是被你发现了。其实……说起来话长，你听我慢慢狡辩。”

梁月弯心想，他果然不记得了。

她怕痒，推开薛聿越凑越近的脸，起床去洗漱。

薛聿靠在门口看她刷牙："不生气吗？"

"生气啊，酒后吐真言。找时间介绍我和这个'铃铃'认识一下。"

"行，我安排。"

"……"

"薛聿，你昨天晚上做了什么梦？"

"很多，乱七八糟的。"薛聿自己也记不清了，喝醉后脑袋里像走马灯一样，"你毕业的时候，我给你打过一通电话，付西也接的。"

付西也大三也出国了，虽然和她不是一所学校，但离得近。

薛聿说的就是梁月弯被抢劫进警局那次。当时她身无分文，没有钥匙，连租的房子都回不去，是付西也帮她补了手机号，把备用手机借给她用，晚上收留她住了一晚。薛聿打电话过去的时候她在洗澡，没有备注，怕是重要电话，付西也先帮她接了。

"你梦到这个了啊。"梁月弯好笑地看着他，"他当时就跟我说了，我也没在他家睡，不是你想的那样。而且，你不是早就知道吗？他又不喜欢我，只是把我当同学，异国他乡助人为乐而已。换了其他同学，他一样会帮的。"

薛聿笑了笑："我不是生你的气，是气自己。"

"已经过去了。"

"嗯，你说得对。"

两家的亲戚没走，都在酒店里。

薛聿和梁月弯吃完饭去送他们。老爷子上车之前把月弯单独叫过去，从背包里拿出一对镯子，用手帕包着，手帕虽然旧，但洗得非常干净。

"这对镯子是薛聿他奶奶留下来的，不是什么很值钱的东西。月

弯啊，希望你和薛聿往后的日子能相互扶持，相互体谅。”

“会的，爷爷放心。”

这是老人的心意，梁月弯收下镯子，戴在手腕上，阳光照在上面，镯子显得分外清透。

薛聿说：“路上注意安全，有时间我和月弯一起回去。”

老爷子笑着挥了挥手：“都别送了。”

车开远了，薛聿才牵着梁月弯往回走。

“这镯子好漂亮。”

“当年我奶奶都没舍得卖，听我爸说，好几次家里没米下锅了，她都舍不得卖，就想着留给孙媳妇。”

“那我得好好收起来。”

“好看，戴着。”

“我上班事情多，万一不小心碰碎了怎么办？”

“碎了也没事，碎碎平安。”薛聿握着她的手抬高，两只镯子碰撞发出清脆的响声，“现在知道‘铃铃’是谁了吧？”

梁月弯：“……”

（四）

回到B市后，薛聿找了个天气好的周末，约那些婚礼当天没能到场的同事和大学同学小聚，就在当初拍婚纱照的那片海滩上。

傍晚时分，落日里荡着海浪，驻唱歌手唱着老歌。

梁月弯喝了点儿酒，她容易晕车，薛聿就没有开车回家。大家都散了之后，他背着她去住酒店。

等她睡着后，他锁好门，又原路返回。

他们玩了多久，梁绍甫就在酒吧里坐了多久。他早已经在华尔街赫赫有名的金融中心占有一席之地，贴上“成功人士”的标签后再回国，身份也就不一样了。

昨晚，他打到梁月弯手机上的那通电话，是薛聿接的。

梁绍甫喝了口酒，年纪和经历锻造了他的从容：“我只是想见见她而已。小薛，你没有必要像防仇人一样防备我。”

“并没有，我只是不希望你在她开心的时候突然出现，让她难过。”

“我始终是月弯的父亲，这一点永远磨灭不掉。你们正式办婚礼那天，有人送她吗？有没有人牵着她走过那段路，把她的手交给你，再叮嘱你往后要疼她、爱她、一辈子对她好？”

薛聿甚至有些想笑，不知道梁绍甫是怎么做到堂而皇之地说出“父亲”这两个字和这些刻意煽情的话的。

“早干什么去了？月弯半夜还在警局里的时候，身无分文无家可归的时候，你怎么想不起她这个女儿？你如果是真的有心想送她出嫁，不会等到今天才回来。你现在说这些有什么意义？”

梁绍甫手上的动作僵住了。

那时他气急了，打了梁月弯一巴掌，她离开家后再也没有回头。

他承认，一开始他是想让她吃点儿苦头。女儿要富养，从小到大他没让她在生活上受过委屈，一直都给她最好的东西，不是让她为了一个外人歇斯底里地控诉他这个父亲不懂得感恩。总要吃点儿苦，她才能真正明白他的良苦用心。

可后来，一切都偏离了轨道。

她和薛聿结婚的日子，他确实半年前就知道了，陈栗也劝他回国，至少去看看。

“所以，报应来了。”梁绍甫垂下眼眸，淡淡地笑，“小薛，你就当我是来见月弯最后一面的吧。”

薛聿在酒店会客厅待了两个小时才上楼。

他已经戒烟很久了，戒掉之后就没再碰过，平时应酬最多也只是喝几杯酒。

因为身上有烟味，他洗完澡才上床。

“没睡着？”

“你偷偷摸摸干什么去了？”梁月弯趴在枕头上，慢吞吞地问，“薛聿，你现在的表情很像……出去鬼混后，回家准备撒谎说是去忙正事了。”

她的酒还没醒。

薛聿笑着凑过去亲她：“喝醉了还这么聪明，我婚后的日子真是越来越难了。”

“去睡沙发。”

“那不行，有老婆还睡沙发，我多没面子？”

“你出去了好久。”

“我以为你睡着了。”薛聿关灯，搭在她腰上的手臂收拢。他忘了在睡前帮她把镯子取下来，镯子互相轻轻一碰就发出清脆的响声。

他轻笑：“上次是‘铃铃’，这次可能是‘当当’吧。”

（五）

薛聿并不想深究梁绍甫是不是带着遗憾离开，只是担心梁月弯以后知道了真相会难过。

他可以不计较，薛光雄也说过去了。

人要往前看，总记着过去那些事，走不远。

梁月弯赖床，薛聿就等她睡好。

“不急着回家，先去吃早饭，再带你见一个人。”

她揉着腰从床上坐起来，幽幽地问了句：“谁啊，当当吗？”

薛聿忍着笑，一本正经地道：“当当下次再安排，今天先见你认识的人。他因为没赶上我们的婚礼觉得很遗憾，补送了一份礼物，我放在你的包里了，你可以回家再拆。”

梁月弯也没多想：“现在几点了，请他吃顿饭？”

“不到十点。”

“我竟然睡到这么晚。”

薛聿说：“昨晚累着了，正常。”

梁月弯：“……”

薛聿本来想着就在餐厅和梁绍甫见一面，但又想了想，还是决定回家。他对梁月弯说：“今天爸过来吃饭。”

吴岚离退休还有两年，暂时还在老家，没有一起过来。薛聿和梁月弯平时都要上班，也就只有晚上和周末在家里吃饭，薛光雄偶尔会过来。他们没有请阿姨，都是自己做饭。

他的厨艺已经进步很多了，如果梁月弯在旁边帮帮忙，就能做出一桌还算不错的饭菜。

薛光雄先到，薛聿提前跟他打过招呼——梁绍甫目前在吃药治疗，不能喝酒。他就带了盒新买的茶。

“月弯，去开门。”

“你看着锅，别被油烫到。”梁月弯洗手去开门。

梁绍甫在她开门前整理领带、袖口，看到她时，温和地笑着叫

她：“月弯。”

梁月弯愣了好一会儿才反应过来，早上薛聿口中的“爸”不单单是指薛光雄，还有梁绍甫。

薛光雄在客厅喊：“快进来，茶都泡好了。”

“进来吧。”梁月弯没看他。

薛聿凉拌了一盘黄瓜，给薛光雄下酒。梁月弯低着头走进厨房，关了门。

“我们家人都不记仇，你介意的那些事我来帮你记着。”薛聿擦干手抱她，“你呢，就负责……负责晚上十一点准时睡觉，早上八点起床，吃个早饭去上班，晚上等我去接你下班。时间早呢我们就去看场电影，太晚了就回家休息。等妈搬过来，周末你们可以一起去逛街，我负责刷卡。”

“听着好有霸道总裁的范儿。”

“霸道总裁怎么都得有张黑卡吧，那我就应该说，‘你只需要负责当好薛太太’。”

“你偷看我的小说了！”

“我是光明正大地看。”薛聿让她去吃饭，“帮我把凉菜端上桌。”

薛光雄如果还记恨当年的事，今天就不会来吃这顿饭。饭后薛聿送他走，家里只剩下梁月弯和梁绍甫。

“房子贷款买的？“

“嗯。”

“挺好，生活方便，上班也近。你妈身体怎么样？”

“还行，我休长假能回去看她。”

“月弯，爸爸对不起你。不知道怎么回事，最近我总能梦到你小时候缠着我陪你看动画片、讲故事的场景。时间不饶人啊，一晃……二十多年过去了，你长大成家了，我也老了。小薛对你好吗？”

“好，家里人对我都很好。”

梁绍甫笑了笑：“那我就放心了。”

他喝完那杯茶，站起身：“月弯，送送我吧。”

有专车接送他，车就停在路边。

梁月弯看他没走多远的路就满头汗，便说道：“注意身体。”

梁绍甫没有回头，上车后朝她挥挥手，让司机开车。

他那么在乎体面的人，不会把自己的病情告诉梁月弯。薛聿拎了一个西瓜从路口走过来，梁月弯等他一起回家。

“见了面，有点儿难过。”

“慢慢来，他可能会回国定居。我买了个西瓜。”

“这么大。”

“切一半榨汁，另一半冰着，晚上吃。”

“西瓜糖分好高，晚上吃容易长胖。”

“那就饭前吃。”薛聿捏着她纤细的手腕，“你也该长点儿肉了。”

（六）

结婚第二年的春节，梁月弯陪薛聿回老家过年。

老爷子一个人生活，不愿意搬去城里。他在地里种满了花，但冬天气温低，花全都被冻死了。他说来年春天再种，反正他也没什么事，土地空太久就荒了，他就当消磨时间。

除夕夜下雪了，屋后那棵野桃花树上只有小小的花苞。梁月弯

有些遗憾，她和薛聿在家里住不久，估计是看不到桃树开花了。

薛聿倒是没太纠结，说明年再回来看也一样。

外面飘着雪，屋里火烧得旺，没能看到的桃花全开在了她的皮肤上——白里透着粉，一朵一朵，春光明媚。

梁月弯回 B 市上班一个多月了，最近总觉得身体不太舒服。闻森约她去逛街，她就顺便去了趟医院。

“薛聿戒烟戒酒了吧？”

“他早就戒了，偶尔应酬会喝一点儿，但喝得少。”

“那就好。”

闻森以前逛街买衣服从来都不管价格，看上尺码合适的就直接买单。

“这么贵，算了算了，我不配。月弯，真羡慕你，咱们俩一样大，你什么都有了，而我还一事无成，而且搞不好马上就要卷铺盖走人。”

她每次都在痛痛快快骂完付西也后担心被开除。

“你又跟付西也吵架了？”

“怪我，我拿他的电脑看片，忘记关了。他跟人开会，好死不死用的刚好是那台电脑。”

梁月弯：“……”

“这次我真的不是故意的，我发誓。”闻森望天叹气，“我现在每天睡觉都不敢闭眼睛，怕他半夜越想越生气拿刀冲到我家报复我。”

梁月弯说：“都已经这样了，也不差把老板变老公这一步。”

闻森：“……”

不过，她很快说道：“说实话，我也想过这条求生路。我爸妈肯定高兴，说不定一高兴就提前把嫁妆给我了，到时候我还当什么打工人，直接买下律所当老板，先开除他，再一脚踹了他，去包个年轻的男人。但我真的受不了这种委屈，付西也就只有那张脸能看，如果跟他处对象，拿西洋参当饭吃都救不了我的命。”

“没这么夸张吧。”梁月弯越听越想笑，“我怎么记得我结婚那天，他还帮你画眼线？”

“那是因为我手里有他的把柄。”闻淼转移话题，可恨之人必有可怜之处，梁月弯到现在都不知道付西也那么多年的单相思，“别提了，眼睛差点儿被他戳瞎，我拿脚画都比他强。”

店员过来问需不需要帮忙。

梁月弯把闻淼刚才试过的那件衣服递给她：“帮我们包起来吧。”

衣服的价格让闻淼的心在滴血：“好看是好看，可我坚持不到发工资那天，吃完这顿就没有下顿了。”

梁月弯刷卡：“我送你。”

“老板靠不住，还是姐妹好！等干儿子或干女儿出生了，我包大红包。”

薛聿比梁月弯早到家，打电话问她在哪儿，说去接她。

梁月弯已经到小区附近，就让他不要下楼，但他还是出来了。

逛了大半天，她两手空空地回来了。

“怎么什么都没买？”

“没遇到喜欢的，试了两件，都不太合适。”她上班都是穿高跟鞋，想想好像得买几双平底的换着穿。

高层采光好，下午两三点的时间，阳光铺满了客厅。

梁月弯早上起得早，这会儿天气好，家里也清静。她有点儿困了，窝在沙发上打瞌睡。

薛聿拿了条毯子帮她盖着，收好只翻了几页的书，起身的时候不小心碰到了她的包，里面的东西散了一地。

“把你吵醒了。”

“我没睡着。”

他把东西一样一样捡起来，最后才捡起那份检查报告。

长达十分钟，他都维持着那个动作。梁月弯想起他求婚那天也是这样，紧张得手抖，又满眼都是热烈滚烫的爱意。

“梁月弯，这是什么？”

她说：“这是医院的检查结果，我怀孕了。”

薛聿还没从她怀孕的惊喜里回过神，脑子里最先理出来的事是她一个人去医院：“我没记错的话，你出门前说的是约闻淼逛街。”

她也不确定，如果只是经期推迟，提前说就是空欢喜一场。

“我们是去逛街了啊，顺便去了医院。淼淼要接种疫苗，去找熟人咨询，反正也到医院了，我就想着做个检查。”

薛聿把那份叠了四条折痕的检查结果反复看了好几遍，情绪在胸腔里翻涌，他几乎要落泪。

“月弯，我们有孩子了吗？”

“对呀，”梁月弯被他的情绪感染，从医院出来到现在才有了点儿真实的感觉，“可是我有点儿害怕。”

“这是个活生生的小生命，我们慢慢适应。”他耐心安抚她，“有不舒服的地方吗？明天再去医院做个更全面的检查，我再当面问问医生需要特别注意的事项。我们是不是得请一个阿姨了？跟妈说过了吗？还是我来打电话……”

“薛聿，”梁月弯又反过来安抚他，“你别太紧张，我的身体没那么差。”

薛聿将脸埋在她的脖颈里，热腾腾的呼吸混着潮湿的水汽：“我很高兴。”

她仰头回吻他：“我其实……也是高兴的。”

这个世界纷扰混乱，但我们总会有一个家。

（七）

梁月弯生了个天蝎宝宝。

薛聿给女儿起名：薛夏一。

吴岚退休后搬到了 B 市，但没有把父母留给她的那套老房子卖掉，想着等夏一长大一些，上幼儿园了，她再回去住。

梁月弯休完产假回公司上班，请了月嫂帮吴岚带孩子。

夏一学会走路之后，两个人带她都很费劲，等会说话了她更是调皮。

吴岚做了一个妇科小手术，月嫂家里有事请假三天，梁月弯和薛聿去医院之前请闻森帮忙带夏一。

闻森答应得很痛快，接到电话就开车过去接夏一。结果不到两个小时她就倒下了，只能抱着夏一去敲付西也的门。

“救命，我要累死了！”闻森把夏一塞到付西也怀里，进屋就往沙发上躺，“你陪她玩一会儿。”

夏一不认生，谁抱都行。

她更像梁月弯，又喜欢笑，脸上的酒窝很讨喜，出门前梁月弯还给她扎了两条小辫子。

付西也不是第一次见她。家里没有零食，但他能简单地做一些她能吃的东西，比如蒸蛋。

“饿不饿？”

夏一点了点头。

“想吃什么？”

她歪着脑袋，眼睛亮晶晶的：“糖果。”

付西也看向闻淼，闻淼小声说：“不行，她已经吃过两块了，月弯说不能多吃。”

“叔叔没有糖果，蒸蛋可以吗？”

闻淼诈尸般从沙发上弹起来：“我！我要吃！”

夏一被吓得握紧拳头，下一秒又笑了起来。

“叔叔，我可以看动画片吗？”

“可以。”

闻淼蹭了一碗蒸蛋，吃完后看着付西也喂夏一，他在这方面比她有耐心多了。

闻淼的父母过来的时候家里没人，给她打电话，她说在付西也家。二老又带着买好的菜下楼，进屋就愣住了，指着夏一问：“你们俩哪儿来这么大的孩子？”

闻淼翻了个白眼，没好气地道：“偷偷生的啊。”

闻父闻母蹲在夏一身边，左看右看上看下看，非要找出一点儿跟付西也或者闻淼相像的地方。

“我是我妈妈生的。”夏一困了，虽然不认生，但不在别人家睡觉，“爸爸几点来接我呢？”

“宝贝你再玩一会儿，我打电话给你爸，问问他到哪儿了啊。”闻淼拉开父母，让他们去做饭，别老围着孩子。

等她去厨房转了一圈出来，付西也竟然把夏一哄睡着了。

闻淼凑过去小声问：“你是单纯地喜欢小朋友，还是只喜欢月弯的女儿？”

付西也抬起头。

他在家戴着眼镜，看狗都深情，闻淼见好就收——气他一分钟，自己快乐一天。

付西也没说话，腾出一只手把她拽回去。闻淼的身体失去重心往他身上倒，他稍稍侧过脸。

厨房里探头出来看的二老满意地关上了门。

闻淼心想：完蛋，这次又解释不清了。

“付西也，你卑鄙！”

他假装吻她，被她爸妈看见，让她无路可走。

“你等着，我明天就去你父母家一哭二闹三上吊，我不好过，你也别想安生。”

“闹什么？”

“你弄大了我的肚子，不想负责，还在外面拈花惹草，我委屈啊。”

“哦，那孩子呢？”

“打掉了，我恨你，报复你……”

闻淼话都没说完就被突然开门的亲妈吓得一抖，闻母眼神复杂地盯着她的肚子。

闻淼：“……”

（八）

第二天，梁月弯自己去医院送饭，薛聿在家带孩子。

儿童房里很多小玩具是老爷子用木头做好，从老家托人带过来的，薛聿陪着夏一往上面涂颜料。

夏一早上起得晚，就不睡午觉。

外面在下雨，她想出去玩，扒在玻璃窗上眼巴巴地看着外面：“爸爸，可以给我买一支小猪佩奇的水枪吗？”

对女儿，薛聿向来都是有求必应。

“你是想出去玩水吧？”

“嘘，不要告诉外婆，”夏一跑过去坐在他身上，揉他的头发，捏他的脸，“可以悄悄告诉妈妈吗？”

“当然，我们的秘密要和妈妈分享。”

“那我们去玩滑梯！”

“玩几次？”

她伸出一根手指：“一次。”

“好了好了，亲我一脸口水。”薛聿把她抱起来，“手擦干净就带你去。”

两个人换雨鞋，穿雨衣，去玩具店买水枪，再回小区玩滑梯。

因为是小雨，薛聿没撑伞，戴了顶帽子，看着女儿开心地在雨里肆意奔跑，也不自觉地想笑。

夏一玩了一次就回家了——水枪里没有水了。薛聿给她洗热水澡的时候，她自己往水枪里灌水。

“一一，冬天带你去看太爷爷好不好？”

夏一出生到现在，老爷子还没有见过，老人的身体也一年不如一年了。

“那就给爷爷打电话。”

“不是，是爸爸的爷爷，在很远的地方。”

“妈妈去不去？”

“去，我们三个人一起去。”

“有房子住吗？”

“有啊，还有小鸡、小鸭子、小猪。”

“佩奇！”

“嗯……算是佩奇的朋友。”

“我想抱着它睡觉。”

“你可能抱不动。”

“我多吃饭，有力气。”

梁月弯到家的时候，家里安静得过分。她以为夏一又在哪里捣蛋或者在睡觉，结果推开门发现是薛聿被女儿哄睡着了。

玩偶的衣服都被夏一脱下来，一件一件铺平了盖在他身上，连胳膊上都盖了。

夏一要她抱，她轻声说：“从那边过来，不要踩到爸爸。”

“爸爸睡懒觉。”

“外婆生病这几天，爸爸累着了，让他睡，我们去外面。”

梁月弯把女儿抱到客厅，拿了条毯子给薛聿盖着，还没起身就被他拖到床上。

他脸上被水彩笔画得乱七八糟，头发上还戴着小发卡，梁月弯帮他拿下来：“我吵醒你了？”

“睡够了，”薛聿把她抱进被窝，“妈今天好点儿没？”

“好多了，医生说多休养几天再出院。”

“这两年妈太辛苦了。”

梁月弯笑着说：“你也辛苦了。”

夏一自己玩了一会儿就跑进屋，往床上爬。床小，但她非要挤到爸妈中间躺着。

“一一，你把爸爸画成花脸猫了。”

“好看。”

“这样好看？”

“帅。”

薛聿看向梁月弯，梁月弯昧着良心配合：“还行。不过，你身上这件衣服大概是洗不干净了。”

他专门换了一件纯白色的T恤，给女儿画画。

“衣服洗不干净就算了，再买。”他一点儿都不在意，“脸能洗干净就行。”

夏一嘴里不知道在说些什么，薛聿凑过去亲月弯，想看她什么反应。

她坐起来，用手指戳戳自己的脸：“亲我。”

“不亲。”

“哼！”夏一耍脾气，搂着月弯的脖子说悄悄话。

“一一，你的口水都滴到我脸上了。”

“是爸爸的。”

“爸爸的？”

“对。”她用手抹了抹口水，全擦在薛聿的脸上。

薛聿：“……”

（九）

薛聿和梁月弯准备带夏一回老家过春节。走之前，她要自己收拾行李，结果只往背包里装玩具和零食。

“带着，反正也没多少，不占地方。”

“你就惯着她吧。”梁月弯不管了，去收衣服。

那两个香包还在抽屉里放着，已经很旧了，一个是薛聿缝的，一个是奶奶缝的。过了这么多年，梁月弯还记得高三那年，老太太和薛聿围在火炉边烤红薯、给她缝香包的场景。

薛聿回屋，反锁了房门。

“一一睡了？”

“嗯，听了三个故事才肯睡，睡着了还要抱着她的小背包。肩膀疼？我给你捏捏。”

他捏着捏着情况就不对劲了。

梁月弯一直戴着那对镯子，刚才忘记摘，撞在床头，差点儿碎了。

薛聿握着她的手腕送到唇边亲：“好东西哪有这么容易碎？”

“就你会说。”

“不信？那再试一次。”

回去一趟很麻烦，薛光雄提前半个月开车回去的。

夏一还没出过远门，这次出行得飞机转高铁，没几个小时，她就累得睡着了。薛光雄开车去高铁站接他们，回村里还要七个多小时，到家就已经很晚了。

第二天早上，夏一睡醒了才知道自己在哪儿。

房子翻修过，老爷子把每一间房屋都收拾得干干净净的。

柜子里留了很多面包、饼干、罐头、果冻，薛聿小时候回来过年，老人也是从这个柜子里给他拿吃的。

“爸爸，我可以吃吗？”

“可以。”

夏一高兴地跳起来：“谢谢太爷爷，我想要黄色的，可以帮我打开吗？我还太小了。”

老爷子牵着夏一坐在木凳上，他手抖，慢慢撕开外包装拿出一片饼干，夏一双手捧着咬。

薛聿贴春联，梁月弯站在院子里帮他看着。

“歪了，再往左边一点儿。”

“这样？”

“差不多。”

夏一每隔几分钟就去找他爷爷拜年，别的记不住，就会说一句“红包拿来”。薛光雄本来准备了很多红包，结果那些拜年的晚辈还没有来，红包就没剩几个了。

她追着小狗在院子里跑了一圈，又跑到薛光雄面前。

“新年快乐。

“恭喜发财，红包拿来。”

薛光雄让她背诗：“背一首诗就有红包。”

“我会背诗！床前明月光，疑是地上霜。举头望明月，低头思故乡。”

她摇头晃脑地背完一首，两只手就伸了出来。薛光雄熟练地给红包，她转过身全给了老爷子，让他去买糖吃。

老爷子从屋里找出一把小锄头，夏一拿着锄头跟着梁月弯和薛聿去菜地，这里挖挖，那里挖挖。

“妈妈，我好喜欢这里。

“因为我喜欢挖泥呀。”

院子里有棵大树。老爷子拿木板和绳子给夏一做秋千。

梁月弯坐在旁边晒太阳，听到夏一又开始拜年了，忍不住想笑——这次拜年的对象是薛聿。

她跟着起哄："恭喜发财，红包拿来。"

薛聿给了她一块布。

屋后的桃花开了，两个老人帮忙看着夏一，薛聿和梁月弯绕到屋后，薛聿摘了一捧桃花，用布包着。

"还是那棵吗？"

"不是，原来那棵被雪压断，冻死了，这是另外一棵小的。"

花总会开，18 岁的她没能看到那满树盛开的花，还有 28 岁。

我们还有很多很多年。

悦讀紀
ENJOY READING ERA

官方微博：@悦读纪

官方微信：yuedugirlbook

扫描关注悦读纪官方微博、微信，就有机会获得悦家最新畅销书。

上架建议：畅销·小说

ISBN 978-7-5736-0007-3
9 787573 600073 >

定价：45.00元